エルピス

—希望、あるいは災い—

渡辺あや

ELPIS SCENARIO BOOK

河出書房新社

contents

人物相関図

大洋テレビ
Taiyo Television Broadcasting

FRIDAY ファイデー☆ボンボン BANG BANG

若手ディレクター
岸本拓朗
眞栄田郷敦

太洋テレビアナウンサー
浅川恵那
長澤まさみ

チーフプロデューサー
村井喬一
岡部たかし

ヘアメイク
大山さくら
三浦透子

プロデューサー
名越公平
近藤公園

番組 MC
海老田天丼
梶原 善

NEWS 8

政治部 官邸キャップ
斎藤正一
鈴木亮平

ニュース 8 ディレクター
滝川雄大
三浦貴大

拓朗の母／弁護士
岸本陸子
筒井真理子

現副総理大臣
大門雄二
山路和弘

首都新聞 政治部記者
笹岡まゆみ
池津祥子

弁護士
木村 卓
六角精児

死刑囚
松本良夫
片岡正二郎

エルピス

―― 希望、あるいは災い ――

#1

冤罪とバラエティ

1 寺

勝海舟「君は、自分を善人だと思っているんだろう」

勝海舟が言う。

勝海舟「争いを好まず安寧《あんねい》を旨《むね》とする、要するにとるに足らない凡人だと。物事を動かす力などあるわけもないと」

勝海舟、こちらを見て、

勝海舟「しかし君、それは逃げだ」

指差す。

勝海舟「善人とて戦うべき時はくる。仮にも君はディレクターである」

2018年6月。

説教されているのは若手ディレクターの岸本拓朗。ここは映画セットの組まれた撮影現場。勝海舟に扮した大物俳優・桂木信太郎は新作映画の取材インタビューを受けるべくスタンバイしているのだが、肝心のインタビュアーが遅れているという事態に、気まずいムードの現場。不機嫌になった桂木は半ば八つ当たりの説教中。

番組チーフプロデューサーの村井喬一が、お茶のコーナーでお菓子をバリバリ食べながら、その様子を心配そうにみている。

携帯を手に焦った様子でAD木嶋優奈が現場を横切ってやってくる。

待ちくたびれている映画のスタッフが苛立った様子で木嶋に尋ねる。

スタッフ「ちょっといつまで待たすの」

木嶋「はい、すみません、もう間もなく……」

携帯で報告している木嶋。

木嶋「はい、それが浅川さんの入りが遅れてて、桂木さんもかなりご機嫌損ねちゃってて……あ！　浅川さん!!」

ようやくインタビュアーの浅川恵那がやってくる。体調が悪いのか顔色が冴えない。ハンカチで汗を拭きながら、

恵那「すみません。遅くなりました」

木嶋「急いでください～」

恵那、マイクを付け始める。

村井「すみませんじゃねーよバカ。インタビュアーが役者待たすってどうゆうことだよ!?」

恵那「わかってます。ちょっと体調が」

村井「なんだよ？　更年期か？」

恵那「違います」

村井「お前なんかもう若くも可愛くもねんだからな、ババアはババアらしくきっちり自己管理しろよ」
そんな言われ方には慣れているらしく、恵那、無視。
しかし背後で聞いていた木嶋は、憤慨の表情。
桂木の説教もまた盛り上がっている。
桂木「女子アナが遅刻し、現場が止まり、危機一髪とは、すなわちこれ今、全てが君の裁量にかかる、なんとなれば勝機でもあるんだ。今こそ凡人をやめるときだ。言ってやれよ、俺は女子アナなんていらねえ！　俺は俺の……!!」
木嶋「浅川アナ入りまーす!!」
恵那「おはようございます」
恵那、作り笑顔で現場に入ってくる。周りの目が冷ややかなことも感じているが、さほど悪びれる様子もない。
恵那「大変失礼いたしました。桂木さんをお待たせしてしまうなんて」
恵那、深く頭をさげる。
桂木、突如仏頂面を和らげ、
桂木「どしたのー？　浅川ちゃんとしたことが」
恵那、椅子に座りながら、
恵那「お恥ずかしながら。ほんと、すみません」
桂木「体調？　ちょっと顔、青いかも。誰かー飲み物とか持ってきてあげたら？」
恵那「あ、いえ。大丈夫です」
そんな二人をポカンと見ている拓朗に、
木嶋「岸本さん……岸本さん!!」
拓朗「あ、え？」
木嶋「始めましょうよ」
拓朗「あ、ああ。カメラ……回してください！」
拓朗N「そうして無事現場は再開され、みな満足げだったが、僕は釈然としなかった」
カメラがスタンバイする間、和やかに雑談を始める桂木と恵那。
拓朗N「というのは」
拓朗、その二人をポカンとした顔でみている。
拓朗N「僕は自分を凡人だとは思っていなかった。僕は自分を」

2　拓朗・自宅

拓朗N「エリートだと思っている」
朝。

写真館で撮られた家族写真、明王大学時代の同級生との記念写真など、セレブな生い立ちを思わされる写真群。
ベッドの中、上質な寝具に包まれて寝ている拓朗。安らかな寝顔。

陸子の声「（階下から）拓ちゃん、起きてー」

拓朗、目が覚める。

＊　＊　＊

2階から降りてくる拓朗。

拓朗N「25年前、僕は裕福な両親のひとり息子として生まれた。彼らは僕をかの明王大付属初等部に入学させ、僕はそのまま順調にエスカレーターで大学まで進学、卒業後、大手テレビ局大洋テレビに入った」

＊　＊　＊

成城の一戸建てのダイニングキッチンで朝食を作っている母、陸子。これまた上質なガウン姿。

拓朗N「ママ・陸子は、年収1億を稼ぐ弁護士であり、パパ・陽介は」

リビングに飾られた遺影の中で笑っている父。

拓朗N「僕が9歳の時に亡くなったけど、やっぱり弁護士だった」

＊　＊　＊

拓朗、ダイニングテーブルで母親の作った目玉焼きを食べながらトーストを齧っている。

拓朗N「成城の一戸建てにママと二人で暮らし、そのママがしばしば」

ガウン姿のままコーヒーカップを手に、湯気越しの拓朗を見つめている。拓朗、その視線に気づいて、

拓朗「？」

陸子「あんた、この頃また一段と男っぷりが上がったんちゃう？」

と嬉しそうに笑い、

陸子「テレビマンがこんなハンサムやったら、俳優さんとかかたなしやん。ちょっと申し訳ないみたいよねぇ」

拓朗N「的なことを言うものだから」

＊　＊　＊

洗面所の鏡で、髪を直している拓朗。

拓朗N「僕の自己評価は高止まりしたまま、特に下がる必要はなかったし」

3　スタッフルーム

村井「つばあーーっか!!　このクズ！　カス!!」
打合せ中、スタッフ一同の前で、拓朗に怒鳴る村井。
拓朗N「というような場合、それは彼自身の人生と感情の問題なんだと僕は考えた」
村井「じゃあお前、今までなにやってたの？　あんだけ時間あってまだオフライン終わってないってさ！」
拓朗「いや、やってたんですけど、ちょっと」
村井「ちょっと？　ちょっと何？」
拓朗「んーなんか、悩んじゃってですね」
村井「悩むんじゃねーよ！　お前が悩むとか100年早えーの!!　言われたこと期日までにやんだよ！　まず!!」
拓朗N「つまり機嫌が悪いんだなと」
そんな光景には慣れっこらしく、はやくおわんないかな、と思っている周囲スタッフ一同。
拓朗、ふとボンボンガール・あさみと目が合う。ふっと笑う。
あさみ、あまりに場違いな笑顔にぎょっとして目をそらす。
村井「きーてんのか!?　このトンチキ!!」

4　「フライデー☆ボンボン！」映像

海老田「さあ、今夜も始まりましたフライデーボンボン、司会の海老田天丼です！」
女子アナ川上「アシスタントの川上美咲です、よろしくお願いしまあす」
ニューフェイス女子アナ川上、可愛い笑顔を見せる。
海老田「そして今日も元気なボンボンガールズ！」
カメラ、ゲスト、ボンボンガールズなど一同を映す。
海老田「はいじゃあさっそく、今週はこのコーナーから行ってみましょうかね」
川上「はい！〈とれたてエンタメニュース〉！　あの話題の映画「さよなら江戸幕府」、浅川アナが撮影現場にお邪魔してきました！」
カウンターの端っこの方に座っている恵那、カメラ目線になる。

5　フライデーボンボン・スタジオ

拓朗N「そんな僕は今」
拓朗、フロアでカンペ出しをしている。

拓朗N「深夜の情報バラエティ番組のディレクター
という仕事をしている」

6　フライデーボンボン・映像

エンタメコーナーで先日の桂木のインタビュー映像が流されている。

桂木「僕と勝海舟の似てるとこねえ……そうねえ、うーん、あんまりないかなあ」

にこやかに恵那のインタビューに答えている桂木。

恵那「そうなんですか？」

桂木「だって僕、愛人とかいないしさあ。いやほんと昔の男ってよくあんな囲えたと思うよ。大変だよね、お金もかかるし……」

ワイプの中で笑うゲストたち。

『さよなら江戸幕府』のティザー映像などあって。

7　フライデーボンボン・スタジオ

ＶＴＲが終わり、興味深そうな表情を作ってみせるボンボンガールズ。

海老田「いや、すっごい面白そうなんだけど、この映画」

川上「ねー、早くみたいですねー」

海老田「公開ってもう決まってんでしょ？」

川上「あ、はい、えっ……と」

川上、台本を読むが書かれていない。

拓朗、あわててカンペを捲りだす。

カウンターの端から恵那、

恵那「来年の5月です！」

海老田「5月？　はい、来年の5月です。以上とれたてエンタメのコーナーでした‼」

ＣＭに入る。

海老田が怒鳴る。

海老田「ばーか、何やってんだよ岸本！」

拓朗「あれ、えーっと、おっかしいなあ……」

とぼけて首をひねってみせる拓朗。

＊　＊　＊

ＡＤ「ＣＭ明けまーす」

ＡＤ、カウントダウンしていく。

海老田「さあ続いては、一週間のニュースをまとめました」

8　ＶＴＲ

N「12日、神奈川県八飛《やとび》市に住む中学2年生中村優香さんが学校を出たまま行方が分からなくなり、警察はなんらかの事件に巻き込まれた可能性もあるとして捜索を続けています……」

ディレクターはニュースコーナーの担当に代わり、拓朗、スタジオの隅に移動している。
そこへ背後から、

チェリー「お疲れ様でーす」

ヘアメイクの大山さくら（チェリー）が笑っている。

拓朗「あ、お疲れ様です」

チェリー「あのう、岸本さん」

チェリー、意味深げに手招きをする。声をひそめて、

チェリー「今日の夜って、お時間あります？　ちょっとお話したいことあるんですけどお」

拓朗「僕に？」

チェリー「はあい」

チェリー、にいっと笑っている。
思いがけないことにキョトンとしている拓朗に、

チェリー「じゃ、とりあえずまた後で！」

チェリー行ってしまう。拓朗、ふと見ると、AD高橋がニヤリと笑っている。

恵那「では今週浅川恵那が注目したニュースはこちら！」

恵那、振り付きで、

恵那「エナーズアイ！」

9　カラオケスナック

恒例のオンエア後の飲み会。スタッフ、ボンボンガールズが勢揃いしている。
立ち上がって「ロンリーチャップリン」を熱唱する村井。対して自分の席で義務を果たしているだけの恵那。
間奏に入ると、村井が喋り出す。

村井「えー皆さん、おかげさまで不肖村井、我が大洋テレビの大看板〈ニュース8〉から万年低視聴率フライデーボンボンに移ってきて今日で無事半年」

一同「おめでとー！　CP！」

スタッフ一同、拍手する。

村井「バラエティって楽しい!!」

拍手と歓声が一層高まる。

村井「ニュース8はクソだった!!　報道での26年間、俺、人生損してたよ！」
村井、歌い出す。
大いに盛り上がる場。ひとり首を回して肩こりをほぐしている恵那。

＊　＊　＊

村井、ご機嫌な様子で演説している。
村井「俺、わかったの。フライデーボンボンはさ、パンチラなの。牛丼屋の紅生姜なの。なくても全然いいんだよ、なくても世界はまわる、だけどあるとうれしい、あると人生がほっこりする、そうゆう……」
恵那「すみません。お先でーす」
恵那、ひとり立ち上がり、頭を下げている。
一同「お疲れ様でーす」
村井「なーに？　浅川また先帰るってか？」
スタッフたち「まあまあまあ」
村井「そりゃね？　わかるよ？　かつて人気ナンバーワン女子アナだったのがさ、世代交代で隅っこにおいやられるようになっちゃあ、そりゃ飲み会もつまんなかろうよ？　でもそやってすねててもババアに未来はないよ？　いじけたババアほど嫌われるもんはないよ？」
恵那、反論もせず、去っていく。
スタッフ1「村井さん村井さん、思ったこと全部口から漏れてますよ」
村井「いーんだよ！　俺がこうやって全部言っとけば、みんな陰で言う必要なくなんだろ？」
背中で聞きながら、出口に向かう恵那。

10　カラオケスナック・外廊下

そこにAD木嶋が仏頂面で立っている。
恵那「あ、お先ー……」
木嶋、たまりかねた様子で恵那に怒る。
木嶋「あの、浅川さんて、なんで流すんですか？」
恵那「え？」
木嶋「村井さんのセクハラとモラハラとパワハラですよ。あんなの今時許されるわけない。ちゃんと怒った方がいいですよ」
恵那「ああ」
木嶋「ていうか、むしろ怒って下さいよ！　下の人間のためにも。それが浅川さんみたいなポジションの人の責任じゃないですか」
恵那「……はあ」

11　カラオケスナック

ボンボンガールが「不協和音」を歌っている。
隅っこで話しているAD高橋と拓朗。
高橋、ビールを飲みながらスタッフたちとお喋りしているチェリーを見ながら、

高橋「ああ見えてチェリーさんの歴代の彼氏って、みんな超イケメンらしいっすよ」
拓朗「マジで」
高橋「ぼーっとしてたら絶対食われますよ、岸本さん」
拓朗「いや、さすがに俺はないから」
高橋「そやって油断してるとこをバクッといかれるんですって」
拓朗「ないよ。だって俺、いるしさ」
高橋「は？　彼女？」
拓朗「いやまだ彼女じゃないけど。狙ってるコ」
高橋「え、誰？　あ、篠山あさみ？」
拓朗、図星だがしらばっくれ、
拓朗「あさみちゃんは、ボンボンガールじゃん」
高橋「けど、岸本さん気に入ってるじゃないすか」
拓朗「いや、ボンボンガールは手出し禁止だからさ」
高橋「禁止だけど、あきらかに気に入ってますよね」
拓朗「いやいやいや」
にやける拓朗。トイレに向かう。

12　カラオケスナック・外廊下（トイレ前）

トイレから出てきた拓朗、ちょっと驚く。
待ち構えていたチェリー、ニヤリと笑う。

13　雑居ビル・非常階段

チェリー「岸本さんさあ、あさみちゃん狙ってるでしょ」
サラリという。
拓朗「……え？」
チェリー「篠山あさみちゃん。ボンボンガールの」
拓朗「いや」
拓朗、焦り、
拓朗「いやいや、いやいやいや、まさかなわけ……」
チェリー「口説いたでしょ、先週、焼肉チャンピオンで」

拓朗、ギョッとする。

チェリー「あすこのネギタン塩おいしいすよねー」

チェリー、余裕のくわえ煙草で、ゆっくりと何かを差し出す。

チェリー「はい」

それはイヤホンである。よく見ると、チェリーの手にレコーダーが握られている。拓朗、息を呑み、イヤホンを耳にあてる。と、確かに彼自身が篠山あさみを口説いている声が、鮮明に聴こえてくる。

拓朗（声）「いやいやいや、マジだって。マジでボンボンガールん中であさみちゃんダントツ可愛いよ……」

ひとり青ざめてゆく拓朗。目の前でゆっくりと煙草をふかしているチェリー。

拓朗、震える手でイヤホンを外す。わけがわからず、何を言えばいいかわからない。

拓朗「あ、あれー？　確かになんか、僕の声に似てるかも。おっかしいな。なんでだろ」

チェリー、煙草をふかしている。

拓朗、観念し、

拓朗「……えーっとでででも、僕的にはそのこれはなんつーか口説くとか口説かないとかじゃないっていうかなんだろな」

チェリー「……」

拓朗「そそ、そもそも口説くってその、そもそもどこからどこまでが……」

チェリー「今のコはサラーっとこういうことしますからね、気をつけたほうがいいですよ、岸本さん」

チェリー、イヤホンのコードをぐるぐるまくとレコーダーをカバンに仕舞う。

チェリー「こういうの集めといて、いざって時の武器にするんですって。番組降ろされそうになったときとか、プロデューサーとかに聞かせるんですって。えげつないですよねえ、ま、あの子達も日々闘いだからしょうがないすけどねえ」

拓朗、カバンにおさまってゆくレコーダーをみながら、

拓朗「それは……」

チェリー「あ、これはあさみちゃんからあたしが買い取ったんで」

拓朗「買い取った……？」

チェリー「はい。ま、やっぱボンボンガールに手出すって厳禁じゃないですかあ。たとえばこれ、

あたしが村井さんとかに聞かせたら、岸本さんてどうなるんすかね。やっぱ異動とか?」
拓朗、しばし考えているが、やがて財布を出し、
拓朗「……いくらすか?」
チェリー「やだな。お金なんかいいんですよ」
拓朗「……?」
チェリー「お金じゃないんですよ、岸本さん」
チェリー、拓朗を見つめる、その強い目。
チェリー「ちょっと……お力お借りしたいことあるんすよねえ」
息を呑む拓朗。

14 浅川恵那・自宅マンション

まだ薄暗い朝。
恵那、布団の中から窓の外、曇り空をみあげている。
目覚ましがピッ!　となり始めた瞬間、それを止める。
拓朗N「浅川さんはその当時」
ガランとした物のない部屋。フローリングの床に敷いた布団の上、

拓朗N「眠るということがうまくできなくなっていたらしい」
恵那、暗い目で空を見つめている。

＊　＊　＊

恵那、冷蔵庫をのぞく。
ゼリー飲料を取り出し、流しにもたれて、それを飲みはじめる。
拓朗N「そしてその少し前から」
どこかうつろな表情。
拓朗N「食べるということもまた、うまくできなくなっていたらしい」
恵那、無理やり飲み込んでいたものを戻しそうになり、
恵那「……」
残りを流しに捨てる。

＊　＊　＊

拓朗N「心と」
スカスカのクローゼットの前で恵那、黒いジョギングウエアに着替えている。

＊　＊　＊

拓朗N「体が」
恵那、黒いジョギングシューズを履いている。
玄関の戸を開ける。

拓朗N「いつのまにか自分から遠く離れてしまい」

15 街

拓朗N「どこかへ深く迷い込んでいることだけは分かるんだけど」
恵那、走っている。
拓朗N「どうすればいいのかは分からないんだとか」
恵那、苦しげな横顔。
拓朗N「なんかそんなことを言ってた」

16 大洋テレビ・正面玄関

ジョギングウエアにリュック姿の恵那、出社してくる。イヤホンで音楽を聴きながら、エレベーターホールにやってくる。

周囲の社員たち、それぞれさりげなく恵那を意識している。

17 エレベーター内

エレベーターが止まり、一同それに乗り込む。

エレベーターが3階で止まり、数人が降りてゆく。

その時、3階フロアの社員たちの会話が聞こえてくる。

社員1「や、浅川恵那はないよ。あいつはもう路チュー写真で終わってんじゃん」

エレーベーター閉まる。

中に残った社員たち、さすがに気まずげに、あるいは興味深げに恵那の方をチラチラと見るが、恵那、大音量で音楽を聴きながら目を閉じている。気づいていないフリ。

だがイヤホンの大音量の奥にいつも自分の名前の幻聴が混じる。

声「……アサカワエナ、アサカワエナ……」

18 制作フロア

エレベーターが開き、恵那、降りてくる。
大股で着替えのためにアナウンス部に向かう。
音楽の中にまだ自分の名前が聴こえる。
声「……アサカワ、アサカワ、アサカワ……」
恵那、アナウンス部に入ろうとしたその時、
拓朗「浅川さんっ!!」

恵那「!?」
　何者かにリュックを思いっきり引っ張られる。
　振り向くと、何やら切羽詰まった表情の拓朗がリュックをつかんでいる。
　恵那、その目力にぎょっとして、
恵那「な、なに!?」
　恵那、やっとイヤホンを外す。拓朗、必死で追いかけてきたらしく息が上がっている。
恵那「……あ、もしかして呼んでた今?」
拓朗「はい！　呼んでました。１００回くらい呼んでました」
恵那「ごめん、気づかなくて」
　恵那、イヤホンをリュックにしまおうとして、
恵那「……手、離してくれる?」
拓朗「あ、すみません」
　拓朗、やっと気づいて慌ててリュックを握りしめていた手を離す。拓朗、何やら目が泳いでいる。不審げな恵那。
拓朗「あ、あ、あの浅川さん、僕ですね、浅川さんに相談があるんですよ」
恵那「?　私に?」
拓朗「はい。深刻な相談なんです!!」
恵那「え、やなんだけど。岸本くんからそんな深刻な相談とか」
　恵那、だいぶうっとうしい。
拓朗「今日、どっかで時間ないすか?」
恵那「今日はちょっと立て込んでんだよね」
拓朗「や、でもどっかありますよね。30分でいいんですよ」
　恵那、ムッとして、
恵那「ないよ。だって今日はこれから……」
拓朗「お願いします！　30分で。15分でもいいです。や、15分はきついんで20分?　いや、25分?　やっぱ30分で！　ほんっとお願いします！　この通りです！」
　拓朗に大声で深々と頭を下げられ、困惑の恵那。

19　社員食堂

　拓朗、真剣な面持ちでなにやら資料をテーブルに並べている。
　恵那、めんどくさい。仏頂面で水を飲みながら、それを眺めているが、ふと思い出し、
恵那「そういや、ごめんね、こないだ。桂木さんのインタビューの時。遅れちゃって」

拓朗、そんなことはどうでもいいらしく、ブツブツ言いながらとにかく資料を並べている。
恵那「あの直前に会食があってさ。無理矢理食べたら気持ち悪くなっちゃって」
拓朗、きいてない。
恵那「会食って、なんなんだろね。なんでみんな仕事の話と食事を一緒にしたがるんだろ。そもそもランチって会社員が唯一ひとりになれる時間なのにさあ……」
拓朗、きいていない。話の途中で突然、
拓朗「あの、浅川さん！」
恵那「え？」
拓朗「あの僕、説明とかあんまうまくないんで、よくわかんないところがあれば聞いてくださ い」
恵那「はい」
拓朗「あの、これ覚えてますか？」
拓朗が示す記事のコピーを恵那、みる。
拓朗「八頭尾山《はっとうびさん》連続殺人事件」
恵那「え、殺人事件？」
恵那、驚く。
拓朗「はい、今から10年ぐらい前に神奈川で、若い女性が立て続けに3人殺されて八頭尾山て山に捨てられてたっていう事件です」
恵那「待って、なんの相談なの、これ？」
拓朗、テーブルの上の資料を示し、
拓朗「犯人が２００６年12月に捕まっててですね、現場近くに住んでいた板金工・松本良夫、当時42歳。なんすけど」
恵那「はあ」
拓朗「でも実はこの人、犯人じゃないんです」
恵那「へ？　冤罪《えんざい》ってこと？」
拓朗「はい」
恵那「？　その根拠は？」
拓朗、急にあらたまった表情になり、
拓朗「あの浅川さん、今から僕がそれを話して……それで浅川さんもそりゃ冤罪にちがいないって思ったら、僕と一緒に真相追及してくれますか？」
恵那「私が？」
拓朗「だって浅川さん、前ニュース8で冤罪特集とかやってたじゃないすか⁉」
恵那「ああ。いやまあ、やってたけど……」
恵那、自嘲気味に笑うが、ふと見ると拓朗が消えている。
恵那「？」

拓朗「この通りです」
声が足元からするので、見ると拓朗が床に土下座している。
恵那「は!? なに!?」
拓朗「お願いします!」
恵那「ちょっと! ちょっとやめてよ!?」
恵那、周囲の目線が気になる。
拓朗「お願いします! 浅川さんしかいないんです! お願いします! この通りです! ……」
拓朗、再び床にひれ伏す。
わけがわからない恵那。

OPタイトル「エルピス」

「エルピスとは、古代ギリシャ神話に登場する『パンドラの箱』に最後に残るものの名前。『希望』とも『災い』とも訳されることがある」

20 スタッフルーム

拓朗のパソコンに映るニュース8のアーカイブ映像。

キャスター「先月18日に八飛市の中学校に通う井川晴美さんが何者かに殺され遺体を八頭尾山に遺棄されていた事件で、神奈川県警は今日、近くに住む板金工・松本良夫容疑者を逮捕しました」

松本良夫の顔写真が出る。

VのN「この事件は4年前の2002年から2005年にかけて2人の少女が連続して殺害されたものと殺害方法や遺体の状況などが似ていることから、同一犯による犯行とされていました。松本容疑者は警察の取調べに対して、容疑を認めているとのことです……」

スマホでメールの確認をしている恵那に、拓朗、なんとか映像を見せたくパソコンを押し付けている。

それを恵那、横目で見ながら、
恵那「認めてるじゃん」

拓朗「いやでも、その後の裁判では一貫して無罪を主張してるんです。だからあれですよ、取り調べの時に刑事に無理やり認めさせられたってやつなんですよ。でも結局、2016年に最高裁で死刑判決が出ちゃって、この人無実の罪で死刑になっちゃいそうなんですよ」
恵那「……そっか」
拓朗「そっかって！　ひどい話じゃないすか？」
恵那「ひどいね」

恵那があまりにあっさり言うので、拓朗、焦り、

拓朗「いやいや、信じてくださいよ！　マジでこれ冤罪なんです。えっとその根拠はって言うとですね、ほらここ支援者の弁護士とか記者とかがめっちゃ独自調査したやつがあって……」

拓朗、バサバサと資料を探す。

恵那「や、いい、ごめん」
拓朗「え？」
恵那「別に疑ってるわけじゃなくて」
拓朗「はい」
恵那「関わりたくないんだ。だから聞きたくない」
拓朗「えええ？　なんすかそれ!?」
恵那「ぶっちゃけ、もう懲《こ》りてんだよね、冤罪。まあ君も諦めた方がいいよ。悪いこと言わないから」

恵那、話を打ち切ろうと、自分の仕事に向き直る。

拓朗「いやいやいや！　諦めるとかありえないですって!!　だってこんなひどい話ありますか？　松本さんは犠牲者なんですよ？　警察とか当時のマスコミとかの!?　浅川さんにだって責任あるかもですよ!?」
恵那「……はあ？　どういうこと？」

恵那、聞き捨てならず、

拓朗「あ、いや、浅川さんはまだ入社してないかもですけど」
恵那「してないよ。２００６年でしょ？　私まだ学生だよ」
拓朗「で、でもうちの報道には絶対責任ありますよ」
恵那「だから、どういうことよ」
拓朗「あのですね、そもそもなんでこの松本って人が警察に任意同行させられたかなんですけど、実は一番最初に警察が聞き込みに行った時に、この人の家に家出中の女子中学生がいたんですよ」
恵那「監禁してたってこと？」
拓朗「ほら。て思うでしょ？　違うんです。逆だったんです」
恵那「逆って？」

拓朗「松本さんの家に、たまたま家出少女が身を寄せてたんです。それをマスコミがわーって騒いだんです。未成年誘拐して監禁してやがった、変態だ、こいつが犯人に違いないって感じに報道したから、それに警察が乗っかって〈お前が殺したんだろ、だってロリコンなんだから〉って無理矢理犯人にされちゃったんですよ」
恵那「……」
拓朗「でもその家出少女は、松本さんから指一本触れられてなかったらしいんです。それどころか、すごく優しくて、娘みたいに大事にしてくれたって」
恵那「それ誰からきいたの？」
拓朗「いやまそれはその」
拓朗、ちょっと言いよどみ、
拓朗「その、本人からっていうか」
恵那「その家出少女本人から聞いたってこと？」
拓朗「そうです」
恵那「……」
拓朗「いや、でもとにかく松本さんは冤罪で、真犯人が野放しになってるんですよ」
恵那、半信半疑のまま、ふと、頭上のモニターで女子中学生の行方不明の続報をやっているのに気づく。
モニター「神奈川県八飛市で12日から行方不明になっている中学2年生、中村優香さんの捜索が依然続いていますが……」
恵那、しばらくそのニュースを見ているが、うっとうしそうに、
恵那「……んーまあじゃあ、ダメもとで」
拓朗「はいっ⁉」
恵那「報道に持ち込んでみれば」
拓朗「あ、いいっす！　最高っす！　それ！　是非お願いします」
恵那「は？　私知らないから。自分で行って」
拓朗「や、僕じゃ無理すよ！　だって報道ってもうフロアの空気から違うじゃないすか！　僕なんかハエみたいに追い払われるだけす、ぜったい」
恵那「とりあえず同期に連絡だけしといたげる」
恵那、携帯でラインを打ち始める。

21　大洋テレビ・報道部

報道部オフィス。独特の緊張感。誰も彼も忙しそうである。
恵那の同期の記者・滝川雄大、貧乏ゆすりしながら渡された資料を、
滝川「んー、ごめん、時間ない！」
明るく突っ返す。
拓朗「えええ⁉」
滝川「だって万が一冤罪でも、もう最高裁で死刑確定しちゃってんでしょ？　んなのどうしようもないし、調査報道なんか今時誰もやんないよ、そんな暇ないない」
早口でまくしたてる滝川。
拓朗「いや、で、でもですね！　もしこれが本当に冤罪なら、真犯人は野放しになってるわけですよ。てことは、最初に冤罪のきっかけになるような報道をしたマスコミにも責任があるってことで、うちの局だって他人事じゃないかもしれなくてですね、その反省の意味でもここでもう一度、当時の報道も含めて検証してみても……」
滝川「んーじゃ、そっちでやれば？」
拓朗「え、や、うちバラエティすから」
滝川「いいじゃん、なんか浅川がやってんじゃん、ニュースコーナー。エナーズアイ！　だっけ？」
滝川、チャラいフリを真似してみせる。
拓朗「や、さすがにエナーズアイじゃ……」
拓朗、正しいフリをして見せる。
向こうからデスクが呼ぶ。
デスク「おい、滝川、森友の続報どうなった？」
滝川「あ、えーっとですね！（拓朗に）とにかくうちは無理！　ごめん！」
滝川、行ってしまう。

22　報道フロアエレベーター前

拓朗、歩きながら電話している。
拓朗「浅川さんに言われた通りに行ってみたんすけど、時間ないの一点張りでした」

23　別階エレベーター前

恵那「……ま、だろうね」

恵那、携帯で話しながら歩いている。

恵那「誰も自分たちが報道したことの責任なんて振り返りたくないんだよ。だから報道って、みんな必要以上に忙しい忙しいって時間ないふ

りしてさ……」
ふと前を見て、ぎょっとする。慌てて角を曲がり、身を隠す。
恵那「……」
エレベーターホールで、かつての恋人、斎藤正一が局幹部と談笑している。

24 報道フロアエレベーター前

チン！ と開き、拓朗が携帯をポケットに仕舞いながら乗ろうとすると。
拓朗「あ！ 斎藤さん」
斎藤がエレベーターから出てくる。
斎藤「おお」
拓朗「お久しぶりです！」
嬉しそうな拓朗。
斎藤「何やってんの、お前今」
拓朗「僕いま、ディレクターです！ フライデーボンボンのエンタメコーナーで」
斎藤「へぇ」
拓朗「斎藤さん、なんかあれですよね、めっちゃ出世したんですよね!? なんでしたっけ？」
斎藤、苦笑し、
斎藤「官邸キャップな」
拓朗「異例の出世だって、みんなめっちゃ騒いでました。いっすねー」
斎藤「なんもよくねえよ。くたびれるばっかで。俺も情報バラエティとかやってみてえよ」
拓朗「やったことないですか」
斎藤「ない。ずっと報道だもん」
斎藤、報道フロアに向かって歩いていく。
斎藤「じゃあな」
斎藤、行きかけるが、
拓朗「……あの、あの斎藤さん！」
斎藤「？」
拓朗「斎藤さん、そういや政治部の前、ニュース8やってたって言ってましたよね」
斎藤「うん」
拓朗「あの、あの、八頭尾山連続殺人事件て覚えてますか？」
斎藤「……ああ。犯人ちに家出少女がいたやつ？」

25 アナウンス部

数時間後。
恵那、打ち合わせ用の机で仕事をしている。

そこへ拓朗、嬉しそうに走ってくる。
拓朗「浅川さん!!」
恵那「?」
拓朗「報道の斎藤正一さん、知ってますよね?」
恵那、その名前にギョッとする。
また周囲の人間もギョッとして一瞬恵那を見る。
恵那「……う、ん」
拓朗「斎藤さん、なんとニュース8時代にあの事件の取材やったことあるらしいんですよ。で、詳しく聞かせてくださいって言ったら、いいよって言ってくれたんで、行きましょうよ、明日!」
恵那、内心動揺しつつ、周囲が耳をそばだてていることも感じている。つとめて平静を装ってパソコンを打つふりをしながら、消え入りそうな声で、
恵那「……明日は、私ちょっと、忙しいから」
拓朗「メシ時1時間でいいすから、ぜひ来てくださいよ! 僕、実は新入社員研修の時、指導担当が斎藤さんだったんですよー。やーいい人ですよねーあの人」
静まり返った室内に響く拓朗の声。

26 恵那自宅

夜。

部屋着姿の恵那、自宅のパソコン仕事を終え、書類などを片付けている。

パソコンを閉じようとして、ふと、思い出してしまい「八頭尾山連続殺人事件」と打ってみる。

アーカイブ動画一覧をスクロールするうち、思わず手を止め、釘付けになる。

開くと映っているのは、ニュース8キャスター時代の恵那。

Vの恵那「2002年から2006年にかけて神奈川県で女性3人が殺された連続殺人事件で、神奈川地裁は今日、被告の松本良夫に死刑判決を言い渡しました」

恵那、衝撃を受けている。

映像の中の自分は、もっともらしい表情で事件Vを見ていたかと思うと、
Vの恵那「続いて、スポーツです。まずはメジャーリーグから」

恵那「……」

微妙に表情を和らげたりしている。

恵那、深いため息。ヘコんでいる。

27 国会記者会館

翌日。

斎藤、向こうから歩いてくる。

待っていた拓朗、気づいて、

拓朗「あ！ お疲れ様でーす」

斎藤「おう」

拓朗、嬉しそうにキョロキョロしながら、

拓朗「めっちゃ久しぶりに来ましたよー。永田町！研修以来っすよ！」

28 高級ホテル・テラス

官邸近くのホテルテラス。

拓朗と斎藤だけがテーブルについている。ランチの前菜が運ばれている。拓朗、携帯を確かめながら、

拓朗「浅川さんにも一応この店ですって、送っといたんすけどね……」

斎藤、前菜を食べながら、

斎藤「なあお前、社内の人間関係に興味ないだろ」

拓朗「え、なんでわかるんですか？」

斎藤、笑っている。

拓朗「そうなんですよ、僕、会社の誰と誰が揉めてるとか、付き合ってるとか不倫してるとか、その時は面白いと思って聞くんですけど、なんかすぐ忘れちゃうんですよねー」

斎藤「浅川がニュース８のサブキャスター降ろされて、そっちへ飛ばされた理由は？」

拓朗「さすがにそれは知ってますよ。あれでしょ？彼氏との路上キスを週刊誌に撮られて」

斎藤「うん、もう一回よく見てみな」

拓朗「あの写真をですか？」

拓朗、携帯で検索をかけ、

拓朗「あった……浅川恵那、路上キス写真」

斎藤「拡大して」

拓朗、拡大してみると、半分顔は隠れているが、どうやらそれは斎藤である。

拓朗「……!?」

斎藤「ちなみにそのあとすぐ別れたから、正しくは元彼氏だけどな」

斎藤、笑っている。

斎藤「だから、無理ねえんだよ。来なくても」

拓朗「ええー……」

拓朗、写真を斎藤としきりに見比べている。
斎藤「俺だって一瞬迷ったもん。昨日、お前から言われた時」
拓朗「……すみません」
その時背後から、
恵那「すみません、遅くなって」
恵那が現れる。
ギョッとする二人。拓朗、思わず落とした携帯が足に落ち、
拓朗「……って!!」
恵那「……お久しぶりです」
恵那、斎藤に軽く頭をさげる。
斎藤もさすがに動揺し、
斎藤「……久しぶり」
恵那、水を運んできたウエイトレスに、
恵那「同じものください」
そして席に着く。
拓朗、拾った携帯をナプキンで拭きながら、
改めて二人の様子を窺っている。
気まずい間。

＊　＊　＊

斎藤「はーあ」
食べ終わった斎藤、思わず椅子にもたれ、
斎藤「へったくそだな、お前、相変わらず説明が」
元指導員としてうんざりしている。
拓朗「あ、すみません。よくわかんなかったですかね」
斎藤「まあ要するにお前はその松本良夫っていう死刑囚の冤罪を証明して、釈放させたいってこと?」
拓朗「はい、どうすればいいですかね僕」
恵那、黙々と料理を食べながら聞いている。
斎藤「知らねえよ」
斎藤、笑う。
拓朗「いやいやそう言わず、お願いしますよ! どんなことでもいいんでアドバイスください」
斎藤「まあ、普通に考えて、方法は二つしかないよな。一つは、新たなアリバイなり証拠なりを揃えて松本が犯人じゃないことを証明する。もう一つは真犯人を見つける」
拓朗「どっちが可能性ありますかね」
斎藤「ないね。どっちも」
拓朗「えぇー」
斎藤「最高裁の判決ってのはそのくらい重いんだよ。だって考えてみろよ、たとえどんな小さな判決でも、そこには日本の警察と検察と裁判所

拓朗「いや、僕はいかに可能性がないかじゃなくて、どうすればあるかを斎藤さんに教えてもらいたいんですっ！」
水を飲んでいた恵那、思わず吹き出す。
斎藤、呆れるのを通り越して笑う。
斎藤「言うね。いいね、そのガッツ」
拓朗「おねがいします！」
斎藤「再審請求ってされてんの？」
拓朗「再審請求？」
斎藤「だから、その判決を不服として再度、裁判をしてくれっていう要求を松本側はしてるのかってこと」
拓朗「えーっと、すみません僕ちょっとわかん……」
恵那「されてます。ずっと支援してる弁護士がいて」
拓朗「あ、そうだったかも」
斎藤、ちょっと考えているが、

の威信がかかってんだよ。つまり、お前の何十倍も頭いい奴らが、何百人と口を揃えて〈こうだ〉って言いきったことに対して、お前一人が〈違う〉って言ってるって図。ないだろ、可能性」

斎藤「ま、やっぱり特集やるだろな、俺なら」
拓朗「はあ」
斎藤「連続殺人事件と冤罪疑惑の調査報道。ネタとしちゃ面白いから、うまく煽れば盛り上がるだろうし、まあ国中から再審しろっていう声が上がるくらいまで持っていければ、裁判所も動かないわけにいかなくなんじゃねえの」
拓朗「でも僕らの番組フライデーボンボンなんですよ」
斎藤「知ってるよ」
拓朗「そんな特集やらせてくれますかね」
斎藤「まあまずやらせてくれないね」
拓朗「ですよね……」
斎藤「そういや、どうしてる？　うちから飛ばされたおじさん」
拓朗「村井さんですか？　いや、すごい元気ですよ。〈俺はめちゃくちゃバラエティに向いてる〉って自分で言ってました」
斎藤「よく言うよ、あの狸《たぬき》親父」
斎藤、鼻で笑っている。
斎藤の携帯が鳴り、
斎藤「あ、ごめん」
と、電話に出る。

恵那「岸本くん」
拓朗「はい？」
　恵那、テーブルの下でカードを渡しながら、
　小声で言う。
恵那「これで払っといて」
　そして電話を切った斎藤に、
恵那「斎藤さん、ちょっと私お先です。今日は本当
　にありがとうございました」
　頭を下げ、立ち上がる。
　去って行く恵那を、見ている斎藤と拓朗。

29　ホテル内トイレ入り口

　恵那、青い顔で歩いてくると、トイレに入っ
　ていく。

30　高級ホテル・テラス

　斎藤が食事代金を払っている。
拓朗「すみません……」
斎藤「浅川にはそれで払ったって言っときゃいいか
　ら」
拓朗「あ、はい」
　拓朗、恵那のカードをポケットに突っ込む。
　斎藤、見かねて、
斎藤「いや、なくすぞ。ちゃんとしまっとけ」
拓朗「あ、はい」
斎藤「ちゃんと返せよ、浅川に」
拓朗「はい」

31　ホテル内トイレ個室

　恵那、便器に突っ伏して、食べたものを全て
　吐いている。

32　高級ホテル・テラス

　出口に向かって歩いている拓朗と斎藤。
拓朗「ごちそうさまでした」
斎藤「頑張れよ」
拓朗「はい」
斎藤「無理だと思うけど」
　斎藤、笑う。
拓朗「あの、ところでなんで別れたんですか？」
斎藤「ああ？」
拓朗「浅川さんと」

斎藤「きく？　それ」
　斎藤、苦笑する。
拓朗「や、なんでかなって」
斎藤「振られたんだよ」
　出口にたどり着く。
斎藤「俺が」
　斎藤、笑う。
拓朗「……」
斎藤「じゃあな」
　斎藤、行ってしまう。

33　ホテル内トイレ個室

　吐き終えた恵那、床に座り、目の端に滲んだ涙を拭う。ぼんやりと宙を見上げている。

34　フライデーボンボン・スタジオ

　収録終わり。

　恵那、いつものようにマイクを外している。

　拓朗、スタジオを出て行きかけて、慌てて踵《きびす》を返して逃げてゆく。

　入り口からチェリーが入ってくる。

チェリー「お疲れ様でーす！」

　陽気な笑顔で入ってきて、ボンボンガールたちに話しかけている。

　視界に入らないように、なんとかスタジオを出ていきたい拓朗。

35　カラオケスナック

　いつもの飲み会。

　村井、「ガラガラヘビがやってくる」を歌っている。

　間奏中、オンマイクで、
村井「みんな俺が飛ばされたって思ってるけどさ、違うんだって、俺が報道見限ったの！」

　今日もご機嫌に熱弁をふるっている。

村井「ジャーナリズムとはなにか、記者とはどうあるべきか、だーれもなーんにも考えてねえよ、うちの報道なんてのはさ」

恵那「お先にしつれいしまーす」

　その背後でまた恵那が立ち上がっている。

村井「おい、浅川！　ここ来い！　言いたいこと溜まってんだろ？　お前も、うちの報道にゃよ！」

　だが恵那、聞こえないふりをして帰っていく。
拓朗「あの、すみません。今日は僕もちょっとお先です」
村井「なんだと？　岸本、おらっ！」
　拓朗、そそくさと帰っていく。

36　夜の街

　恵那、音楽を聴きながらひとりで歩いている。
　拓朗、そのあとを追いかけてくる。
拓朗「浅川さん！　浅川さん！」
　だが音楽を聴いているので気づかず、拓朗が追いついてきてやっと、
恵那「わ、びっくりした」
　恵那が立ち止まらないので拓朗も歩き続ける。
拓朗「浅川さん、これから仕事とかですか」
恵那「ううん。家帰る」
拓朗「じゃちょっと、どうですかコーヒーとか」
恵那「いい」
拓朗「あ、じゃ、紅茶でも」
　恵那、答えずどんどん歩いて行く。
拓朗「それかハーブティとか」
　恵那、ようやく自販機で立ち止まる。
恵那「水でいい」
　ほっとする拓朗。
拓朗「あ、じゃ僕もウーロン茶買います！」
　拓朗、財布を出すが、
拓朗「やべ、万札しかない」
　恵那、無言でスマホをかざす。ピッ！

37　川沿いのベンチ

　恵那と拓朗、ベンチに座っている。
拓朗「ダメもとで、特集の企画書だしてみようかと思うんです」
恵那「通んないと思うよ」
拓朗「でも村井さんは、案外面白がってくれるんじゃないかと思って。さっきもなんか愚痴ってたじゃないですか、うちの報道はクソだとか。案外、興味持ってくれんじゃないですかね」
恵那「どうかなあ……あの人はほんとわかんないからなあ。何考えてんのか」
拓朗「ま、出してみないとわかんないし、僕、とりあえず出しますよ」
　恵那、言い切る拓朗に、ちょっと驚いて、
恵那「君、そんなにやりたいの？」

拓朗「はい」
恵那「冤罪って、マジで大変だよ。蒸し返されると
まずい人がいっぱいいて、そういう人たちが
やたら圧かけてくる。上からよくわかんない
理由で表現曲げさせられたりとかさ。私の特
集もそれで結局ズタズタにされちゃった」
拓朗「どーでもいいっす」
恵那「え？」
拓朗「とりあえずやるしかないんす、僕」
拓朗を見つめる恵那の目が変わる。
恵那「……ばかだね、君」
拓朗「はい」
拓朗、ふと恵那をみて、その表情が優しいことに気づく。
拓朗、つい調子に乗り、
拓朗「そういえば僕、両親が弁護士なんすよね」
恵那「へえ？」
拓朗「パパは、僕が9歳のときに死んじゃったんで
すけど、とにかく弱い人たちのために闘いま
くった弁護士だったらしいです」
恵那「ふうん」
拓朗「やっぱり血なんですかね」
拓朗、自分で自分の言葉を噛みしめている。
恵那「私が特集でやった冤罪は、脱税と横領と痴漢
で、刑期はせいぜい3年とかだった。死刑囚
とかは扱えなかった。怖くて」
拓朗「そうなんすか」
恵那「覚悟できてる？」
拓朗「え？」
恵那「失敗したらその人、普通に死刑になるよ。そ
れを受け止める覚悟、できてる？」
拓朗、ちょっと考えるが、
拓朗「……」
無言で頷く。
恵那「わかった」

38　拓朗自室

夜、拓朗、自室のパソコンで企画書を作っている。

39　恵那自宅

恵那、やはり自宅のパソコンを開きながら、拓朗と携帯で話している。

40　社員食堂

恵那と拓朗、できた企画書を元に打ち合わせ中。
恵那「あ……」
恵那、携帯のニュース画面を見ている。
中村優香さん、依然行方わからずのニュース。
恵那、陰鬱な表情。
拓朗「どしたんすか？」
恵那、黙って首を振る。

41　フライデーボンボン・スタッフルーム

数日後。
昼食後の村井、若いスタッフに「不協和音」の振りをしてみせ、
村井「なあ、こうか？」
スタッフ「こうです」
村井「こうか」
と、自分の席に着きかけるが、
村井「っと！　そうじゃん」
会議室から拓朗がこっちを見ているのに気付き、
村井「わーり、忘れてた。やる気あふれる若者から折り入って相談したい企画があるって言われてたんじゃん。俺～」
と、会議室に向かう。

42　会議室

村井「ねえ、バカなの？　君たちは」
恵那と拓朗、村井をじっと見ている。
村井「それとも俺がバカにされてるの？」
拓朗、ちょっと焦り、
拓朗「や、全然そんなつもりは」
村井「だったらもっとまともな企画出せよ！　冤罪と連続殺人の調査報道⁉　真犯人の可能性？　お前ら、フライデーボンボンをなんだと思ってんの？」
村井、企画書を拓朗に向かって投げつける。
村井「いいか？　フライデーボンボンは、ビジネスホテルの大浴場！　牛丼屋の紅生姜！　そしてパンチラ！　なくてもいいけどあったら嬉しい、そうゆうもんだっていつも言ってんだろ？　お前ら俺の話最後まで聞かねえで、途中で帰ってっからこんなことになんだよ」

拓朗「いやでも、たまにはこういうので見応えを追求してもいいんじゃないかと思うんですよね」
村井「いらねーっつのフライデーボンボンに見応えなんか！」
村井、立ち上がり、
村井「ったく、めずらしくやる気みせたかと思ったら……」
部屋を出て行こうとするが、それまで黙っていた恵那、
恵那「待ってください！」
村井「ああ？」
恵那「わかってます。うちの番組向きじゃないのは。でも報道にもつっかえされたんで」
村井「あったりまえだよ、冤罪の調査報道なんかウチの報道がやるかよ」
恵那「だけど誰かがやらない限り、この冤罪疑惑も連続殺人犯が野放しって可能性もこのまま闇に葬られてしまいます」
村井「だから私たちがやります！　って？　バカ、そんな甘くねぇよ」
恵那「そんなのわかってます」
村井「わかってる？　なにが？　バーカ、バカバカバーカ！　お前なんぞになにがわかってんだよ。お前な、闇闇言ってっけど、じゃあ闇ってなんなの？　奥になにがいんの？　言えるか？　言えねーだろがよ！」
村井、恵那を睨みつける。
村井「いーんだよ。闇にあるもんてのはな、それ相応の理由があって、そこにあんだよ。お前らごときがオモチャみてーな正義感で、手ェ出していいようなことじゃねんだよ」
恵那、村井をじっと見つめている。
村井「あのな岸本くん、世間てのは自然界なの。ジャングルには虎がいるし、海にはサメがいて、川にはピラニアとかアナコンダとかいるよね？　同じように僕らが生きてるこの世間にもいろんな怖い生き物が、目に見えない縄張りを張ってたりするんだよ。どこに何がいるかもわかってないようなガキが、ぶんぶん棒振り回したりしたら、大変な目にあうってこと。わかる？」
村井、拓朗をじっとみながら言う。
拓朗「……」
拓朗、思わず目をそらす。
村井「冤罪をあばくってことは、国家権力を敵に回

すってこと。わかる？」
拓朗「……はい。わかりま……」
恵那「わかりません」
村井「んだとこの……！」
村井、恵那に怒鳴りかけて、
村井「？」
恵那、様子がおかしい。真っ青な顔でなにかを必死にこらえながらこちらを睨んでいる。
恵那「わ……私は、もう」
村井「……なんだ、真っ青だぞ、お前」
恵那「わかり……たくありません、そういう理屈は。おかしいものは、おか……」
恵那、立ち上がり、
恵那「……失礼します」
とうとう恵那、口元をハンカチで押さえながら立ち上がり、部屋を出ていく。
村井「だ、大丈夫か？　更年期か？」
村井、心配そうに見送る。ぽかんとしてる拓朗に向かって、
村井「おい！　おま、お前！　早く行ってやれよ！」
拓朗「あ、はあ」
拓朗、立ち上がり、恵那のあとをおいかける。

43　女子トイレ前

恵那、ハンカチで口を押さえながら、駆け込んで行く。
拓朗「浅川さん！　だいじょうぶですか？」
追いかけてくる拓朗。
すると恵那、一旦入ったトイレから飛び出てきて、拓朗をにらむように、
恵那「待ってて、そこで！　すぐすむから！　話あるから」
言い、またトイレにかけ戻ってゆく。
拓朗、仕方なくそこで待っていると、
恵那の声「……うっ」
豪快に吐く音が聞こえて来る。

44　屋上

青白い顔に風を受けながら、
恵那「私、やるから。このネタ」
拓朗「……えっ」
恵那「やるよね？」
だが拓朗、目を泳がせ、
拓朗「やー、僕はちょっと……」

恵那「あきらめるの⁉」
拓朗「いやー、やっぱ僕、ちょっと甘かったかなって……」
恵那「なに言ってんの⁉」
拓朗「いや、やっぱ村井さんはずっと報道におられて、僕なんかより社会の裏側とかよくご存知だなーって」
恵那「だめだよ！　真に受けちゃだめだよ、あんなクソ親父の話なんか」
拓朗「やーけど説得力ありましたよね～、そうか僕はジャングルで棒振り回してる子供なのかあって……」
拓朗、笑ってごまかそうとする。
恵那「待ってよ、だって、よく考えてよ⁉　今ここジャングルでもアマゾンでもないじゃん！　惑わされちゃだめだよ！　おかしいことはおかしいじゃん！　アナコンダだろうが国家権力だろうが関係ない！　おかしいと思うことを、のみこんじゃだめなんだよ！」
拓朗「……」
恵那「だって君があきらめたら、松本さん死刑だよ？」
拓朗「いやもう別にいいかなっていうか……」
恵那「なんでいいのよ⁉」
拓朗「すみません！」
拓朗、突然頭をさげる。
拓朗「すみません、そもそも僕、最初から松本さんはどうでもいいんです」
恵那「……え？」
拓朗「僕じつは、ボンボンガールの篠山あさみさんを口説いちゃって、そんでそれを録音されちゃって」
恵那「……なんの話？」
拓朗「それでヘアメイクのチェリーさんに脅されたんです。このネタを浅川さんに持ちかけろって」
恵那「え？　なに言ってるかわかんない」
拓朗「そもそも保身なんです。僕、自分を守りたかっただけなんです。自分を守ろうとしたら余計危ない方に行ってるよって言われたって話なんです。そりゃ引き返します、すみません、僕、そういう男なんです」
拓朗、ひきつり笑う。
その顔が思いっきりひっぱたかれる。
拓朗「⁉」
拓朗、頬を押さえて恵那をみつめる。

恵那、さらにまた何度も拓郎を叩きだす。

拓朗「え？　え？　ええ⁇」

恵那「……う！」

恵那、また吐きそうになる。ぎょっとして飛び退く拓朗。

恵那「……」

恵那、どうにか吐き気をこらえ、

恵那「私はもう、のみこめない。これ以上」

拓朗「……」

恵那「のみこみたくないものは、のみこまない。でないともう」

拓朗「……」

恵那、ハンカチをぎゅっと握り、

恵那「死ぬし、私」

言い捨て、去っていく。

呆然としている拓朗。

45　大洋テレビ・正面玄関（同日・夜）

斎藤と部下一同が、車で到着した大門を出迎えている。

斎藤「先生、お忙しいところ、ご足労いただき恐縮です」

46　ニュース8スタジオ

放送中のスタジオ。

報道局長、入ってくる。

スーツ姿の斎藤が立って、放送を見守っている。

局長たちがやってきたのに気づき、

斎藤「お疲れ様です」

軽く頭をさげる。

局長「ご苦労さん」

局長、斎藤の横に来ると、あらためてスタジオを見る。

局長「どう。問題ない」

斎藤「全く」

副総理の大門雄二がゲスト出演中。キャスターたちと穏やかに談笑中である。

局長、嬉しそうに、

局長「まずまずご機嫌じゃない？　副総理」

斎藤「ええ」

局長「いい感じ、いい感じ」

局長、トークの内容はどうでもいい。嬉しそうに腕組をして放送の終わりを待つ。

47　社員食堂

人気《ひとけ》のない社員食堂。

チェリーと拓朗、向かい合っている。

拓朗「やれることは全部やったと思います」

ここまで集めた資料、特集の企画書などがテーブルに揃えられている。

拓朗「でも、これ以上は僕にはもう無理なんで。録音データ、ばらまくならばらまいてもらっていいっす……」

チェリー、深いため息をつく。

うなだれる拓朗。

チェリー、やがていつもつけている赤い指なし手袋をはずす。そしてその手のひらを、拓朗にむけてぱっとひらいてみせる。いくつもの古い火傷跡がある。

その瞬間、拓朗の記憶の中のもうひとつの手のひらがフラッシュバックする。

拓朗「……!!」

チェリー「あたし、母親の内縁の夫に虐待されてたんですよ」

チェリー、自分の手のひらの傷のひとつを指差す。

チェリー「こん時。これやられた時に、とうとう家出て、公園の遊具ん中で寝てたんすよ」

48　公園（チェリーの回想）

夜、中学生のチェリー、公園の滑り台のトンネルの中で手の火傷をじっと見ている。

トンネルの入り口から、中年男がのぞいている。影になり、顔はみえない。

チェリーN「いくとこないなら、おじさんとこに来てもいいよ、って言ってくれて」

49　松本の家の前（チェリーの回想）

家に入っていく松本とチェリー。

50　松本の部屋（チェリーの回想）

電気を消した暗い部屋で、松本のいびきが響いている。腕枕に毛布だけをかけ、チェリーに背をむけて寝ている松本。雑然とした男独り住い。

チェリー、布団の中から遺影をみている。

チェリーN「奥さんと子供を事故で亡くしたんだって。その子が、私とおないどしだったんだって」

51　松本の部屋（チェリーの回想）

それから数週間後。

ある夜、聞き込みにきた警察に応じる松本の後ろで、チェリー、夕飯を食べている。

チェリーN「あの時、あたしさえいなければ、おじさんは刑務所にはいることもなかったのに」

警察に応じる松本の痩せた背中。

玄関に脱がれたチェリーの赤いズック靴。

不審そうにそれを見ている警察。

52　社員食堂

チェリー「あたしは」
チェリー、あふれてきそうな涙をこらえながら、
チェリー「あきらめませんよ。またチャンス、探せばいいんだし。今日までずっとそうしてきたんだし」
と強がって、ふと見ると、拓朗が泣いている。
チェリー「えっ」
拓朗、肩を震わせている。
チェリー「そんな、岸本さん、いいすよ、もう。しょうがないっすよ」
チェリー、慌てて拓朗を慰めようとする。
拓朗N「チェリーさんには悪いけど、そのとき僕が泣いていたのは松本さんのためではなかった」
チェリー、バッグを探り、レコーダーを出してきて、
チェリー「はい、これ。元データ。コピーとかとってないすから。安心して」
拓朗N「僕は、僕が過去に見た、もうひとつの手のひらのことを思い出したんだ」

＊　＊　＊

拓朗N「完璧な僕の完璧な人生の、そのすべてが偽物だと僕に告げるあの手のひら」
拓朗の回想。
勝海舟、こちらをみている。
勝海舟「君は自分を善人だと思っているんだろう」
拓朗N「そうだ。違っていたのはこれだった」

＊　＊　＊

拓朗、まだ泣いている。チェリー、その手を握り、心配そうに拓朗を見上げている。

拓朗N「僕は、善人じゃない」

53　ニュース8スタジオ

キャスター「本日のゲストは大門雄二副総理でした。ありがとうございました」

大門「ありがとうございました」

AD「CM入りまーす」

放送がCMに入る。キャスターやスタッフたちが一斉に大門に頭をさげ、局長たちが大門に駆け寄ってくる。

局長「大門副総理！　お忙しいところご出演、誠にありがとうございました！」

大門「俺、ちょっと名前間違えたよな。ほんとはアリモトさんだっけ？　あの子」

斎藤「いえいえ問題ないです。大丈夫です！」

大門を囲んで一同、賑やかしくスタジオを出て行こうとしている。

その時、緊急ニュースが入ったらしく、スタッフたちがざわつき始める。

大門の取り巻きの中で、斎藤だけがそれに気づき、振り返る。

54　アナウンス部

誰もいないアナウンス部。

恵那、ミネラルウォーターを飲みながら休憩中。

ふと予感がして、テレビを見る。

55　社員食堂

社員食堂にあるテレビのニュースキャスターが告げている。

キャスター「速報です」

チェリーと拓朗、ふとそちらを見上げる。

56　アナウンス部

恵那、じっとテレビをみている。

ニュース8のキャスターがニュースを読み始める。

ニュース「緊急ニュースが入りました。行方不明となっていた神奈川県八飛市に住む中学2年生、中村優香さんが八頭尾山で遺体となって発見されました。何者かによって首を絞《し》められた跡があり、なんらかの事件に巻き込まれた可能性があるとして警察は調べを進めています……」

57　社員食堂

拓朗、ハッとして、そのニュースを見つめている。

拓朗「……」

58　局内・自販機前（or アナウンス部）

バキバキバキバキ!!

何かを潰す音。

薄暗い自販機前で、恵那、ミネラルウォーターのペットボトルを両手で押しつぶしている。

恵那「……」

強く何かを思う横顔。

恵那、小さくなったペットボトルをゴミ箱に捨てると、歩き出す。

＃2

女子アナと死刑囚

1　拘置所

死刑囚・松本が、ラジオを聴いている。
ニュースキャスターがニュースを伝えている。

キャスター「行方不明となっていた神奈川県八飛市に住む中学2年生、中村優香さんが八頭尾山で遺体となって発見されました。遺体には何者かによって首を絞められた跡があり……」

恵那N「松本良夫、54歳、２００２年から２００６年にかけて連続して女性を暴行、殺害した罪で現在死刑が確定している」

以下、1話のダイジェスト映像。

恵那N「しかしなぜか突如、これを冤罪だと言い出して、真相究明に乗り出した若者がいた。万年低視聴率バラエティ「フライデーボンボン」の新人ディレクター・岸本拓朗。曰く〈しかも真犯人は野放しになっている〉。これにうっかり乗せられた大マヌケが、私・浅川恵那。なんとか番組で調査報道したいと考えた。
　ところが上司の大反対にあうや、岸本拓朗は〈ある人に脅されてやってただけだった〉とあっさり自白。とっとと離脱」

2　フライデーボンボン・スタジオ

隅っこで岸本拓朗、画面を見ている。
一週間のニュースを振り返るコーナー、編集映像が流れている。

映像N「先週、行方不明となっていた中学2年生、中村優香さんが八頭尾山で遺体となって発見された事件、何者かに首を絞められた跡があることから警察は殺人事件として……」

恵那N「だけど私はもう、後に引く気はない」

映像はスタジオに切り替わり、恵那が映る。

恵那「さあ今週もいろんなニュースがありましたが、今夜浅川恵那が注目したニュースはこちら！　エナーズアイ！」

恵那、トピックが並ぶボードを棒で指す。

恵那「どうして？　全国で急増するイノシシ被害！」

スタジオ一同「おお〜」

スタジオ一同、どよめく。
拓朗、スタジオの隅から恵那を見つめている。

3　会議室

恵那N「つもりだったのだけれど……」

（恵那の回想）
月曜の定例会議。情報番組制作部の２番手プロデューサー名越が司会をしている。
名越「はい、じゃあ今週のエナズアイで取り上げるニュースはイノシシ被害がいいと思う人ー」
会議出席者のうち、ほとんどが手をあげる。
名越「女子中学生事件がいいと思う人」
恵那だけが手をあげる。
名越「はい、じゃあイノシシで」
恵那「いや、待ってください！　今、世間が注目してるのは、イノシシじゃないですよね⁉」
村井「どーでもいんだよ。エナズアイは世間じゃなくて浅川恵那が注目したニュースを解説するコーナーなの！」
恵那「ですから浅川恵那はこのニュースに注目してるんです！」
村井「素人か？　浅川恵那が何に注目してるかを決めるのは浅川恵那じゃねーの。浅川恵那は、俺らが浅川恵那が注目してることにしたいニュースを、あたかも本当に注目してるみたいに読むための人なの！　それが嫌ならさっさとやめちまえ、女子アナなんか！」
恵那、改めて村井を睨む。
恵那「……やめません。嫌ですけど、やめません」
村井「更年期かと思ったら反抗期だよ」
木嶋「⁉」
村井のまたしてものセクハラ発言に、テーブルの隅っこで一人憤慨している。
恵那「反抗期はともかく更年期はセクハラなんでやめてください」
村井「ハイ、サーセン！　今度から陰で言います！」
険悪なムードを持て余す場。
ニュースＤ「ま、とにかく、どう考えてもうちの番組向きじゃないよ、このネタは」
名越「うん、重すぎる。番組のトーンが暗くなるよね」
恵那「やり方次第だと思うんです」
ニュースＤ「明るくやりますって？」
若手Ｄ１「殺人事件ですからねえ」
一同、笑う。
恵那「明るくはできませんが、視聴者の興味を引くことはできます」
名越「いや要するにさあ、やってみてダメだったときに責任とれんのかってこと。フライデーボンボンってのはこのユルさを身上にやってきたからこそ、10年続いてるわけでさ」

ニュースＤ「まあ、なんだかんだ言って数字も安定してますしね」
恵那「平均４・２％ですよね？」
恵那、ボソッとつぶやく。
恵那「安定というよりそれはただ……」
村井、途中から被せて、
村井「はい、詰んじゃった浅川恵那が悔しまぎれに言ってはいけないことを言い出したので次いきまーす。次、エンタメ！」
恵那、ため息。
村井「エンタメ‼」
ぼんやり恵那を見ていた拓朗、我にかえり、
拓朗「は、はいぃ⁉　あ、え、えーっと、今週のエンタメコーナーでは……」
恵那Ｎ「安定というよりそれはただ、落ち切ったまま浮上していないというだけでは」
拓朗、企画の説明をしている。
恵那Ｎ「でもそんなのは私が言うまでもなく」
恵那、悔しい。
恵那Ｎ「みんな、本当はわかってるんだろう」

4　フライデーボンボン・スタジオ

恵那Ｎ「そもそもフライデーボンボンは」

恵那、イノシシの説明をしている。

恵那「そもそもイノシシって皆さん、ボタン鍋くらいしか思いつかないですよね？　ところが、こんな美味しい食べ方があるそうなんです」

スタジオにイノシシ料理が運び込まれる。

それらを試食する海老田、ボンボンガールたち。

恵那Ｎ「局内最底辺の番組で」

伸びをしながらモニターをみている名越。

恵那Ｎ「不倫で飛ばされた元スポーツ局ディレクター」

お茶場で世間話をしている村井。

恵那Ｎ「報道で邪魔者扱いされたプロデューサー」

恵那、海老田の質問に答えたりしている。

恵那Ｎ「スキャンダルで降板した女子アナ」

拓朗、次に出すカンペがどれかわからなくなったらしく、一人テンパっている。

恵那Ｎ「学歴だけで入社したボンクラ新人」

海老田の冗談にスタジオ一同が笑い、盛り上がっているかのような空気。

恵那Ｎ「落ちこぼれ者たちの受け皿、それがフライデーボンボン。才能なくても、頑張らなくて

も、生きていける場所」
AD「CM入りまーす」
恵那N「だけど私はそれを」
恵那、仏頂面で台本の整理をしている。
恵那N「安定だなんて呼ぶのは嫌だ」
チェリー「あのー浅川さん」
恵那、ふと気づくと、チェリーが顔をのぞいている。
チェリー「ちょっと直していいですかあ？」
恵那「え、なんか変ですか？」
チェリー「失礼しまーす」
チェリー、メイク道具を出し、恵那のメイクを直すふりをしながら小声で、
チェリー「ありがとうございました、浅川さん」
恵那「……え？」
チェリー「聞きました、岸本さんから。例の事件のことで浅川さんがすごく協力してくださったって」
恵那「……」
チェリー「ひと言お礼言いたかったんです」
チェリー、メイク道具をしまい、
チェリー「はい、オッケーでーす」
ニッと笑うと、去っていこうとする。
恵那「チェリーさん」
チェリー、振り返る。
恵那「この後、ちょっと時間ありますか？」

5 社員食堂

人気のない夜の社員食堂。テーブルにひとり座っている恵那。

そこへ大荷物のチェリー、やってくる。

チェリー「遅くなりましたぁー、ごめんなさい！　なんか今日に限って撤収にやたら手間取っちゃってぇ」

恵那「お疲れ様です。こちらこそ、お忙しいのにすみません」

恵那、チェリーが荷物を置けるように椅子を引いてやる。

＊　＊　＊

テーブルに向き合う恵那とチェリー。それぞれの前にカップのコーヒー。
恵那「チェリーさん、私この件、追ってみようと思うんですよ」
チェリー「え……」
恵那「岸本くんはあきらめたみたいですけど、私は

あきらめられない」
チェリー、意外な展開に目を丸くして恵那を見つめている。
恵那「チェリーさんは」
恵那、チェリーを正面から見つめる。
恵那「松本さんは犯人じゃないって本当に、心からそう思ってますか？」
チェリー「……は、はい」
チェリー、あわてて答える。
チェリー「はい！　思ってます、心から！」
恵那「その根拠ってなんですか」
恵那の真剣な眼差しにチェリー、慎重に言葉を選ぶ表情。
チェリー「……正直あの、警察とか、裁判とかで言えるような証拠とかは私にはなにもないんです。ただそう思うとしか言えないんです……あの、でも、たとえばあの事件の日」
恵那「2006年の11月18日？」
チェリー「はい、実はあの日、あたし誕生日だったんですよ。14歳の」
恵那「……へえ。そうだったんですか」
チェリー「結局家出してから、あたしそのままずっとおじさんちにいさせてもらってたんです。それで、あの日は夕方からゲーセンでぷらぷらしてたんですけど」

6　ゲームセンター

（チェリーの回想）

メダル式のゲームセンター。

チェリー、ひとりゲームをしている。

チェリーN「なんかその日はやたらついてて、やっぱ誕生日だからかなとか思いながら」

チェリー、メダルがどんどん出てくるのを目を丸くしてみている。

チェリーN「メダルがなくならないもんだから、帰るに帰れなくって」

7　松本の家の近く

午後7時。

日が暮れてすっかり暗くなった道。チェリー、ジャンパーのポケットに両手を突っ込んで歩いている。

チェリーN「どこかからカレーの匂いがしてきて、ああ、いいなカレー、食べたいなって思ったら」

8　松本の家

帰ってきて玄関で靴を脱いでいるチェリー。

松本「もうちょいはよう帰ってこんと危ないやろ。もう日もはよう暮れるんやけん」

テレビを見ながらビールを飲んでいた松本、腰を上げて台所にやってくる。

チェリー「ごめんなさい……」

松本、鍋の蓋を開ける。するとカレーが煮えている。

チェリー「カレーだ!!」

チェリー、思わず満面の笑み。

松本、温め直そうと火をつける。

チェリー、さらにケーキの箱があることに気づく。

＊　＊　＊

松本、テレビを見ながらカレーを食べている。

チェリー、好物らしくテレビも見ずに夢中でカレーをかきこんでいる。

＊　＊　＊

ちゃぶ台の上に、カレーを平らげた後の皿。テレビがついている。

松本、ビールに顔を赤くしながら、煙草を吸っている。

チェリー、ケーキの箱を開け、ひとつだけ入っているショートケーキを、丸い手でそっと取り出す。銀紙のままちゃぶ台におき、安物のフォークで食べはじめる。

松本「うまかね」

チェリー「うん」

チェリー、特に笑うでもない。ただ神妙な顔でうなずく。

松本「そりゃあよかった」

赤い顔でくしゃりと笑う松本。

チェリーN「それはあたしが」

9　社員食堂

チェリー、おしぼりを顔におしつけて泣いている。
チェリー「生まれて初めて食べた誕生日ケーキだったんですよ」
チェリー、溢れる涙をせっせとふきながら、
チェリー「自分の親にはそんなのしてもらったこと

なかった」
恵那「……」
チェリー「あたしも、おじさんが捕まった日から、何度も何度も考えてきました。ほんとにおじさんじゃないって言えるのかって。そりゃ14歳の小娘に40歳の男の正体なんか、見抜けるもんじゃないかもしれない。あたしには隠してたけど、おじさんはHな本とかAVとかだって押入れにいっぱいもってました。ほかにもあたしの知らない面がおじさんにはまだまだあったのかもしれない、でも……」
恵那「……」
チェリー「それでも、あたしの誕生日を祝ってくれた、その同じ日に、あのおじさんが他の女の子を殺してたなんてありえないと思うんです。どう考えても。絶対ありえないとしか言えないんですよ」

OPタイトル「エルピス」

10　恵那・自宅

夜。

テーブルにチェリーの手書きノートが山積みになっている。

チェリーが過去に書き写した裁判記録を恵那が読んでいる。

恵那N「チェリーさんがこれまで書きためてきた裁判記録によると」

11　神奈川県八飛市・板金工場

（回想）

恵那N「２００６年11月18日、午後５時03分、当時板金工だった松本良夫は仕事を終え、タイムカードを押し」

作業着姿の松本、タイムカードを押すと、
松本「おつかれさんです」

頭を下げている。

＊　＊　＊

恵那N「自転車で退社」
松本、古い自転車に乗って帰っていく。

12　スーパー・レジ

店員が松本の買い物のレジを打っている。

恵那N「午後5時27分、スーパー『ヨロズヤ』で人参、玉ねぎ、じゃがいも、豚肉細切れ200g、カレールーと缶ビール2本、福神漬け、食パンを買ったあと」

確かに打ち込まれているレジの手元。

13　ケーキ屋

恵那N「午後5時40分、ケーキ屋『ボンフーレ』でショートケーキ1個を購入」

松本「ごめんね、一個で」

松本、恥ずかしそうにいう。

＊　＊　＊

松本、自転車にまたがり、スピードを出さないようにゆっくり漕いでゆく。

恵那N「もしそのまま戻っていたとしたら、午後6時前には自宅に着く。そのあと、ゆっくり1時間をかけてカレーを作った。というのが弁護側の主張」

14　八飛駅前

八飛駅前に着く恵那。

通りの向こうに八頭尾山が見える。

歩いていく恵那。

レンタサイクルの看板が目に入る。

15　ケーキ屋

（現在）

恵那N「一方、検察側は」

恵那、ケーキを買っている。

16　ケーキ屋前の道

ジャージ姿の恵那、自転車にまたがり、腕時計のストップウォッチをセットする。

恵那N「松本はそこから4・8キロ離れた八頭尾山に向かい」

恵那、自転車で走りだす。

17　道

八頭尾山に向かって走っていく恵那。

18　八頭尾山

恵那、自転車を止めて、時計をみる。
恵那N「午後6時頃に着き」
恵那、景色をながめる。
恵那N「下校中だった井川晴美さんに声をかけ」
恵那、降りて歩いてみる。

＊　＊　＊

恵那の想像。
女子中学生に声をかける松本。
恵那N「人気のない山中に誘い込んで殺害」
それらしい雑木林が広がっている。

＊　＊　＊

恵那N「その間わずか30分」
恵那、また自転車に戻ろうと歩き出す。
恵那N「午後6時35分頃」
恵那、時計が6時35分になるのを待っている。
恵那N「この時、松本が逃げるように走ってきて、自転車に乗って去っていったとの」
恵那、自転車にまたがる。

＊　＊　＊

恵那の想像。
走ってくる松本、自転車に乗ると去っていく。
それを見ている目撃者の男。

＊　＊　＊

恵那N「近隣住民の目撃証言がある」
恵那、自転車を猛スピードで漕ぎ出す。

19　松本の住んでいた家

恵那、スピードの出た自転車で走ってくる。
ブレーキをかけて、止まる。
恵那、腕時計をみる。
恵那N「午後6時50分頃、帰宅」
恵那、かなり飛ばしたらしく息があがっている。
恵那N「そして、カレーを作り、午後7時過ぎに少女が帰宅……以上が検察の主張」
恵那、腕を組む。あまりにも無理のあるそのスケジュールに訝しげな顔。
恵那「……カレー？」
恵那、自転車にまたがったまま考え込む。

20　寺

休日の昼間。

拓朗の父の十七回忌の法要が行われている。

拓朗と陸子、祖父母、僧侶の読経を、一同じっと聞いている。

立ち込める線香の煙。

21　寺前道路

法要が終わり、タクシーに乗り込んでいる祖父母。

拓朗と陸子が見送りに出ている。つつましくも品の良い身なりの老夫婦。

陸子、にぎやかしく見送っている。

陸子「遠いところをありがとうございました。ほんとにー」

タクシーのドア、しまる。

陸子と拓朗、手を振る。

陸子「お気をつけてーお元気でー！」

陸子、いろいろな想いがこみあげるらしく、涙を拭うその後ろ姿。だが、明るく振り返り、
陸子「さ、なんかおいしいもの食べにいこ！」

22　高級バー

軽い食事もできるバー。陸子と拓朗、テーブルを囲んでいる。
陸子「ひとり息子が死んで。自分たちはあんなに長生きして」
陸子、ワイングラスを片手にキャンドルに照らされた横顔。しんみりとつぶやく。
拓朗、ひとり料理をモリモリ食べている。
陸子「どんなに辛いことやろ、お義父さんも、お義母さんも」
陸子、思わず目を閉じ、
陸子「ああ、ぜったいに嫌やそんなん。ねえ拓ちゃん、あんたはとにかくお気楽に生きてよ？」
拓朗「うん」
拓朗、口をもぐもぐさせながらうなずく。
陸子「パパみたいに、過労死なんか絶対せんとってよ」
拓朗「でもママはそういうパパだから好きになったんでしょ？」
陸子「まあね」
陸子、しみじみと、
陸子「そりゃパパはさ、すごい弁護士やったからさ」
拓朗「……」

陸子「ほんまに最後まで真に弱い者の味方であろうとする人やった。たいしてやり手でもないくせに、誰も引き受けへんような難しい裁判ばっかり引き受けてさ、死にものぐるいで闘ってた」

陸子、うっとりとした表情で思い出しているが、

陸子「でも死んだらなんもならへん」

いきなり醒める。

陸子「あんな立派じゃなくていいから、死なんとってほしかった。お金かってもっと稼いでほしかった。あの家かって、最初から全部ママが払う前提で買うてんよ？　パパが全然稼がへんから」

拓朗「それはダメだよね。男として」

陸子「ダメよ」

陸子、ひとしきり喋ったらスッキリしたらしく、ようやく料理を食べ始める。

陸子「だから拓ちゃんにはパパみたいには絶対ならんと、気楽にお金を稼いで生きていってほしいの。明王にかってそのために入学させてんからね？」

拓朗「……」

拓朗、なにやら考え込む表情。

陸子「このパンチェッタおいしいねー」

陸子、満足げに料理を食べる。

拓朗、何かに迷っている。ぐしゃぐしゃと頭をかく。

恵那N「チェリーさんの紹介で、松本氏の裁判を担当した弁護士と会えることになった」

23　法律事務所

恵那N「ただチェリーさん曰く」

松本の裁判を担当した木村弁護士の所属する事務所。

数人の弁護士がデスクに向かうオフィスを受付の女性に案内されて、恵那、歩いている。

受付女性「木村先生」

木村、資料が山のように積まれたデスクの隙間で、コンビニの冷やし中華とたこ焼きを食べている。

受付女性「浅川さん、いらっしゃいました」

木村、ジロリとこちらを見る。

恵那、ちょっと戸惑い、

恵那「あ……お食事中すみません。出直しましょう

か？」

木村、傍の椅子を勧め、また冷やし中華をすすり、

木村「いやどうぞ。時間もないですし」

恵那「……失礼します」

恵那、勧められた椅子に座ると、周囲を見回す。雑然とした本棚と裁判資料に囲まれた室内。

木村、たこ焼きをつまみながら、不機嫌そうに言う。

木村「単価の低い刑事事件ばっかりやってるんでね。数やるしかないんですよ。たこ焼き屋みたいなもんですよ」

恵那N「木村弁護士は筋金入りのマスコミ嫌いであるらしい」

＊　＊　＊

恵那の前に、松本の事件に関するファイルが投げるように積まれてゆく。

木村「まあこんなところですかね……あの事件の資料といえば」

恵那「ありがとうございます」

木村、ソファに戻ってきて座り、ペットボトルのお茶を飲み、

木村「他に何か質問はありますか」

恵那「先生は控訴審から担当されてるんですよね？」

木村「そうですよ」

恵那「あの、松本氏は先生からみてどういう人物ですか？」

木村「ま、普通のおっちゃんですよ」

恵那「普通」

木村「検察がいうような偏執的な異常者でもなければ、残虐性など微塵も感じられない、気が抜けるほどまともで、ちょっと気の小さい中年男です」

恵那「やはり無実だとお考えですか」

木村「ええ。その点に迷いはないです」

木村、食べ終えた器をコンビニの袋に入れ口を縛ると、放り投げた資料を確認しながら、

木村「松本の自白は要するに、あなた方マスコミがばら撒いた『ロリコンだ』というインチキな報道と……あ、この件については？」

皮肉な表情で尋ねる。

恵那、木村の批判意識を感じ、硬い表情で頷く。

恵那「はい、うかがっております」

木村「そのインチキ報道に煽られた警察によって強

要されたもので間違いありません」
恵那「強要……」
木村「そうです。信じられませんか？　まさか日本の警察がそんなことするなんて」
木村、バカにするように笑ってみせる。
恵那「いえ」
恵那、静かに答える。
恵那「冤罪については、少しですが以前勉強したことがあります」
木村「まあ大きな権力というのは、それはそれは簡単に自分たちの都合で、弱いものを踏み潰すもんですよ。あっちでぷちぷち、こっちでぷちぷち、とね。決まって選ばれるのは、潰したときにあまり大きな音を出しそうにないものたちです。社会的な力をもたず、家族もなく、叫んだとしても声が小さい、要するに松本氏のような人物が大変好都合なわけですな」
恵那、息がつまる。
木村、資料を見ながら続ける。
木村「さらに死刑囚なんぞ、もはや人間でもないような扱いです。この国の死刑は、いつ執行されるかも順番も決まってないって知ってますか。お偉いさんの都合で、いつでもいいんですす。なんかよく、突然まとめてされたりしてるでしょう。ゴミでも捨てるみたいに。死刑囚は、当日の朝に突然執行を知らされるんですよ。だから彼らにとっては、朝は恐怖の時間なんです。看守の足音が遠くから近づいてくると、今日こそ自分かと思う。毎朝その音をじっと聴きながら震えてるわけで……」
木村、ふと恵那を見てちょっと驚く。
木村「……どうしました」
恵那、ハンカチで口元を押さえて、吐き気を堪えている。
木村「水でも持ってこさせましょうか」
恵那「いえ、大丈夫です……すみません」
恵那、肩で息をする。
木村、さすがにちょっと悪びれる表情。

24 街

朝の街。
恵那、走っている。
恵那N「ところで」

25　大洋テレビ・社内エレベーター

出勤してきた恵那、音楽を聴きながら出てくる。

恵那N「あれから岸本拓朗が」

するとと廊下の端に岸本拓朗が立っている。本人はさりげない風を装っているつもりだが、明らかに不自然。

恵那N「やたらと私を見つめてくるのはなんなのだろう」

恵那、気づかないふりでその前を通り過ぎる。恵那の後ろ姿をじっと目で追う拓朗。

26　フライデーボンボン・スタジオ

本番前。恵那、椅子に座って台本を読んでいる。

その目の端に、やはりスタジオの隅の暗がりから拓朗がじっとこちらを見ているのに気づいている。

恵那N「本人は気づかれていないと思ってるようだけど」

27　アナウンス部

山積みの資料を見ながら企画書を作っている恵那。

制作フロアから拓朗がじっとこちらを見つめている。

恵那N「やつの目力は異様に強いので」

28　会社の廊下

恵那N「いやでも視界に入ってきて」

エレベーターから出てきた恵那、ロッカーに向かって歩いている。

背後から拓朗がじっと見つめている。

恵那N「本当にうっとうしい」

恵那、イラッとしておもむろに振り返る。

拓朗、さっと顔をそらす。

恵那、そのままじっと睨んでいると、拓朗、白々しく何もなかったかのように向こうへ行ってしまう。

恵那N「と思ってたら、電話がかかってきた」

恵那、仏頂面で電話に出ている。

恵那「何？」

29　社員食堂

拓朗、隅っこに座っている。
恵那、食堂にやってくると、拓朗がどこにいるかがその目力ですぐわかる。
恵那、テーブルまで歩いてくると、

恵那「……その目力なんとかして」
仏頂面で座る。
拓朗「え、なんすか？」
恵那、それには答えず、
恵那「で。どういうこと？　君手を引くんじゃなかったの？　村井さんの脅しにびびって、僕には無理だって言ってたじゃない」
拓朗「いやまあ、そうなんですけど……ま、もっかいやってみようかなと」
恵那「は？」
拓朗「ま、お手伝いくらいならできるかもなって」
恵那「おてつだい？」
拓朗「はい」
恵那「……あのさ、こないだ村井さんに言われたよね？　この件を追うっていうことは、国家権力を敵に回すっていうことかもしれないんだよ？　ちゃんとその覚悟があんの？」
拓朗「あ、いえ、ないです。それは」
恵那「ない!?」
拓朗「はい、すみません。ないです。僕、国家権力と戦っても、勝てる気しないです。でも浅川さんが戦うならそれはなんか、お手伝いしたいかなって」
恵那「覚悟はないけど手伝いたい……？」
恵那、混乱し、全く悪気のなさそうな拓朗の顔を見つめている。
恵那N「岸本拓朗は、バカなんだろうか」

30　八飛駅前

恵那N「それともバカみたいにいい奴ってことなんだろうか」
拓朗、お菓子をポリポリ食べながら、駅に着く。
恵那N「よくわからない」

31　神奈川県八飛市・点描

恵那N「それでも」
拓朗、買い物袋を下げてスーパーから出てくる。

携帯の時計、17：27を示す。

恵那N「仲間は多いにこしたことないのも事実」

拓朗、張り切って自転車で走りだす。

＊　＊　＊

拓朗、ケーキの箱を下げてケーキ屋から出てくると自転車に向かう。

32　八頭尾山〜道

舗装の悪い道を自転車で走る拓朗の点描。

33　大洋テレビ・アナウンス部

恵那、企画書を書いている。

デスクの女性が郵便物をデスクに置く。

その時、また携帯が振動する。

恵那「はい」

34　松本の住んでいた家・前

たどり着いた拓朗、縁石に腰掛けて電話をしている。

拓朗「一応、18：52に着きました」

拓朗の息があがっている。

＊　＊　＊

恵那「うん」

＊　＊　＊

拓朗「でも僕、確信しましたよ。やっぱこのスケジュールありえません」

恵那「なんでそう思う？」

拓朗「いや、確かに八頭尾山から必死で飛ばせば10分でアパートに着くんですけど」

拓朗、足元の箱に目をやる。

拓朗「そうすると、ケーキがぐちゃぐちゃになるんですよ」

＊　＊　＊

恵那「だよね……私の時もそうだった」

恵那、その時、先ほど置かれた封書の差出人を見て、

恵那「⁉……ごめん！　切る！」

恵那、急いで封を開ける。

35　大洋テレビ・アナウンス部

松本N「拝啓　浅川恵那様」

恵那、手紙を読んでいる。

36　拘置所

拘置所の松本、手紙を書いている。
松本N「木村弁護士からお手紙を受け取りました。私もお会いしたい気持ちは山々ですが、死刑囚は家族と弁護士以外の面会が許されません」

37　松本の部屋（回想）

松本N「ただ、これだけはお伝えしたいです」

松本のアパートに、警察が聞き込みに来た日。訝しげにチェリーの靴を見下ろしている警察。

松本N「私は絶対に、お嬢さんたちを殺《あや》めたりなどしておりません」

不安げな松本。

その背後のちゃぶ台で、不安げに箸を止めているチェリー。

＊　＊　＊

松本N「ある朝、突然警察たちが部屋に踏み込んできて」

早朝、寝起きの松本、キョトンとした顔で部屋のドアを開けている。

部屋の隅で寝起きのチェリー、突然踏み込んできた警察たちを震えながら見上げている。

一人の婦人警官がやってきて、
婦人警官「もう大丈夫、もう大丈夫だよ」

と毛布をかけてくれるがチェリー、わけがわからない。

38　松本の家・前（回想）

アパート前で、パトカーに押し込まれる松本。

見ている近所の人々。

松本N「殺人の容疑者として連行するといわれました」

39　取調室（回想）

松本N「取調室で3日間昼夜問わず、刑事たちに睨まれ続け、脅され続けました」
鋭い目でこちらを睨みつける強面《こわもて》の刑事たち。

＊　＊　＊

松本N「怒鳴られ、小突かれ、髪を掴まれ」

髪を掴まれ、揺さぶられる松本の首。

＊　＊　＊

松本N「何度も繰り返し〈お前がやったんだろう〉〈認めれば楽になる〉と言われました」

松本の目に浮かぶ絶望。

やがて顔が歪み、泣き出す。

松本N「そうしてとうとう」

崩れるように刑事の膝にしがみつく松本。

松本N「〈許してください〉と言ってしまったのです。それが自白の代わりとなりました」

見下ろしている刑事たち。

＊　＊　＊

拘置所で手紙を書いている松本。

松本N「私は弱い人間であります。情けない男であります」

40　松本の住んでいた家・前（現在）

箱の中のケーキ。ぐちゃぐちゃに潰れている。

松本N「しかしながら私は」

拓朗、縁石に座ったまま、携帯で送られてきた手紙の写真を読んでいる。

松本N「決して殺人犯ではありません」

ため息。

とりあえず潰れたケーキを食べ始める。

41　大洋テレビ・アナウンス部

読み終えた手紙を目の前に、恵那、物思う表情。

42　恵那の部屋

数日後の夜。雨が降っている。

恵那、ドアを開けると拓朗が濡れた傘を手に立っている。

恵那「どうぞ。あ、傘そこ置いて」

拓朗「おじゃましまーす」

恵那「梅雨明けしたかと思ったのにねー」

拓朗、入ってきて部屋を見回し、

拓朗「え、引っ越したばっかなんですか？」

恵那「5年目だけど」

恵那、言いながらキッチンに向かう。

拓朗「なんでこんな何もないんですか？」

恵那、作っていたカレーを皿に盛っている。

恵那「断捨離したから」

拓朗、広いフローリングにポツンと置かれた小さなテーブルの前に座る。

恵那「はい。まずいと思うけど」

恵那、拓朗の前にカレーの皿とスプーンを置く。

拓朗「いただきます」

恵那、言いながらまたキッチンに戻り、片付け始める。

拓朗、カレーを一口食べる。

恵那「どう?」

拓朗「ジャガイモが硬いです。あとニンジンも硬いです」

恵那、メモをみながら、

恵那「だよね。松本さんが6時52分に帰宅したんだとしたら、そこから野菜洗って切って炒めて、7時すぎにチェリーさんが帰ってきたってことは、調理時間わずか10分ちょっと。美味しいわけないよね」

拓朗「浅川さんは食べないんですか?」

恵那「うん。食欲ないから」

拓朗「ずるいっすよ、食べましょうよ、浅川さんもー」

拓朗、まずいと言いつつ、空腹なのか勢いよくカレーを食べ続ける。

拓朗「うわ、マジ硬って、このいも」

恵那、じっとカレーを見ている。

拓朗「あれから僕、近所の人たちに聞き込みしてみたんですよ。たいしてめぼしい情報はなかったですけど、面白かったたっす」

恵那、皿にご飯とカレーを注いで盛ってくる。

拓朗「あ、やっぱ食べます⁉」

恵那「うん」

恵那、恐る恐るカレーを食べ始める。

拓朗「大丈夫ですよ! そんな怖がんなくても。カレーは腐ってもカレーですから」

恵那「腐ってない」

だが恵那が恐れているのは、そのことではない。

飲み込めるかどうか、内心ひどく緊張しながら食べている。

拓朗「なんか今回やってみて僕、案外こういう仕事向いてんのかなーって気がしてきたんすよね。やっぱ正義のために行動するって、めっちゃ気持ちいいっすよねー」

恵那、口をモグモグさせながら拓朗を見ている。

恵那「君ってさ、いいこと言えば言うほど嘘っぽいよね」
拓朗「え、僕すか？」
恵那、ズケズケと言いながら、案外カレーが進んでいる。
恵那「口先だけでしか声出してないでしょ。人が嘘をついてる時の声と、本当のこと言ってる時の声は変わるんだよ。だから私たちはまず発声の練習をするの」
恵那、口先の声を作り、
恵那「〈政府は今日、来年度の予算会議で……〉っていうのと〈発声を変え〉〈政府は今日、来年度の予算会議で〉、聞こえ方ちがうでしょ？」
拓朗「本当だ！　すげえ」
恵那「まあ村井さんがいうところの〈思ってもないことをさも思ってるかのように言う〉ためのテクだよね」
恵那、自虐的に言う。
拓朗「え、どうやるんすか？〈真似てみる〉〈政府は今日……〉」
恵那「君はこんな小手先のテクなんかマスターしなくていいんだよ」
拓朗「〈政府は今日、来年度の予算会議で……〉」
恵那「普通に正しく生きてればいいの。いい人間になれば、勝手にいい声になるんだよ」
拓朗、その言葉にふと表情が変わる。
恵那N「あれ？」
拓朗「……」
恵那N「なんか表情が変わった」
恵那、いつのまにかカレーを食べ終えている。水を飲みながら、
恵那N「自分のこと、いい人間だと思ってないのかな」
拓朗「……」
恵那「……おかわりいる？」
拓朗、我にかえり、
拓朗「え？　ああ、いや、いいっす！　もうお腹いっぱいなんで」
そしてまたしょんぼりする。
恵那N「岸本拓朗にもいろいろあるんだな」
恵那、見ている。
恵那N「ただなぜか私は」
恵那、カレーを食べる。
恵那N「こいつと一緒だとカレーが食べられるらしい」

43　拓朗の部屋

深夜。また雨の音。

　寝ている拓朗の額に汗が滲んでいる。

拓朗「……!?」

　拓朗、飛び起きる。

　拓朗の脳裏に、夢がフラッシュバックする。

　「こちらに向かって開かれる手のひら」

　拓朗、ベッドから立ち上がる。

　その脳裏にまた夢がフラッシュバックする。

　「少年の泣き顔」

　「少年の後ろ姿」

　「少年の葬式」

　拓朗、部屋の電気をつける。ひとりで部屋をぐるぐると歩き回る。

　苦しげに顔を覆う。

44　高級中華料理店

海老田天丼とマネージャーを接待中。村井、川上と恵那、中華を食べながら笑談している。

　恵那のポケットで携帯が鳴る。恵那、さりげなく相手を確認しようとして、
恵那「……えっ？」

　驚きのあまり、つい小さな声を出してしまう。

　それを聞き咎めた村井、
村井「なんだよ」

恵那「あ、いえ。すみません」

　恵那、携帯をポケットではなくバッグに押し込み、談笑に戻る。

　だがバッグで携帯は鳴り続けている。

45　街角

夜。雨が降っている。
　人気のない住宅地。暗がりの軒下で恵那、どこか緊張気味に立っている。
　そこに黒いＢＭＷがやってきて停まる。
　ウインドウがあき、
斎藤「こんばんは」
　運転席から斎藤がのぞく。
恵那「……こんばんは」
　恵那、頭をさげる。

46　立体駐車場

BMW車内。
斎藤、運転席に座っている。
恵那、助手席に座っている。
斎藤「こないだの店でもよかったんだけど、やっぱあのあといろいろ言ってくるやつがいてさ。その、君と食事してるところみたとかどうとか」
恵那「……ああ」
斎藤「岸本と3人でもあの調子なら、二人きりだと余計めんどくさいことになりそうだし、かといって君んちにいくわけにもいかないから、ここで話す」
恵那「わかりました」
言いながら斎藤、後部座席の自分のカバンからタブレットを取り出し、恵那に渡す。
斎藤「開いて」
恵那「……パスワードは」
斎藤「変わってない」
恵那、タブレットの画面を開く。
斎藤「俺あの後、当時の取材ノートを読み返してみたんだよ。で、思い出したんだけど、そういえばあの事件は捜査のごく初期に、わりと重要視されてた目撃証言があったんだ」
恵那「え、どんなですか?」
斎藤「被害者と思われる女子中学生が、若いロン毛の男と歩いているのを見たっていう」
恵那「若いロン毛の男?」
斎藤「うん」

＊　＊　＊

目撃者の主婦「若くて髪の長い、すらっとした男の人と、そっちへ向かって歩いてったんです。カップルかなって思ったんですけどね、そのときは」
目撃者の老人「まあ仲の良さそうにね、ニコニコ話したりしてたよ」
そしてリポーターが現場付近を歩いている。
リポーター「複数の人が目撃しているこの20代くらいの長髪の男を、警察も事件についてなんらかの関わりのある人物とみて捜査をすすめています」

＊　＊　＊

恵那、斎藤のタブレットに見入っている。

恵那「……これは絶対松本さんのことじゃない。松本さんは当時42歳の小柄なおじさんで、もちろんロン毛でもないです」

斎藤「警察もある段階までは、その男を犯人だとして捜査してたんだよ。それが途中で松本を挙げるって方針に変わって、この目撃情報はなかったことにされたんだろうな」
恵那「これが……この男が真犯人ってことなんですかね？」
斎藤「可能性はある」

47　自販機前

傘をさしながら恵那、財布を手に自販機のコーヒーのボタンを押そうとして、
恵那「……」
迷っている。

48　BMW車内

恵那、財布だけを手に戻ってくると、ドアを開ける。
斎藤「え？　売り切れ？」
恵那「いえあの、やっぱり、うちに行ってください。貴重なお時間さいていただいたのに、缶コーヒーじゃ申し訳ないんで」

49　恵那の部屋・玄関

恵那、じっとドアの前で待っている。

ピンポーンとベルが鳴る。

恵那「!!」

恵那、すぐにドアを開けようとして、それではちょっと不自然だと思いとどまり、もう一度鏡を見て髪を整え、ようやくドアを開ける。

斎藤が傘を手に立っている。

恵那「あ、ちゅ、駐車場空いてました？」

斎藤「うん。大丈夫」

50　恵那の部屋・中

斎藤、入ってきて、
斎藤「……？」
あまりに様変わりした部屋に驚いている。
恵那「コーヒー、淹れます」
恵那、キッチンに向かう。
＊　　＊　　＊
斎藤、小さなテーブルでコーヒーを飲んでいる。

恵那、キッチンで片付けをしている。

雨の音。
斎藤、コーヒーを飲みながら、部屋を見回し、

斎藤「これ、捨てたの？　全部」
恵那「はい」
斎藤「いつ？」
恵那「いっぺんには無理だったので少しずつ進めて……この状態になったのは２ヶ月前くらいですかね」
斎藤「あのソファとか、結構いいやつだったんじゃないの」
恵那「見た目だけ。安物ですよ」
斎藤「そうか……断捨離か」
斎藤、ふっと笑い、
斎藤「俺もその一環だったんだろうな」
恵那「え？」
斎藤「断捨離。まあ、無理もないか」
斎藤、自嘲気味に言う。
斎藤「俺は全然マメじゃなかったし、誠実だったとも言えない」
恵那「……」
斎藤「そして何より無責任だった」
恵那、グラスに自分の水を注ぎながら聞いている。

斎藤「あの写真が週刊誌に出た時、俺はまず君を守る方法を考えるべきだった。あの時の俺は、男としてマジでクズだったと思うよ。ソファのがまだ上等だったかもしれない」
恵那、グラスを手にやってきて座ると、
恵那「私は、あのソファのことが嫌になって捨てたわけじゃないんです」
斎藤「……？」
恵那「私が嫌になったのは、ソファでもあなたでもなくて、自分なんです」
斎藤「……」
恵那「私、世間からあの写真のせいでダメになったと思われてるみたいなんですけど、違うんです。私は、あのずっと前からもうダメになってたんです。ダメになってたから、あんな写真を撮られたし、番組を降ろされた。そしてそういう自分をあなたに押し付けようとしたんです」
斎藤「……」
恵那「まあ、あなたが不誠実な彼氏だったことも否定はしませんけど」
恵那、苦笑する。
恵那「報道部のエースだし将来性あるし、ちょっと

くらい女癖が悪くても、私を本気で愛してくれてるわけじゃなくても、プロポーズしてもらって、結婚を機に退社ってことにできれば勝ちだって本気で思ってた。それで最大限、幸せを追求してるつもりだった」

斎藤「……」

恵那「何もかも捨ててから、自分がどれだけ狂ってたかやっとわかりました」

斎藤、ややあって、

斎藤「……ごちそうさん」

カップを置き、立ち上がる。

恵那「あ、はい」

恵那も立ちあがる。

斎藤、玄関に向かいながら、

斎藤「またなんか情報あったら連絡する」

恵那「ありがとうございました。ほんとに」

斎藤「うん。じゃ」

斎藤、ドアを開け、部屋を出る。

51　マンション・内廊下〜玄関

斎藤、マンションの廊下を、エレベーターに向かって歩いていくが、

斎藤「……あ」

携帯を忘れたことに気づいて、また部屋に戻って行く。

斎藤、呼び鈴を押す。

ややあって、恵那が携帯を手に出てくる。ちょっと可笑しそうな表情。

恵那「忘れ物」

斎藤「うん。ごめん」

斎藤もまた、ちょっと照れ笑いする。

恵那、斎藤を見つめている。

斎藤「？」

恵那、額を斎藤の胸に寄せる。

斎藤、驚く。

恵那「……」

斎藤、抱きしめようかどうか迷い、手を伸ばそうとした瞬間、恵那、斎藤から離れ、

恵那「おやすみなさい」

部屋に入るとドアを閉めてしまう。

斎藤、携帯を持ったまま呆然と閉まったドアを見つめている。

斎藤、もう一度呼び鈴を押そうかどうか迷い、やはりあきらめ、歩きだす。

斎藤「……なんなんや」

52　弁護士事務所

数日後。
木村、恵那のタブレットでニュースのアーカイブ映像をみながら、
木村「そう、この目撃証言でしょう。私もずっと気になってるんですよ！」
憤慨する口調。
恵那「もしこの男を真犯人だと証明できれば、松本さんは釈放されますか」
木村「そりゃもう確実に逆転無罪ですよ。だいたいこの目撃証言をこうして取り上げとったくせに、松本氏が出てきた途端に、もうマスコミは一斉にロリコン男の仕業やゆうて、それしか騒がんようになってしもて。ほんまに許しがたいですわ、マスコミ報道の無責任さっちゅうんは」
恵那「すみません……先生がテレビの報道番組なんてご覧にならないのも無理はないと思います」
恵那、恐縮する。
木村、そんな恵那にちょっと気を遣い、
木村「いやまあゆうて、浅川さんのはたまに観てますよ。大洋テレビのニュース……」
恵那「ニュース8」
木村「それそれ」
恵那「最近私は出てないんです。2年前に降板させられまして」
木村「あ、そうでしたか」
木村、バツが悪い。
恵那、微笑む。
恵那「……私は、2008年に大洋テレビに入ったんです」
木村「ほう」
恵那「キャスターを目指してたんですけど、お金がなかったので、独学で勉強して、入社してからは必死で上層部にかけあいました。その甲斐あって、入社3年目でニュース8のサブキャスターになれたんです」
木村「知ってますよ。いやこれは本当に。久々の大型新人だとか言われてましたよね」
恵那も笑い、
恵那「24歳の小娘の自分を少しでも大きく見せようと必死でした。どんな大変なことが起こっても、世界がどんなに混乱していても、あの人はピシッと背筋を伸ばし、正しい真実を伝え

てくれる、そんな風に信頼されるキャスターになりたいと思っていました」
木村「……」
恵那「だけど、そんな夢は一生叶えられないことを知りました」
木村「……」
恵那「サブキャスターになったのは入社3年目の2010年でした。その4月から降板するまでの6年間、自分があたかも真実のように伝えたことの中に、本当の真実はどれほどあったのかと思うと」
木村「……」
恵那「苦しくて。苦しくて。息が、つまりそうになります」
恵那の目が遠くを見るように透きとおる。
恵那「私には今、バチが当たっているんだと、思います」

53 街

薄暗い朝。恵那、苦しげな表情で走っている。

その頭の中にさまざまな記憶が去来する。

54 報道映像

(恵那の記憶)
3．11の地震。押し寄せる波。流されてゆく家屋。
原子力発電所から煙が立ち上っている。

スタジオで専門家たちが話すのを、恵那、聞いている。

「問題ありません」「ただちに避難の必要はありません」

避難区域の拡大してゆく地図。

五輪招致で首相がスピーチしている。「The situation is under control」。

東京五輪開催決定。各地で歓喜している人々。

その翌日のニュース8、映像。

祝賀ムードの中、恵那、福島から中継でスタジオと話している。ワイプの中のMC、満面の笑顔で尋ねる。

スタジオ「そちらでもたいへん盛り上がっている様子ですね！」

恵那「はい！」

恵那もまた、マイクを手に満面の笑顔で伝える。

恵那「はい！　２０２０年の東京オリンピック開催決定は、震災復興へのさらなる弾みとなると、人々も大きな期待を寄せています！」

55　八頭尾山

ある午後。

拓朗、カメラを片手に歩いている。

Googleマップで位置を確かめながら、井川晴美の殺害現場に向かっている。

鬱蒼とした木々。道路に落ち葉が朽ちている。

やがて、枯れた花束や古いぬいぐるみがあるのを見て、拓朗、そこが現場だと気づく。

思わず息を呑んで、撮影を続けている。

ふと、そんな自分を見ている誰かの視線がある気がする。

拓朗「……!?」

拓朗、ハッとして振り返る。

そこには誰もいない。

恵那（オフ）「ええー？　まさか」

56　フライデーボンボン・スタッフルーム

翌朝。

恵那「犯人なわけないじゃん」

恵那、ちょっと小馬鹿にするように笑っている。

拓朗「いやでもマジでなんか気配感じたんですよ」

恵那「イノシシじゃない？　やっぱり。イノシシ」

拓朗「うーん……そすかねえ」

恵那、立ち上がると、
恵那「水買ってくる。君、なんかいる？」

拓朗「あ、いいすか？　じゃ僕、お茶で」

恵那、財布を手に歩き出すと、ポケットの携帯が鳴る。

ふとその画面を見て、
恵那「……!?」

身をすくめる。

体を震わせながら携帯をもう一度、画面を見る。

その背中を席から不思議そうに見ている拓朗、室内のテレビの速報の音に気づいて、モニターを見上げる。

「速報・死刑囚3人の死刑執行」

＃3

披露宴と墓参り

1　フライデーボンボン・スタッフルーム

恵那、携帯画面を見ながら小さく叫ぶ。

「速報・死刑囚3人の死刑執行」

体を震わせながらそれを見つめている。

周囲のスタッフたちが何事かと見つめる中、恵那、突然気を取り直し、どこかへ電話をかけながら足早に部屋を出ていく。

拓朗がそれを追いかける。

2　恵那の回想

木村弁護士「この国の死刑は、いつ執行されるかが決まってないんです」

3　拘置所

朝。

独房の松本、じっと廊下の足音に耳を澄ましている。

木村の声「死刑囚は当日の朝に突然執行を知らされるんですよ」

OPタイトル「エルピス」

4　大洋テレビ・廊下

恵那、木村と電話で話している。
恵那「はい……そうなんですか……」
拓朗N「12年前、連続婦女暴行殺害事件の犯人として逮捕され、服役中の松本良夫被告。実はこのおじさんが〈無実〉である、とか真犯人は〈野放し〉になっている、とかその上〈新たな事件を起こしている〉とか、の可能性を知った女子アナの浅川さんは、情報バラエティ・フライデーボンボン内で、なんとか調査報道するべくがんばっている。がんばっているって人ごとみたいに言ってるけど、実は全てのきっかけを作ってしまったのはなにをかくそうこの僕。で、死刑囚3人の死刑が執行されたとの速報が入ってきたのはその最中のことで……」
恵那「3人のうちのひとりが松本さんかどうかは」
恵那、電話を切ると、暗い表情でこちらに振り返る。
恵那「木村弁護士もわからないって。執行された死刑囚の名前は、続報で発表されるからそれを待つしかないね」
恵那、遠い目。

5　フライデーボンボン・スタッフルーム

午後。
拓朗、テレビに流れてきている死刑の続報を見つめている。
拓朗N「だけど午後に流れてきた続報の中に、松本さんの名前はなかった」

6　大洋テレビ・廊下

恵那、安堵の表情で木村弁護士と話している。
恵那「ええ……だけど改めて急ぎたいって思いました……」

7　弁護士事務所

電話口で話している木村弁護士、書類の山を探っている。
木村弁護士「それはそうと浅川さん、ちょっとご紹介したい方がおるんですけどね」
恵那「はい？」
木村、一枚の名刺を探し出し、
木村弁護士「ええと、首都新聞の記者ですわ。昨日私を訪ねてきましてね。こないだの女子中学生が殺された事件と、松本氏の事件に関連性があるんやないか調べてるとか言うて」
恵那「ぜひお会いしたいです!!」
恵那、期待高まる表情。
拓朗N「木村弁護士から強力な助っ人になりうるのではと紹介された首都新聞の笹岡さんは」

8　大洋テレビ・食堂

拓朗N「なにかとこっちの想像を超えてくる人で」
恵那「政治部でいらっしゃるんですか？」
恵那、笹岡まゆみの名刺をみて不思議そうな表情。
まゆみ「そう。社会部じゃないんですよ。なのになんでこんな勝手に取材してるかって言いますとね、つまんない話で恐縮なんですけど、わたくし出身が八飛市で子供の頃によく八頭尾山にハイキングに行ってたんですよ。おだやかないい山でねえ。山桜なんてほーんときれいで」

まゆみ、言いながらキャリーバッグからパソコンを二台取り出している。

まゆみ「それがあるときから、やたら若い女性が殺される事件現場として有名になっちゃったじゃないですか……あら、これじゃないわ。ちょっと待って」

まゆみ、パソコンのうちの一台を閉じて、荷物の中からさらにもう一台を取り出している。

まゆみ「もうね仕事柄資料やら原稿やらがとんでもない数になるんですけど、わたくしほんとに整理整頓が苦手だもんで、もう毎年一台パソコンを買って、それを資料箱みたいにしちゃってて……ほんとは今はもうクロード？　ケランド？　とかあるんでしょう？」

拓朗「クラウドすか？」

まゆみ「そうクラウドね。やだ、わたくし今なんて言いました？」

まゆみ、ひとりで笑いながら、パソコンでなにやら資料を探している。

まゆみ「でね、またこないだ八頭尾山で女子中学生の事件が起こっちゃったでしょ？　ちょっと本気で社会部に調べに行ったんですよ。そしたらやっぱりこの12年前の松本良夫逮捕ってのにどうも引っかかってですね、どーも真犯人が他にいるんじゃないか？　って気がしてしょうがなくて」

恵那・拓朗「ですよね⁉」

まゆみ「ちょっと待ってくださいね。せっかくお会いするから、うちが持ってる事件資料ってのを全部コピーしてきたんですけど……」

恵那「ええ⁉　ありがたいです‼」

まゆみ「あら、これじゃない。ごめんなさい。やだーちょっと待って」

まゆみ、また別のパソコンを取り出してくる。

拓朗N「それからその資料を見つけるのに2時間かかって、いったい彼女の登場はありがたいのか迷惑なのか微妙なところだと僕は思ったけど」

9　八飛市・喫茶店「珈論琲亜《コロンビア》」

テーブルに座る恵那と拓朗。

拓朗、モーニングセットのオムレツにケチャップをかけている。

拓朗N「浅川さんはずいぶん勢いづいたらしく、事件に関わった刑事に会ってみようと言い出した」

恵那、コーヒーを飲みながらまゆみからもらった資料を読んでいる。

恵那「……当日午後6時頃、松本良夫は八頭尾山沿いを下校中だった被害者・井川晴美さん（14歳）に〈1万円で下着を買わせてほしい〉と声をかけた」

拓朗、オムレツを食べながら、きいている。

恵那「二人はその後、人目を避けるために八頭尾山山道に入っていった。そこで晴美さんが下着を脱ぐのをみた被告は衝動が抑えられなくなり、乱暴しようとしたが抵抗されたため、首を絞めて殺害した……」

テーブルの上に井川晴美の写真のコピーがある。初々しい制服姿。

恵那「吹奏楽部ではフルート担当。好きなもの、音楽。星」

学級紹介のプロフィールのコピー。自筆と思われる似顔絵を恵那、じっと見つめる。

拓朗、オムレツをほおばりながら憂鬱そうに言う。

拓朗「あのーやっぱ僕、外で待ってちゃだめすかね」

恵那「はあ？」

拓朗「なんか全然仲良くなれる気しないんすよ。こういう地方の刑事って、絶対顔怖いっすよ。こうぶっとい黒縁メガネとかかけてて、こういうでかい襟の半袖のワイシャツとかで……」

拓朗N「ところがまたしてもそんな想像は裏切られ」

10　八飛警察署

平川刑事が名刺を差し出しながら、

平川「平川です」

拓朗N「いまどきの地方刑事のワイシャツは長袖で」

細いメタルフレームの眼鏡でスマートに微笑んでいる。

拓朗N「スタバでMac開いててもおかしくない感じ。でも」

平川、ソファに座ると、

平川「しっかし、よくこんなこと思いつきますよね。あの松本死刑囚が冤罪で、捕まってない真犯人がこないだの女子中学生を殺したとか？　ちょっと笑っちゃいました」

小馬鹿にするように笑う。

拓朗N「やっぱり仲良くなれそうにはなかった」

＊　＊　＊

平川「ま、結論としては、松本良夫が犯人で間違いありませんので」

恵那「はい、ただ万が一には真犯人が野放しになっている可能性も……」

平川「いや、うち的にはもう完璧に解決済みの事件ですので。というわけで、ご苦労様でした」

平川、立ち上がりかける。

恵那、慌てて話を引き延ばそうと、

恵那「あ、あの！　平川さんは当時の捜査には？」

平川、一瞬わずかに答えをためらう様子。

平川「まあ……一応関わってましたけど、まだほんの下っ端だったんでね、詳しいことは何も知りませんでしたし、正直あまり覚えてないんですよ」

突然、拓朗、無邪気にたずねる。

拓朗「え？　それでなんで松本さんが犯人だって言い切れるんですか？」

平川「は？」

拓朗「だって覚えてないのに犯人で間違いないって変ですよね？」

平川「いや、そりゃちゃんと最高裁で判決がでてますから」

拓朗「だってその判決が間違ってる可能性だってあるじゃないすか。で、もし間違いだったらヤバくないですかって話を僕らはしに来たんですよ。解決したと思い込んで、真犯人が野放しになってるせいで、また起こっちゃったのかもですよって（恵那に）ですよね？」

平川「いや、だからそんなことは絶対にあり得ませんから！」

平川、たちあがり、去っていく。

拓朗「……あ！　あ！　んじゃせめて当時の警部さんの連絡先教えてくださいよ！」

平川「はあ？」

拓朗「えっと、取り調べをした山下警部と及川巡査長ですか。もう退職されてるんですよね？」

平川「教えられるわけないでしょ、そんな個人情報!?」

11　八飛市・喫茶店「珈論琲亜」

恵那、拓朗をじっと見つめている。

拓朗N「浅川さんに怒られるのが怖かったので」

拓朗「なんなんですかね、あの人？」

拓朗、カツカレーをむしゃむしゃ食べながら、

拓朗「カーナビかなんかと喋ってるみたいでしたよね？　全然こっちの話聞かないし」

拓朗N「僕はすべての責任をあの刑事にかぶせるべく必死で喋った」

拓朗「そりゃまあこっちは当時の捜査を疑ってかかってるわけですから、腹も立つでしょうけど、にしたってあの態度はないっすよね。絶対なんか隠してますよ。いやーなんか闇見た気がしますよねー」

拓朗N「ところが浅川さんは」

恵那、大きくため息をつくとコーヒーを飲み、

拓朗N「案外怒ってなくて」

恵那「……空気読めない人って強いよねえ、ああいうとき」

拓朗「あの人ですか？」

恵那「君だよ」

恵那、なぜか拓朗から皿を取り上げると、拓朗のカツカレーを食べ始める。

拓朗「でもどうします？　この警部たちの連絡先。やっぱ古い電話帳で一軒一軒当たるしかないんすかね。昭和の記者みたいに」

恵那「空気って、どうやったら読まないでいられるんだろ……」

恵那、拓朗のカツカレーを遠慮なく食べ続けている。

拓朗、どんどん減ってゆく自分のカツカレーを不安そうに見つめている。

拓朗N「浅川さんはそういうけど」

12　披露宴会場

（誰かのスマホ映像）

拓朗N「人の生きるところ必ず空気はあり、僕だってそれと無縁ではいられない」

ホテルの大広間で豪華な結婚披露宴が行われている。

明王の同窓生一同、タキシード姿で勢揃いし、「PERFECT HUMAN」を踊っている。完璧な振り付けとフォーメーション。相当練習したことがうかがわれる。

拓朗N「これの何がそんなに楽しいかはわからないけど」

拓朗、ダンス隊の一員として楽しそうに踊っている。

拓朗N「とにかくこういう時は楽しそうにするものなのだ」

＊　＊　＊

花嫁が泣きながら手紙を読んでいる。

花嫁「ママ、ママは私の理想の女性です。パパにとっては良き妻であり、私にとっては良き母でした。私はこれからもずっとママを目指して生きていきます……」

拓朗N「本当は彼らのことをそんなに好きじゃなくても」

＊　＊　＊

新郎新婦、両親に花束を渡している。

拓朗N「こういう時は祝福をするものなのだ」

13　バー

夕暮れ時。

結婚式の二次会会場のバー、引き出物の袋を下げて立っている拓朗と友達の悠介。

陸子がやってきて、

陸子「ゆうくん、久しぶり〜!」

悠介「お久しぶりです!　相変わらずお若いっすねー」

陸子「どうだったどうだった?」

悠介「いやそりゃさすがあっくんて感じの結婚式ですよ。客席著名人だらけ、花嫁超綺麗、お料理も多分最高クラスですね、あれは」

陸子「やっぱりね〜」

＊　＊　＊

それぞれの客たちは花嫁と花婿の到着を待っている。

隅っこのテーブルを囲んでいる拓朗、悠介、陸子。

披露宴でのハイテンションから一転、それぞれに静かに物思う表情。

悠介「あ、そういえば拓ちゃん、今年も行く?　墓参り」

拓朗「カイくんの?」

悠介「うん」

拓朗「行くよ」

悠介「そか。俺も当日は無理かもだけど、前後に時間みて行くつもり」

拓朗「そか」

シャンパンを飲みながら話を聞いていた陸子、

陸子「……みんなやっぱり毎年行ってあげてるんだね、カイくんのお墓参り」
悠介「いや、でももう行かなくなったやつの方が多いですよ」
陸子「そうなの？」
悠介「ええ。僕が思うに、僕たち明王２０１５年度卒業生は、はっきりと二種類に分けられるんです。カイくんの墓参りに行く派と、行かない派。僕とか拓ちゃんみたいないまだに行ってる派は、まあ残念ながら出世しませんね」
陸子「やあだ。じゃあ、行かない派は？」
悠介「要するにあっくんですよ。あっくんと、あっくんを中心としてその周囲に展開される華麗なるメインストリーム。まさに今日の披露宴的世界です」
拓朗、今日の披露宴を思い出す。
完璧な美しい新郎新婦。著名人が囲む豪華なテーブル。同窓生たちのダンス。
悠介「自分たちの中にいじめを苦にして自殺したやつがいたことなんて、一日も早く忘れたもん勝ちなんです。考えず、悩まず、ただ鼻をきかせ、長いものに巻かれる。それが人生に勝っていくってことなんですよ、どうやら」
拓朗、ぼんやりとその言葉を聞いている。

14　大洋テレビ・廊下

出演者控室の前のベンチで拓朗、電話帳を膝に広げながら、「山下」に片っ端から電話をしている。

拓朗「山下さんのお宅ですか？　失礼ですが、以前八飛警察署で刑事をされていた……？　あ、そうですか」

控室から、出演者らしきアイドルが出てくる。

拓朗「間違えました、すみません、失礼します」

電話を切り、
拓朗「どうもディレクターの岸本です、今日はよろしくお願いしますー！」

と、アイドルに頭を下げる。

アイドルとマネージャー、行ってしまう。

拓朗、またベンチに座り、「山下」家に電話をかけだす。

拓朗Ｎ「そうやって仕事の合間に電話をかけまくった結果」

15 社員食堂

拓朗N「2週間後、144軒目の山下さんが」
拓朗「あっ⁉」
　拓朗、電話口で固まっている。
拓朗「や、山下元警部のお宅ですか⁉」
拓朗N「たどり着くまでには時間がかかったけど、取材交渉は意外なほどスムーズだった」
拓朗「実は、あの、わたくし大洋テレビの岸本という者なんですが……」

16 山下元警部自宅の瀟洒《しょうしゃ》な庭

　立派な一軒家の庭。

　山下元警部とその妻、娘、その友達が、恵那を囲んで記念写真を撮っている。

　拓朗、携帯を構えている。

娘「えーマジ感激ー。浅川恵那さんと会えるなんて、ほんと父が警察でよかったですう」

拓朗「はい、チーズ」

＊　＊　＊

　女性陣がはけて、一転静かな部屋。
　笑顔の消えた山下と恵那、テーブルで向き合っている。
　拓朗、隅から顔を映さないようにカメラを回している。
　山下、清潔で行き届いた身なり。退職後の穏やかで安定した生活ぶりがうかがえる。
恵那「なるほど……そして逮捕と」
　恵那、メモを取りながら、山下の話をきいている。
恵那「実際の取り調べっていうのは、山下さんと……？」
山下「私と及川がメインであと三人くらいいたかな、まあ時々交代しながら」
恵那「計五人……」
山下「まあ松本も最初は、否定してましたよ。けどもやっぱり最終的には自らの罪を認めてね」
恵那「認めた……どういう風に認めたんですか？」
山下「許してくれ、と、こう土下座して、床に頭擦り付けてわんわん泣いてね」

＊　＊　＊

　(回想)

　床に頭を擦り付け、震えながら泣いている松本。

　それを見下ろす山下たち。

＊　＊　＊

恵那「自分がやったと言ったんですか？」
山下「うーん、まあその……」
　山下、ちょっと誤魔化すようにコーヒーを飲む。
山下「私らが〈お前がやったんだな〉と聞いたのに〈許してくれ〉と言ったんだから、そりゃあやったということですよ」
恵那「……」
　恵那、思わず拓朗を見る。
　だが拓朗、撮影に集中していたらしく、
拓朗「？」
　恵那の目線の意味がわからない。

17　編集室

　翌日。
　恵那と拓朗、撮ってきた映像を見ている。
　山下の首から下だけが映っている。
山下の声「私らが〈お前がやったんだな〉と聞いたのに〈許してくれ〉と言ったんだから、そりゃあやったということですよ」
　拓朗、映像を止め、
拓朗「そいや浅川さん、なんかこのとき僕の方見ましたよね？」
　映像を見ていた恵那、顔が怒っている。
恵那「ああ。サクッときいてほしかったのよ、空気読まない人に」
拓朗「は？　なんて？」
恵那「その許してくださいは、もう勘弁してくださいっていう意味だったんじゃないですかって。ある日突然警察に連れてかれて、入れ替わり立ち替わりお前がやったんだろって頭ごなしに怒鳴られ続けるうちに、心が折れただけなんじゃないですかって」
拓朗「自分できけばよかったじゃないですか」
恵那「だって私が怒らせたらそこで取材終わっちゃうじゃん」

＊　＊　＊

　廊下。
　編集室ドアのスリットガラスから恵那と拓朗が話しているのが見える。
　斎藤、それをのぞいている。
　拓朗がふと顔をあげ、それに気づく。
拓朗「あ！」
　恵那、振り返り、

恵那「……!?」
　斎藤、入ってきて、
斎藤「何これ?」
拓朗「あ、例の松本を取り調べた刑事です! インタビュー撮れたんすよ!」
　得意げに言う拓朗。
斎藤「ちょっと見せて」

＊　＊　＊

　斎藤、一緒にインタビュー映像を見終え、
斎藤「で? どうすんのこれ?」
恵那「は」
斎藤「なんか戦略あんの? 君らのフライデーボンボンでこれを放送にもってくまでのさ。どうせいまは大反対されてんだろ?」
恵那「あ、えっと、まずその、しっかり事件概要と関係者の証言などをまとめて、で、それをもとにまずは内側の味方を増やしていくといいますか……」
　斎藤のプロの目が怖く、声の小さくなっていく恵那。
　そんなふたりをキョロキョロと見ている拓朗。
斎藤「被害者遺族のインタビューは?」
恵那「あ、それは……どうしようかと」
斎藤「なんでだよ、いるじゃん。松本が犯人じゃないとしたら、真犯人はどこにいるのか。真相の追求をほかでもない被害者遺族こそが望んでるってことにするんだよ。それが一番強いじゃん」
恵那「はい……ただ、ご遺族にしてみれば、もう犯人は捕まったって思っているのに、10年以上もたって今更冤罪の可能性があるって言われても、どうなのかなって……」
斎藤「どうなのかなって、そりゃ迷惑に決まってるよ。どっちにせよお前らがやろうとしてることは、遺族にしてみりゃ残酷で傲慢なことだ。罵倒されて当然なんだよ。それでもそれを覚悟の上でやりたいかどうかだろ」
恵那「はい……そう、ですね」
拓朗N「このふたりはかつて同じニュース8で、こういう先輩と後輩の関係だったんだろう」
　斎藤に説教され続けている恵那。
拓朗N「やけに素直な浅川さんをみながら」
　拓朗、一人でスマホをいじっている。
拓朗N「僕はまたあれを検索せずにはいられなかった」
　スマホに恵那と斎藤の「路上キス写真」。その恵那と斎藤を指で拡大する。
恵那「……はあ」
恵那の大きなため息がきこえて、拓朗、目をあげると、いつのまにか斎藤がおらず、恵那がこちらを睨んでいる。
恵那「なにみてんの?」
拓朗「あっ……や、別に」
恵那「インタビューとるよ」
恵那、仏頂面でいう。
拓朗「は?」
恵那「ご遺族の。どうにかして」

18　井川家

神奈川県の被害者実家周辺。静かな住宅地。
拓朗N「退職した元刑事たちの所在に比べて、遺族の家を探すのはずっと簡単だった」
恵那と拓朗、スマホのナビを片手にたどり着いている。
恵那「……ここだ」
見上げると表札に「井川」とある。
拓朗N「遺族一家は事件後も同じ家に暮らしていたからだ」
恵那と拓朗、しばらく無言で家を見上げている。
拓朗「とりあえず押してみます?」
恵那「ダメダメ! 今日はとりあえず確認したかっただけだから。手土産も何も持ってきてないし」
拓朗「はあ」
するとその時突然、鋭く尖ったホースの水が二人を直撃する。
拓朗「うわわ!!」
恵那「きゃっ?」
拓朗、恵那、驚いてみると、初老の男(井川父)がホースを手にこちらを睨んでいる。
拓朗「え? え……」
井川父、無言でまたホースの水をかけてくる。
拓朗「す、すみません!! すみません!」
慌てて逃げる恵那と拓朗。

19　喫茶店

カウンターに常連客らしい老人が一人と、髪と服の濡れた恵那と拓朗、座って話を聞いている。

マスター「まあ、マスコミの人がめったにあの辺うろつくもんじゃないよ」
マスター、コーヒーを出してやる。
恵那「……すみません」
マスター「だってそりゃあ当時むちゃくちゃやりやがったんだから、マスコミが」
拓朗「そうなんすか」
マスター「ひどかったよ。毎日毎日家囲んでさ。馬鹿な記者がインターフォンで〈晴美さんは下着を売っていたという噂もありますがどう思いますか〉とか聞いたりさ。たまんねえよ遺族にしてみりゃ」
恵那、想像し、陰鬱な表情。拓朗にボソリと呟く。
恵那「作戦変更だね……」
拓朗「え?」
恵那「やっぱ、ご遺族にはそう簡単に会ってなんてもらえない」
恵那、ため息。

＊　＊　＊

恵那「ごちそうさまでした」
拓朗、レジで領収証をもらっている。

20　喫茶店・外

恵那、先に外に出て、なんとなく周囲を見回す。

21　薄暗いガード下の路地街

ほとんどのシャッターが降りている。恵那、人気のない路地を歩いていると、ポツンと灯のついている雑貨屋がある。
入ってみると、雑然と積まれた輸入雑貨の山に挟まれて店が奥へと続いている。
恵那「こんにちは……」
薄暗い店の奥、カウンターで一人の男が本を読んでいる。その男が、ぼんやりと顔を上げる。
恵那「あのちょっとお聞きしていいですか、10年以上前にこの辺りで若い女性が連続して殺された事件って」
男「……」
恵那「覚えてらっしゃいますか?」
男、黙って恵那を見つめる。奇妙な沈黙と、その目の奥に異様な鋭さがある気がして、恵那、ちょっと不安になる。
恵那「……」
恵那、戻ろうかと思ったその時、男の表情がふっと和らぐ。
男「やぶからぼうに」
恵那「……」
男「ずいぶん物騒な話題ですね」
恵那「すみません」
男、再び本に目を落とす。
恵那、慌てて名刺入れを出しながら、
恵那「あの私、大洋テレビの者でして、ちょっと今ご近所に当時のことをお聞きして回っているんですが、こちらのお店は、当時から……？」
男「その話をするなら」
暗がりで男、突然いう。
男「僕はまずあの入り口を閉めなければ」
男、店の入り口に目をやり、
男「シャッターを降ろして鍵をかけこの電気を消し、そうしてあなたがそこに座って聞くというのであれば」
恵那「……」
男「話しますよ」
恵那「……あの、何か、ご存知なんですか？」
男「およそ物事はそれが語られるにふさわしい位相を求めるものです」
恵那「……」
男「あなたがお知りになりたいことは、言語なんて目の粗い道具だけですくいきれるものではありませんよ」
恵那「……」
男「そもそもあなたは誰なんです？」
笑う男の目のいびつに冷えた光から、恵那、目が離せない。
恵那「……はい」
なぜか納得してしまう恵那。恵那をじっと見つめている男。
恵那「……あの」
この男の真意を知りたいという強烈な欲望に、恵那、迷うように店の入り口を見る。
と、その時、携帯が鳴る。
恵那、我にかえる。
恵那「……すみません」
軽く頭をさげると、慌てて店を出る。

22　喫茶店・外

先ほどの喫茶店の前に戻ると、拓朗が携帯を鳴らしている。
恵那「ごめん！」
恵那、走ってくる。

23　薄暗いガード下の路地街

恵那と拓朗、先ほどの雑貨屋のあたりに来ている。
恵那「あれ？」
が、それらしい店が消えている。
恵那「消えてる……？」
拓朗「その店が？」
恵那「閉まったのかも」
似たようなシャッターが並んでいるのを見つめる。
拓朗「ふーん？　まだ5時すけどね。ま、また開いてる時に聞きに来ればいいじゃないすか」
恵那「……そだね。ごめん」
恵那、ちょっとぼんやりと頷く。

24　街

朝の街を恵那、走っている。
拓朗N「浅川さんは、遺族にまずは手紙を書いてみると言った」

25　カフェ

恵那、テーブルで一人便箋を開き、考え考え、筆を進めている。
拓朗N「一通目には返事はなかった」

26　アナウンス部

書いた手紙を破って、丸める。
拓朗N「二通目もなかった」

27　恵那の部屋

深夜。
そしてまた、「拝啓」と新しく書き始めている。
拓朗N「しかし六通目の後に」

28　社員食堂

恵那「⁉……はい、大洋テレビの浅川です」
　恵那、素うどんをゆっくり食べている途中、携帯を耳に当てながら思わず立ち上がる。その後ろで高橋と定食を食べていた拓朗、それに気づいて、追いかける。

恵那「……はい……はい、大変申し訳……はい」
　恵那、少しでも静かな場所に行こうと、携帯に答えながら廊下へと向かっているが、ふと立ち止まる。
　追いかけていた拓朗が思わずそれにぶつかり、恵那の携帯、はずみでスピーカーになってしまう。

井川父の声「マスコミとは金輪際話す気もないし、今さら冤罪かもだとか言われても知ったこっちゃないよ‼　もう二度と手紙なんか送ってこないでくれ！」
　電話が切れる。

29　屋上

　恵那、ヘコんでいる。

拓朗「しょうがないっすよ。遺族のインタビューはあきらめて、そのぶん他のネタに力入れましょうよ」
　恵那、だがじっと考えている。

恵那「……いや。あきらめたくない」
拓朗「ええ？」
恵那「だってこれ誰が悪いって、マスコミだよね。他でもない私たちだよね」
拓朗「いや僕たちってか、当時の報道陣つーか、まあ言っちゃなんですけど斎藤さんたちのせいですよね」
恵那「だけど私たちだって同じマスコミなんだから、たとえば君の口がボンボンガールを口説いちゃったのを、君の眉毛が〈僕は関係ないです〉っていうわけにはいかないでしょうよ」
拓朗「え、ちょっと意味わかんないです」
恵那「自分たちの失敗なんだから自分たちでなんとか挽回するしかないじゃん。他人の冤罪を晴らしたいとか真犯人を明らかにしたいとか言ってるくせにさ、自分たちの過ちはしょうがないよねってあきらめるの？　なんか、だめじゃない？　最低じゃない？　そんなの」
拓朗「まあそりゃだめですよ、だめですけど」

恵那「……」
拓朗「じゃあどうするんすか」
　恵那、腕を組んで考えるが、どうしようもない。ヘコむ。

30　恵那自宅

　夜。
　恵那、また便箋に向かっている。
　その時、携帯が振動する。見たことのない番号である。
恵那「……はい？」
　電話の向こうから若い女の声がする。
女「……浅川恵那さんの携帯ですか？」
恵那「はい、そうですが」
女「あのう私……井川です」
恵那「え⁉」
女「井川純夏と申します。あの、井川晴美の姉です」
　恵那、息を吞む。

31　八飛市・喫茶店「珈論琲亜」

　数日後の午後。
　恵那と拓朗、テーブル席に座っている。
　拓朗、緊張気味にカメラのバッテリーなどをチェックしている。
　恵那もスマホの時計をみながら、落ち着かない様子。
恵那「ちょっと、早く仕舞って、カメラ」
拓朗「な～んかこのバッテリー最近調子悪いんすよね」
恵那「いいから。今日はまだ撮らしてもらえるかわかんないんだし」
　と、そのとき店員の声。
マスター「いらっしゃいませ～」
　恵那、拓朗、入口を見る。
　赤ん坊をバギーにのせた小柄な母親（純夏）が、入って来る。

＊　＊　＊

　バギーで赤ん坊が眠っている。
　純夏と恵那、拓朗、テーブルに向き合っている。
純夏「こないだ母から、父が浅川さんに電話でお断りしたってきいて」
恵那「あ、はい」

純夏「……両親の気持ちもよく分かるんですけど、でも私は、あの時どうしてもわからなくて、あきらめられずにきたことがあって……それでお話してみたいと思ったんです」
恵那「はい」
純夏「あの、晴美がなんで犯人と一緒に、八頭尾山に入ってってしまったのかっていう理由なんですけど、晴美が下着を売ろうとしたんだって、警察からは説明されたんです」
恵那「はい」
純夏「その時私、晴美はぜったいそんなことしないって思ったんですけど、〈ご家族が信じられないのはわかりますが残念ながら事実です〉って言われて」
恵那「はい」
純夏「実は両親は……もう半分信じてしまってるんです。自分達が知らなかっただけで、晴美にはそういう面があったのかもしれないって。でも私はなにがなんでも信じるわけにいかないって思ってきました。だって、そうじゃないと、あの子が私らと生きてた14年間まで失くすことになってしまうっていうか。だから両親は怒ってましたけど、浅川さんの手紙に、私はすごく救われる気がしたんですよね」
恵那「……」
純夏「やっぱり、やっぱり晴美にはなんかもっと全然違う理由があったんだって。そう思えた瞬間に、やっと私の知ってる晴美が戻ってきてくれた気がしたんです」

純夏、赤ん坊用のハンドタオルで涙を拭く。
恵那、泣いている純夏を強い目で見つめているが、

恵那「純夏さん」
純夏「……はい」
恵那「ものすごく失礼なことを重々承知で、お願いがあります」
純夏「？」
恵那「純夏さんのインタビューを撮らせていただけませんか」

横で拓朗、ギョッとしている。

純夏「私のインタビューですか？」
恵那「不躾なお願いを、本当に申し訳ありません。でも、この冤罪事件は、なんとしても正しく解決されなければならないと今、改めて思いました。だけどそのためには私たちの声だけでは足りないんです。もっともっと大勢の味方を集めなければならない。純夏さんのお姿と声は、私たちがどれだけ言葉を並べたって伝えられないことを、一瞬で伝えて下さると思います」

純夏、悩ましい。赤ん坊を見つめている。

恵那「どうか。どうか、お願いします」

恵那、頭をさげる。

慌てて拓朗もさげる。

32　丘に向かう道

恵那、バギーを押している。

赤ん坊、目を覚まして空をみている。

純夏がロール状のマットを持って歩いている。

拓朗がカメラでその姿を撮っている。

純夏「んーなんていうか、いわゆる良い子ちゃんじゃあなかったですね。すごいガンコなところもあって、父とかにすごい生意気を言ったりするんですよ」

純夏、緊張を紛らわすように明るく喋っている。

純夏「けどほんとは傷つきやすくて、泣き虫で。そういうとこが好きでした。かわいいって思ってました」

33　丘

純夏「あの日は、獅子《しし》座《ざ》流星群がたくさん見られる日だったんですよ」

芝生にマットを敷いた純夏、その上に座って空を見上げている。

純夏「だから、夜ここで一緒に見る約束してたんです。私も妹も星が好きで、昔からよくここで一緒に観察してて。……だけど」

純夏の目から涙が流れる。

純夏「帰ってこなくって」

肩を震わせて泣いている。

純夏「……はるちゃん」

拓朗、じっとその姿をカメラで撮っている。

純夏「はるちゃん」

恵那、赤ん坊を抱きながら、必死で涙をこらえている。

拓朗の横顔に汗が流れている。

34　バス車内

拓朗N「正直ここにきて僕は」

日が暮れている。

すいた車内、離れて座っている恵那と拓朗。

拓朗N「自分がどれだけとんでもないことに首を突っ込んでいるかを、ようやく理解していた」

拓朗、放心している。その胸にカメラバッグが抱きしめられている。

拓朗N「その日僕が撮ってしまったのは、もう死んでもお蔵入りにさせるわけにはいかないものだった」

景色をぼんやりと見つめている恵那の横顔。

拓朗、思い詰めた表情。

拓朗N「でも」

35 フライデーボンボン・映像

オープニング。

「フライデー！　ボンボーン!!」

陽気な音楽とともに、笑顔を振りまくMC海老田と可愛いボンボンガールたち。

拓朗N「ぼくらの番組は金曜深夜の情報バラエティ「フライデーボンボン」。平均視聴率4・2％。ひたすら低空飛行を続けているうちに、うっかり10年目を迎えてしまった長寿番組で」

36 フライデーボンボン

番組映像。

笑う海老田やゲスト、ボンボンガールたち。

拓朗N「笑顔と笑顔」

お笑い芸人と罵り合う海老田。

拓朗N「たまにキレ芸。頭からしっぽまで予定調和とから騒ぎ」

37 スタジオ

拓朗N「この番組のどこにアレが入るっていうんだ!?」

収録風景を見ながら、拓朗、思い出す。

カメラ越しに見つめた純夏の震える背中。

恵那オフ「何言ってんの今更」

38 編集室

恵那「どうにかするしかないじゃん。撮っちゃったんだからこれを」

恵那、映像編集中の映像を見ている。画面いっぱいに純夏の横顔。
恵那「私はね、もう迷わない。これからは正しいと思うことだけをやるの」
拓朗「へ？」
恵那「私ちょっと自信ついたんだよね。純夏さんに会って」
恵那、妙に落ち着いている。
恵那「それまでは正直、迷いも気後れもあった。素人のくせにジャーナリストの真似事なんかしていいのかなって。だけど純夏さんに〈救われた〉って言ってもらえたでしょ？」
恵那、モニターにうつる純夏を見つめ、再生ボタンを押す。
恵那「そりゃまだ不安ばっかりだよ。でも本当にこれが正しいことなら、勝手に味方はついてくるし、道はひらけていくんだよ、多分」
拓朗、恵那の横顔を見つめる。
拓朗N「気がつけば浅川さんは、なにやらスピリチュアルめいた威厳さえそなえ、実際それからは別人のように黙々と」

39　打ち合わせ室

拓朗N「やるべきことを片っ端から片付けていった」

チェリー、椅子に座り、恵那のインタビューを受けている。

それを撮っている拓朗。

40　会議室

恵那と拓朗、10人ほどの若手スタッフを集めた映像試写会をしている。

熱心に見ている若手スタッフたち。

木嶋、純夏の映像に涙ぐんでいる。
＊　＊　＊
試写を終えて、恵那と拓朗、若手たちの表情をうかがっている。

神妙な一同。

拓朗の後輩の高橋が突然、拓朗に手を差し出す。

高橋「……応援します」

拓朗、ポカンとしつつその手を握る。

拓朗「え、まじ？」

高橋「いや、応援しますよ！　すごいじゃないすか、これ。ぶっちゃけ最近岸本さんサボってばっかで腹立ってたんすけど、こんなことやってたんすね？　早く言ってくださいよ」
木嶋「私もです。すみません、正直ナメてました。この企画のことも浅川さんのことも。でも今、協力したい気持ちでいっぱいです」
恵那「ほんと⁉」
木嶋「はい、これは放送されるべきです！」
スタッフたち「絶対に冤罪ですよ！」「真犯人捕まえましょうよ！」と口々に言う。
恵那「えーほんと？　ありがとう‼　そう言ってもらえると、本当に心強いです‼」
拓朗Ｎ「みんなが見たことないほど真剣な顔で言ってくれたのが僕は嬉しく」
やはり嬉しそうな恵那。
拓朗Ｎ「正しいことなら味方は勝手についてくる、という浅川さんの言葉は本当なのかもしれないと」

41　スタッフルーム

拓朗Ｎ「思いかけていた。月曜の定例会議で初めて映像を見せた後」

暗くした室内。モニターに八頭尾山バックの恵那が映っている。

恵那「……果たして松本死刑囚は本当に犯人だったのでしょうか。私たちは引き続きこの事件を追いかけたいと思います」

映像、終わる。

拓朗Ｎ「部屋が明るくなるまでは」

照明がつき、部屋が明るくなり、映像を見ていたスタッフたちの顔が見えるようになる。冷めた表情の名越、黙って腕を組む年配スタッフたち。

村井、誰かと電話している。何やら楽しい内容らしく、声を殺して笑いながら話している。若手スタッフたちがそうした反応を不安そうに見ている。

拓朗Ｎ「少なくとも〈勝手に〉はついてこなさそうだった」

名越「……なるほど」

静まり返った場。誰がどう出るのかを、誰もがうかがっている。

名越「えーっと、どうしますかね」

名越、まだ誰も何もいいだしそうにないのをみて、
名越「ではまあ、僕の個人的感想から。えっと、確

かにVとしてはよくできてます。ただまあやっぱりこれをフライデーボンボンでやるってのは違うのかなあと」

半笑いの名越に、ベテランたち、うんうんと頷いている。

部屋の奥の木嶋、手を上げる。

名越、ちょっと驚いて木嶋を見る。その表情に釣られてベテラン陣、木嶋に注目。

名越「どうぞ?」

木嶋「あ、あのでも、確かに前例のない企画ですし、リスクはあるかもですけど、やる価値はあると思います」

さらに高橋や他の若手たち、手を上げ始める。

その様子に微妙な危機を察した名越、すかさずベテランD・山崎に、

名越「山崎さん的にはどうですか?」

山崎「んー私的に心配なのは、こういうのやっちゃうと、なんか他のコーナーが薄っぺらく見えてきちゃうんじゃないかっていうことですね」

名越「なるほどなるほど」

拓朗「他の手抜きがバレるってことですか?」

山崎、ムッとして、

山崎「いや手抜きってわけじゃなくて、やっぱりボンボンって楽しく見る番組だからさ!」

名越「バランスの問題ですよねー」

山崎「そうです」

恵那、イラッとして畳みかけるように、

恵那「あのでも、もうそういうのよくないですか!?」

つい言ってしまう。

名越、山崎、ベテラン陣、ギョッとする。

恵那「……あ、すみません。でも、いつもそのリスクとかバランスを理由に、結局新しくもなく良くも悪くもない企画しか通してもらえないっていうのは、やっぱり何かおかしいっていうか。そろそろそういう番組の姿勢自体を見直すべき時に来ているんじゃないかと思うんです」

山崎「は? 見直すべき時が来ている、ってどういう根拠があって言ってるんですか? そんなの浅川さん個人の希望でしょ?」

恵那「そうじゃありません、これは私以外のスタッフも本当は感じていることで」

山崎「言うのは簡単なんですよ。でも番組ってのは続けていかなきゃいけないんだからさ」

恵那「もちろんです。でも続けていくためにこそ、チャレンジをするっていうことも必要なんじゃないでしょ……」

恵那、必死に訴えているが、ぶった斬って名越、

名越「村井さんいかがです？　今の。聞いてました？」

誰かとの電話を終え、ニヤニヤしたまま携帯をいじっている村井に訊く。

村井「……ま、いんじゃない？」

名越「え。その〈いんじゃない〉は？」

村井「やればいいんじゃない？」

村井、いいながらまたどこかへ電話をかけている。

名越「おーっと、そうきます？」

村井「だって面白いじゃん。遺族のインタビューとか撮れちゃっててさ。それからあのチェリーちゃん？　遺族と彼女が顔出してて、当時の警部が出さないっていうね。いやそれだけですでに相当エグいよね、おもれえよ」

名越「はあはあ……そうきましたか……」

名越、言いながら頭の中で様々な策略を巡らせている。

村井「うん。まあもし怒られたら引っ込めりゃいいじゃん。どうせ誰もそんなマジで見てないって。くたびれたOLが缶チューハイ飲みながらとりあえずつけてる、それがフライデーボンボン、サイコー！　あーもしもし？」

村井、ご機嫌で話しながら部屋を出ていく。しんとする部屋。名越、ちょっと考えている。不安げにその言葉を待つ恵那、拓朗、若手たち。

名越「えー……ではまあですね、番組としては放送したいという方向で……」

恵那・拓朗「……!?」

若手たち、嬉しい。

名越「とりあえず局長に相談して」

恵那「えっ!?」

名越「それで最終的な判断を仰ぎます」

拓朗「いやいやいや」

恵那「待ってください！　もうそこはうちの中で決定として、上にあげないでください！　あげてしまったら却下だと思います、絶対に」

名越「それはそれでしょうがないでしょう。番組ってのは会社のものなんだからさ、僕らだけで決めちゃったことが、後々会社全体に迷惑を

かける可能性もあるわけじゃない」
恵那、言い返しようもなくうなだれる。
名越「つまり民主的にね。正しくやりましょう」
拓朗N「結局、翌日僕らは名越さんに呼ばれ

42 大洋テレビ制作局

名越のデスクの前に立つ恵那と拓朗。
名越がDVD・Rを返しながら、
拓朗N「やっぱり局長は放送不適切との判断だったと報告を受けた」
深くうなだれている恵那。
ガラス越しの局長室で、局長がどこかに電話をかけているのが見える。
周囲の若手たちが、二人の背中を残念そうに見ている。

43 屋上

窓際に一人座っている拓朗、ぼんやりと窓の外を見ながら休憩している。
拓朗N「ああ……」
チョコレートを噛みながら、

拓朗N「正しいことがしたいな」

44 夕焼け空

拓朗N「正しいことがしたいんだ、ほんとうは」

45 高級バー

(拓朗回想。先日の結婚二次会)
拓朗N「かつて友達をひとり見殺しにして」
あっくんを囲んで拓朗、悠介、ほか楽しげに飲んでいる。
拓朗N「それでも彼らとうまくやろうとしている僕も」
ワイン片手にソファ席のママ友たちとお喋りに興じている陸子。
拓朗N「ママも」
拓朗、笑っている。

46 恵那自宅

同じ夜。
部屋のインターホンが鳴っている。

床で泥酔中の恵那、うっすら目を覚ます。ローテーブルの上に、缶酎ハイの空き缶と弁当ガラ。

恵那、無視して寝ようとするが今度はバッグの中からバイブ音が聞こえる。

そして再びインターホン。

恵那、顔をしかめてインターホンのモニターが見えるところまで這いずってゆく。そして見上げる。

47　恵那のマンション・ロビー

斎藤、携帯で恵那に電話をかけながら、ロビーをぐるぐると歩き回っている。何やら焦っている様子。

斎藤、もう一度インターホンを押そうとした時、ピーっと開錠の音がする。

斎藤「……？」

48　恵那自宅・玄関

恵那、ゆっくりとドアを開ける。

斎藤が立っている。

斎藤「ごめん突然。ちょっとどうしても話したいことがあって」
恵那「……」

49　恵那の部屋

恵那、何も言わず部屋に戻ってゆき、斎藤も上がる。
斎藤「……君、酒飲めないんじゃなかったっけ？」
斎藤、缶酎ハイの空き缶を見て言う。
恵那、「ええ。飲める人が羨ましいですよ、こういう時」
恵那、壁際に座布団を引きずってゆき、もたれて座る。
恵那「ああ……気持ち悪い」
斎藤、キッチンの方に行くと換気扇をつけ、
斎藤「煙草吸っていい？」
恵那「……人が気持ち悪いって言ってんのに煙草吸うんですか？」
斎藤「俺も俺で落ち着かなきゃいけないって事情があってさ」
恵那「最低ですね……相変わらず」
恵那、虚ろに笑う。

斎藤、煙草の煙を吐いている。

恵那「なんですか、話って」

斎藤「あのさ……例の君らが追ってる冤罪事件なんだけど」

恵那「ああ……あれはもう、ダメになりました。今日、正式に局長判断で」

斎藤「え？」

恵那、苦しげに顔をしかめる。

斎藤、煙草を吸いつつ考えを巡らせている。

恵那「すいません、ちょっと私、吐いてきていいですか」

恵那、よろよろと立ち上がる。

恵那「……あの、音が聞こえるかもなんで音楽かけてもらえますか」

恵那、言いながらトイレに入っていく。

斎藤、言われた通りにスマホの音楽を流す。

恵那のえずく声が聞こえてくるので、ボリュームを上げる。

斎藤、音楽を聴きながらしばらく煙草を吸っている。

やがて、やつれた顔で恵那がトイレから出てくる。

斎藤「吐けた？」

恵那、無言でうなずくと流しの水を出して手ですくい、口をゆすぐ。

何度かくりかえしているうちに、涙が出てくる。

恵那、決壊した涙が止まらず、そのままそこにしゃがみこんで泣き続ける。

斎藤「……」

斎藤、煙草を吸いながら引き出しからキッチンペーパーのロールを取り出して渡してやる。

恵那、そのロールをにぎりしめ、しゃくりあげて泣いている。

斎藤、自分もしゃがみ、恵那を見つめる。やがて手でその頭をそっと撫でてやる。

やがて恵那、こらえきれず斎藤の胸になだれ込む。そして口づける。

斎藤、ようやく流しに煙草を落として消し、その手を恵那の服の中に入れる。

恵那、声をあげる。

＊　＊　＊

暗い部屋。

布団の上で裸の恵那がまどろんでいる。

玄関から斎藤が出ていく音が聞こえる。

恵那「……あ。あの」

斎藤「うん？」
恵那「なんでしたっけ……用事は」
斎藤「いや」
恵那「？」
斎藤「いいんだ。もう」
斎藤、出ていく。
恵那、再び眠りに落ちる。

50 ラウンジバー

斎藤、ホテル最上階のラウンジバーに入っていく。

アンティークのソファを陣取る政治家たちの輪。

斎藤「遅くなりました」

斎藤、微笑むと、その輪に入っていく。

輪の上席に大門が座っている。

51 恵那自宅

朝。

恵那、ぐっすりと眠っている。

目覚ましが鳴り出す。

それでもまだ起きない。深い深い寝息。

52 大洋テレビ・スタジオ前廊下

金曜夜。フライデーボンボン放送前。

拓朗、いつものようにスタジオに向かっている背中。

拓朗「おはようございまーす」

すれ違うスタッフたち、口々に挨拶する。

「よろしくお願いしまーす」

53 フライデーボンボン・スタジオ

拓朗、オンエア直前のスタジオに入っていく。
恵那が横を通り過ぎてゆく。
拓朗「おはようございまーす」
ところが恵那、拓朗と目を合わせない。
恵那「おはようございます」
拓朗Ｎ「……ん？」
拓朗、恵那の後ろ姿を不思議そうに見ている。
拓朗Ｎ「その時も、変だった」

54　サブルーム

モニター前で拓朗、スタッフと打ち合わせしている。
遠くから恵那の小声が聞こえる。
恵那「すみません、ちょっとさっきのエナズアイのV、ナレーション間違ってて録り直したんで、こっちと差し替えていただけますか？」
スタッフ「あ、了解でーす」
拓朗「？」
拓朗、振り返ると、去っていく恵那の後ろ姿だけが見える。
拓朗N「なんだろう？　とは思ったものの」

55　フライデーボンボン・スタジオ

オンエア中。
MCやボンボンガールたちが談笑する中で、恵那もいつもの笑顔を見せている。
拓朗、スタジオの片隅から恵那をじっと見ている。
恵那、ふと拓朗の目線に気づいて、一瞬真顔になる。
拓朗N「でも僕は想像もしてなかった」
恵那、また笑顔でトークに戻ってゆく。

＊　＊　＊

映像、いつもの「今週のニュース」を流している。
次はエナズアイのコーナー。恵那がスタンバイしている。
AD「はい、ではVあけ、エナズアイです。5、4、3、……」
恵那、まっすぐ前を見て言う。
恵那「はい、今日のエナズアイは」
内心強く緊張している恵那、そこでちょっと息を吸い、
恵那「まず、こちらをご覧ください。どうぞ」

＊　＊　＊

サブルームで、スタッフがVを回す。

＊　＊　＊

拓朗「⁉」
モニターを見ていた拓朗、ぎょっとする。
他スタッフもまた画面に釘付けになる。

＊　＊　＊

サブルーム、ざわめいている。
スタッフ「え、なんで？」

画面には八頭尾山で殺された少女たちの写真が映っている。

「捜査には不可解な点」「冤罪の可能性」「真犯人は⁉」などのキャプションが躍り、純夏、チェリー、松本の写真、木村弁護士の話す姿が次々と映ってゆく。

＊　＊　＊

拓朗Ｎ「浅川さんが僕らみんなを置き去りに」
騒然とするスタジオとサブルーム。
村井、お菓子で口をいっぱいにしたまま、Ｖを見つめている。
ただ恵那だけが静かにＶが終わるのを待っている。
拓朗、呆然と恵那を見つめている。
拓朗Ｎ「たった一人で正しさに突っ走ってしまうなんて」

＃4

視聴率と再審請求

1　フライデーボンボン・映像

セーラー服姿で微笑む井川晴美の写真。
恵那のナレーションが重なる。

恵那「今から12年前の２００６年11月、神奈川県に住む井川晴美さん、当時14歳の遺体が八頭尾山で発見された」

2　フライデーボンボン・スタジオ

拓朗、驚愕の表情でモニターを見ている。
スタジオのスタッフたち「え、これ……！」「なんで？」とざわめく。

拓朗「!?」

3　映像

恵那N「当時、監禁されていたとされていた大山さくらさんは、今も松本死刑囚が犯人であることを信じられないという」

チェリー、インタビュー映像。

チェリー「ぜんぜん監禁なんかじゃないんです。おじさん……松本さんは親の虐待から逃げるために家出した私を、かくまってくれてたんです。亡くなった娘さんが、私と同い年で……」

4　スタジオ

チェリー、口紅とリップブラシを持ったままモニターに釘付けになっている。

5　サブルーム

スタッフたち「なんでこれが？」「どうなってんの!?」

恵那に差し替えを頼まれたスタッフ1、混乱している。

スタッフ1「や、さっき浅川さんが差し替えって……！」

村井、名越、それぞれ呆然とモニターを見つめている。

6　映像

山下元警部の顔から下のインタビュー映像。

山下「そりゃあ捜査ってのは、いろいろ裏を取りながら進めていくんであって、逮捕が間違いなんてことはまあ、まずないんですよ」

7　スタジオ

何も知らない出演者たち、スタッフたちの戸惑いを察し、それぞれ台本を確認したりしている。

海老田だけは、興味深そうに映像に見入っている。

拓朗、思わず恵那を見る。

恵那、ただじっとスタジオの床を見つめている。

8　映像

丘をのぼりながら、純夏が話している。
純夏「ずっと納得いかなかったことが、本当の犯人が別にいるかもしれないと言われた瞬間にすごく腑に落ちたっていうか……」
純夏「本当のことが知りたいです」

9　スタジオ

純夏「妹の……本当の最期のことを。知ってやりたいです。ちゃんと」
出演者たち、いつしかみなモニターに見入っている。
ADがV明け、スタジオに戻る合図を出す。
映像の恵那N「もし本当にこれが冤罪だとしたら、真犯人が野放しになっているかもしれません。私たちは引き続き、この事件を追っていきたいと思います」
スタジオ一同、固唾をのんでMC海老田を見つめている。
だがカメラが戻ると海老田、落ち着いた声で言う。
海老田「……なるほど。この特集は、第2回があるってことですかね?」
恵那「はい。引き続き追っていきたいと思っています」
海老田「……わかりました。では、次のコーナーにいきましょう。ひかりちゃーん」
ボンボンガール山内ひかり、戸惑いつつもポーズを作り、ひかり「〈ねえ、今夜どこ行く?〉ひかりの週末ちょい飲みーー!　いぇーーーい!!」

＊　＊　＊

番組エンディング。

ボンボンガールたちが笑顔で手を振っている。

恵那もまた笑顔で手を振っている。

AD「オンエア以上でーす。お疲れ様でしたー」

放送が終わり、全員がパラパラと拍手をする。

恵那N「誰もが腫れ物に触れまいとするように」

出演者たち、立ち上がり、それぞれスタジオをあとにしてゆく。

恵那N「私から目をそらしていた」

スタッフたち、後片付を始める。

恵那N「と思ったら案の定ひとりだけ」

恵那もまた自分の台本を手に立ち上がる。

恵那N「強烈な目力で凝視してるやつもいた」

拓朗、スタジオの真ん中にたちつくしてこちらを見つめている。

だが恵那、そちらをみないで出口にむかう。

恵那N「かまわない。ぜんぶ覚悟のうえだ」

出口に険しい表情の名越と村井が待っている。

恵那N「逃げも隠れもしませんよ」

恵那、歩いていく。

OPタイトル「エルピス」

10　カラオケスナック

いつもの放送後の飲み会。名越と村井、ニュースDと恵那がいない。

海老田の周りに拓朗と木嶋、高橋、ほか数人の若手が集まっている。

海老田、煙草を吸いながら、

海老田「実は今日の昼に、電話あったんだよ、浅川から。自分がどうしてもやりたいVをゲリラで流しますって。でも俺にはぜったい迷惑かけないようにするし、万が一のときは自分が責任とって辞めるからって」

高橋「マジすか」

海老田「まあ俺は、番組が面白くなるならなんでもいいからさ、いんじゃないの、やればって。こっちは芸人だからさ、なんだってつまんねーよりはましなんだよ、ぶっちゃけ」

高橋「どうなるんすかね、浅川さん」

木嶋「何らかの処分か懲罰はあるかもねえ」

若手2「視聴率次第じゃない?」

海老田「いやでもさ、面白かったよ、俺は。あの

V」

　拓朗、納得のいかない表情で沈んでいる。

11　会議室

　名越、村井、ニュースD、総合演出に囲まれて説教を受けている恵那。

名越「お前はさ、会社という組織の中の人間なんだよ。給料もらってる限り、組織からの命令に背く権利はお前にはないんだよ。わかってんの？」

恵那「……はい」

名越「放送不適切、それがトップの判断だった。にもかかわらずあのVを放送したってことはお前ひとりが謝ればいいって話じゃなくてさ、俺らの顔にまで泥塗ったわけだよ」

　ほかの上司たち、険しい顔で恵那を睨んでいるが、なぜか村井、しかめ面のまま目を閉じている。

12　居酒屋のトイレ

　拓朗、ペーパーで手を拭きながらドアに貼られた相田みつを風のポスターを眺めている。

「どんまぁい」

　イラストのお地蔵さんが笑っている。

　拓朗、ペーパーをくしゃくしゃに丸めるとゴミ箱にポイっと捨て、出て行く。

13　会社裏口

　ようやく説教が終わって、でてくる恵那。疲れ切った表情。ため息。

　拓朗が仏頂面で待っている。

恵那「……お疲れ様」

　恵那が歩く後ろを拓朗、ついてくる。

14　道路

拓朗「どういうことすか」

恵那「……ごめん」

拓朗「なんで海老田さんにだけ相談して、僕には内緒なんですか」

恵那「だからごめんてば」

拓朗「ここまで一緒にやってきたのに。映像だってあれ、僕が撮ったやつですよね？」

恵那「巻き込みたくなかったんだよ。万が一のときは責任とらなきゃいけなくなるしさ」
拓朗「や、そういうことじゃなくて……ちょっと待ってくださいよ」
だが恵那、まともにとりあう気なく、ずんずん歩いている。
拓朗「待ってくださいよ！　浅川さん‼」
恵那、その剣幕にちょっとびっくりして立ち止まる。
拓朗、自分で自分の剣幕に驚き、その後をどう続けていいかわからない。
恵那「だってさ、そもそも君が言ってたんじゃん。権力となんか戦えないって」
拓朗「……それはそう……ですけど、でも」
拓朗、ボソボソと言う。
拓朗「でも、浅川さんは気づいてないかもですけど、僕、なんかだいぶ変わってきたんですよ。なんか、なんか僕なりにいろいろ考えるようになって……」
それは拓朗の本心なのだが、相変わらず声が軽く話に真実味がない。
しかも途中で恵那の携帯が鳴る。画面に「純夏さん」の文字。

恵那「ちょっ！　黙って‼」
恵那、拓朗の話をぶった斬ると、
恵那「……はい。浅川です……いえいえ、大丈夫です。はい……」

15　純夏宅

純夏、涙ぐんで電話している。
純夏「あの、両親が泣きながら電話してきたんです。晴美の親友だった子が、放送みて、実家に電話してきたらしいんです。自分も晴美はぜったい下着を売るような子じゃないって思ってたって。12年間ずっと悔しく思ってたけど、今夜やっと晴らされたことが、晴美のために本当に嬉しいって。泣いてくれてたそうです」

16　道路

恵那も思わず涙ぐむ。

恵那「そうですか」

純夏の声「ありがとうございました、浅川さん。あの、岸本さんも。ほんとにありがとうございました」

恵那「はい、今、目の前にいるので、ぜひ直接言ってやってください」

恵那、拓朗に電話を渡す。

拓朗、不思議そうに電話を受け取り、
拓朗「……はい？」

拓朗、話をきいている。

拓朗「……マジすか……いやいや僕なんか何も」

嬉しそうな拓朗の声をききながら、恵那、溢れてくる涙を拭い、空を見上げる。美しい月。

17　朝の町

朝日の中を、恵那、ランニングウエアで会社に向かっている。

どこか希望のにじむ横顔。

恵那Ｎ「特集に対する反響は期待以上だった」

18　大洋テレビ・アナウンス部

恵那、コーヒーを片手にネットの感想をスクロールしながら見ている。

恵那Ｎ「意外にも批判はとても少なく、好意的な反応が圧倒的で」

恵那、時計を気にしている。朝8時57分。

恵那Ｎ「すごく面白かった、続きがみたい、事件をこのまま終わらせちゃいけない、などなど」

恵那、飲み終えたカップをゴミ箱に捨てる。

恵那Ｎ「第２回を、なんとしても作らせてもらわなければ」

恵那、自分のパソコン前に戻っていく。

時計をみる。8時59分。

恵那Ｎ「数字がどうあれ、評判はいいんだから」

恵那、つとめて冷静を保とうとしながら、マウスを動かしている。

恵那Ｎ「視聴率なんてただの数字。ただの数字。ただの……」

恵那、祈るように目を閉じて深呼吸。

9時。更新ボタンを押す。おっかなびっくり番組のページを見て、
恵那「……！」

瞬間最高視聴率6・5％。そのピークがエナズアイのところに来ている。

19　大洋テレビ・屋上

拓朗「やーばいっすよねえ、6・5％ですよ。僕見たことないですよ。こんな上がり方！」

拓朗、視聴率グラフを見ながら、ニヤニヤしている。

恵那もまたグラフを手に興奮抑えきれず、歩き回りながら、

恵那「落ち着け、落ち着け。今ここすっごくだいじなとこだから……」

自分に言い聞かせている。

拓朗「もう続編決定っすよね。こんな評判良くて、数字も出てるって」

恵那「バカだな、逆だよ！　局長とプロデューサーの反対無視して、こんな数字をとっちゃったんだから、おじさんたちのメンツは丸潰れ。ここから先はもっと下手に下手に出ながら事を進めなきゃいけなくなったよ」

拓朗「えーどーでもよくないですか、そんなの」

拓朗、鼻で笑ってみせるが、

恵那「よくないっ！　おじさんたちのメンツとプライドは地雷なの！　死んでも踏まないように歩かなきゃいけないんだよっ！」

拓朗「は、はい。わかりました」

20　廊下

恵那「はあぁ……なのに思いっきり踏んじゃった私のバカ……」

スタッフルームに戻っている恵那、ギョッとする。

恵那「……きょ、局長!?」

エレベーターを待っている局長、こちらに気づく。

恵那「あ、あの、昨夜は大変申し訳……」

局長「いやー、よかったねーあれ」

恵那「は？」

局長「エナズアイの特集。いやほんと、たまにはいいよね、ああいうマジなのも」

恵那「はい……あれ？　局長は反対なさってたんじゃ……」

局長「俺が？　いいや。誰がそんなこと言ってた？」

恵那「あ、いえ……私の勘違いです。すみません」

局長、エレベーターに乗り込み、

局長「第2回やるでしょ？　なるべく早くやったほうがいいよ。数字もよかったし、忘れらんな

いうちに」
恵那「はい。ありがとうございます……！」
恵那と拓朗、頭を下げる。

21 スタッフルーム

定例会議。
名越、先週の振り返りを喋っている。
恵那N「ああ、そうか」
名越、視聴率グラフを手に、
名越「でまあ、この毎分グラフの方を見るとですね……」
恵那N「つまりは全部この人の嘘だったたってことか」
名越「まあいつもの通り、３％弱からだんだん上がって、エンタメコーナーで４％、先週、例の卒業宣言をしたばかりの三橋舞ちゃんが出てくれたからですかね、わりとあがるのが早かったと思います……」
恵那N「いい人なのか悪い人なのか、この人のことずっとよくわからなかったけど」
恵那、名越を見つめている。
名越「で、まあみなさんもお気付きの通り、ぐっと上がったところがありましたね。６・５％……」
恵那N「たぶんこの人はただ単に」
名越、恵那をみる。
恵那N「なめきっているのだ」
恵那、ニコッと微笑んでみせる。
恵那N「私たちのことも」
名越「エナズアイですね」
恵那N「この仕事のことも」
名越「まあ、僕としては正直してやられたなって感じですけども」
名越、ニヤニヤと大人の態度。一同、うっすらと笑う。
名越「どうですか、浅川さん」
恵那N「どうですかって」
恵那「……はい、あの」
恵那N「負けるわけにはいかないですよ」
恵那、立ち上がり、頭をさげる。
恵那「先週のエナズアイにつきましてはプロデューサーの村井さん、名越さんはじめ皆様に心からお詫び申し上げます。もう二度とあのような失礼がないよう、今後はぜひ皆様のご理解のもと、第２回を作らせていただきたいと思っております。実はさきほど局長からも、直々に応援いただいたところで」

驚く一同。

村井「へっ？　そうなの⁉」

恵那「はい。なるべく早くやってくれと仰ってました」

恵那、無邪気を装って微笑む。

恵那N「あらゆるものを私利私欲で分解し、すべて惰性へと溶かし込むコンポストみたいなこの職場から」

呆然としている村井。

知らん顔している名越。

うれしそうな若手たち。

恵那「引き続き誠心誠意取り組んでまいります。どうぞよろしくお願いいたします」

恵那N「自分の仕事を取り戻してみせますよ、ぜったいに」

そのとき、恵那の携帯が鳴る。「首都新聞笹岡まゆみ」の表示。

22　社員食堂

まゆみ、汗だくの顔をミニタオルで拭きながら、
まゆみ「あっ⁉　恵那さん？　拝見しましたよー、フライデーボンボン！　もーすっばらしい！　感激しちゃいました！　それでね、是非ともお話ししたいことがあるんですけど、ちょっとお時間あります？」

＊　＊　＊

まゆみ「ほんっとおっかしいんですよ。やっぱり絶対何かありますよこれは⁉」
まゆみ、興奮した様子でバッグを漁っている。テーブルの向かいに恵那と拓朗。またたくさんのパソコンが出てきそうなので、テーブルの上の飲み物などをよけている。
まゆみ「ついこないだ、女子中学生が殺された事件あったじゃないですか？　どうも神奈川県警は、あれほとんど捜査しないで終わらせるつもりみたいなんですよ！」
恵那・拓朗「はあ？」

23　神奈川県警（回想）

神奈川県警、合同記者会見。

署長、淡々とした表情で記者からの質問に答

えている。他の3名の役職つき署員たち、皆高齢で全く覇気は感じられない。

署長「えー、署としても懸命なる捜査を尽くしているところでございますが……」

まゆみ（オフ）「特別捜査チームも一応作られてはいるんですけど、うちの記者によると捜査員が退職間近の人ばっかりで、明らかに形だけっぽいんですって」

24　社員食堂

拓朗「ええぇ。マジすか」

まゆみ「おっかしいでしょう？　でね、その記者がすごく大事なことを教えてくれたんですよ！　それがもう、びっくりしちゃうんですけど、どこだったかしら。これじゃないわ。ちょっと待って」

まゆみ、またパソコンを閉じたり別のを開いたりし始める。長くなりそうな予感。

拓朗「……あ、僕ちょっとトイレ行ってきます」

立ち上がりかけるが、

まゆみ「これこれ!!」

まゆみ、二台のパソコンを見せる。

まゆみ「〈中村優香さんの遺体には暴行された形跡があるにも関わらず、着衣の乱れはなかった〉」

恵那「え？　どういうことですか？」

まゆみ「おそらく暴行後に犯人が着せ直したと思われると。〈体勢も棺の中にあるようにまっすぐに整えられ、腹部の上で両手が組まれていた。しかしなぜか右足の靴だけがなかった〉……で、こっち見てください」

まゆみ、もう一台のパソコンをしめす。

まゆみ「実はこの遺体の特徴が、12年前の井川晴美さんのものと全く同じなんですよ」

恵那と拓朗、息をのむ。

まゆみ「やはり両事件は同一犯による犯行じゃないかって、ど素人のわたくしだって思います。警察が思ってないわけないですよね」

恵那「ですよね」

まゆみ「だからこそ県警は、中村優香事件を捜査したがらないんじゃないかと思うんです。自分たちの間違いを認めないために」

25 八頭尾山

ツクツクボウシが鳴いている。

まだ強い日差しの下、誰かが供えたと思しき花束が干からびている。

恵那、そこに一輪の白バラを供え、手をあわせる。

背後で汗だくの拓朗が、しゃがみこんでペットボトルの水を飲んでいる。足元にカメラ。

恵那N「12年前、井川晴美さんの遺体もまたこの位置にまっすぐ横たわっていた。しかし前日の大雨により、半分水に浸かった状態だったという。そのため検出された体液はごく微量、かつ状態も悪かったために当時の技術ではDNA鑑定ができなかった」

恵那「よし、行こう」

恵那、立ち上がる。

恵那N「ただ血液型がA型だということだけは確定された」

拓朗、カメラを手に立ち上がる。

26 大洋テレビ・編集室

恵那N「松本さんの血液型はA型で」

恵那と拓朗、テロップをつくるスタッフに注文をしている。

恵那N「犯行時刻のアリバイがなく」

テロップが作られてゆく。

「1、血液型　2、アリバイなし」

恵那N「自宅に家出少女を住まわせていた」

「3、家出少女」

恵那N「そして警察での自白」

「4、自白」

恵那N「さらに重大な〈目撃証言〉があり、これが逮捕の決め手となった」

「5、目撃証言」

27 八頭尾山

恵那「その目撃証言によると、犯人はちょうどこの辺りに自転車を止めていたとあります」

恵那、山道前の道を示す。

拓朗、恵那を撮っている。

28 CG

恵那の声「身長160センチ前後、40～50代くらいの作業着姿の男が、慌てたように山道を駆け下りてきて、自転車に乗って去っていった」
CGの人形がそのように作られてゆく。
恵那の声「その姿をこの位置から目撃したと証言した人物がいた」

29 大洋テレビ・スタッフルーム

恵那N「私たちはその人物に取材を申し込みましたが」
数日前。恵那、電話をかけている。
恵那「あ、もしもし、すみません私、大洋テレビの浅川と申しますが……!?」
恵那、呆然とカメラを見上げる。
恵那「……切られちゃった」

30 西澤正自宅

早朝。セミが鳴き始めている。

恵那「（小声で）出てきた……！」

大きめの一軒家から西澤正、45歳が出てくる。

恵那「あれだよね……西澤正、45歳」

恵那と拓朗、建物の陰に身をひそめている。

拓朗、カメラで西澤をじっと追っている。

西澤、どことなく険《けん》のある、神経質そうな面立ち。クラウンに乗り込み、出かけてゆく。

31 バス停

晩夏の太陽が照りつける。
ベンチに座って電車を待っている恵那と拓朗。
暑い。
拓朗「もし西澤正の目撃証言が嘘だったとしたら」
拓朗、ペットボトルを額に当てて涼を取りながら、
拓朗「再審あり得ますよね」
恵那「……わかんない」
拓朗「え、なんで？」
恵那「日本の裁判所で再審請求が認められるケースって年に2、3件しかないんだよ。〈開かずの扉〉って言われてる」
拓朗「マジすか……え、じゃあDNA再鑑定とかは？　今の技術で再鑑定すれば、12年前の犯人の体液は、はっきり松本さんのものじゃないって出るんじゃないすかね」

恵那「かもしんないけど、そもそもＤＮＡを再鑑定するのに検察側の同意がいる」
拓朗「どゆこと？」
恵那「だから再鑑定するかどうかも、検察が決めるようなもんだってこと」
拓朗「え、それって僕がなんかやらかしてても、調べていいかどうか僕が決められるみたいな話すか？」
恵那「そうだよ。同意する？」
拓朗「死んでもしないっすね」
恵那「だから〈開かずの扉〉なんだよ」
拓朗「はあー？」
拓朗、落ち込みかけて、
拓朗「や、でも年に２、３件は再審認められてんすよね？　可能性はゼロでもないってことすよね？」
恵那「まあねえ……」

32　拓朗自宅

夜。
風呂上がり、ガウン姿でソファでテレビを見ながらスキンケア中の陸子、

陸子「はあ？　なんでそんなこと聞くの？」
帰宅したばかりの拓朗、突っ立ったまま尋ねている。
拓朗「や、仕事でちょっと」
陸子「まあ、難しいよねえ、再審請求は。ほとんど可能性ないからねえ」
陸子、フェイスマッサージをしながら、
陸子「ママも、パパに頼まれてちょっとだけ手伝ってた裁判が何個かあるけど、まあ全滅よ。再審請求して、10年経って棄却って通知が来て、そっから即時抗告して、また回答待ちとか。通るまでに10年じゃなくて、棄却しますって返事が来るまでに10年よ？」
拓朗「えええ。人生終わるじゃん、そのうちに」
陸子「終わるよ。一人もう獄中で亡くなった人いるもん。ぶっちゃけそれが狙いなんちゃうかしら」
陸子、フェイスマッサージに余念がないが、
陸子「……拓ちゃん？」
拓朗、怒ったような顔で突っ立っている。
陸子「拓ちゃん!?　どした？　そんな、怖い顔して」
心配そうに笑う陸子。

拓朗「え？　ああ……」
陸子「お風呂入っといでよ。そんな、むつかしいこと考えんと」
拓朗、笑わず、風呂に向かう。
陸子「上がったら、モヒート飲も！　一緒に」
陸子、その背中に向かって叫ぶ。

33　フライデーボンボン・映像

恵那「はい、今週のエナズアイは、先日大変反響の大きかった特集〈八頭尾山女子中学生殺害事件〉の第2回をお送りいたします。まずはこちらをどうぞ」
ＶＴＲが始まる。
恵那Ｎ「一週おいて放送した第2回の視聴率は7・1％まで上がり、初回の好成績もまぐれでなかったことが証明された」

34　フライデーボンボン・スタッフルーム

恵那Ｎ「今度は局長がわざわざやって来てまで激励してくれたばかりか」
局長、名越を従え、恵那と拓朗を褒めにきている。
名越、何事もなかったかのようにニコニコ相槌をうっている。
恵那Ｎ「第3回はなんと尺も5分多めにもらえることになった」
恵那・拓朗「がんばります！」
恵那と拓朗、局長に頭を下げる。

35　割烹料亭

ランチタイム。高級割烹の玄関前。

恵那、携帯を手に、
恵那「そうですそうです。で、その角を右手に曲がってください……あ！　ここでーす」

笑顔で手を振る。

木村弁護士が携帯を切りながら、大きなカバンを手にやってくる。

恵那「すみません、お忙しいところ。どうぞ……」

恵那、笑いながら料理屋の戸を開けかけるが、
木村「いや、すみません」

恵那「え？」

木村、書類袋を差し出し、
木村「再審請求が通った事例について詳しく知りた

いということだったんで」
恵那、袋を受け取る。
木村「何件かピックアップしときました。すみませんが、今日は私はこれで」
恵那「……え？　何か急なご用事とかですか？」
木村「ちょっと言いにくいことを言わなくちゃいけないんですよ」
恵那「私にですか？」
木村、落ち着かない表情が一層苦々しげになり、
木村「……松本氏の再審請求が棄却されました」
恵那、愕然とする。
恵那「……え」
木村「今日、裁判所から通知が来ました」
恵那「……なん……なんで今日……？」
木村「わかりません」
恵那「あの……私たちの番組と何か関係が……あるでしょうか」
木村、苦しげな恵那の表情を見つめているが、やがてきっぱりと、
木村「わかりません。それも」
恵那、呆然とする。

36　国会記者クラブ・喫煙所

無人の薄暗い喫煙所で斎藤、煙草を吸いながら携帯でネットニュースを見ている。

「松本良夫死刑囚の再審請求を棄却。神奈川ニュース」

ガラリとドアが開き、二人連れの男性たちが話しながら入ってくる。

斎藤、煙草を消すと、喫煙所を出ながらどこかへ電話をかけ始める。

斎藤「……もしもし、斎藤です」

37　拓朗自宅・リビング

月明かりの夜中のリビング。
恵那の声「関係ないです、とは」
ソファに座る拓朗、恵那からの電話を受けている。
恵那の声「言ってもらえなかった」
深い落胆にかすれる恵那の声。
拓朗「え、じゃ関係あるんすかね」
恵那の声「ないとは言い切れないってことだと思う」

拓朗の目線の先に、月明かりに照らされた父親の遺影。

拓朗「いや……いやいや、冷静に考えましょうよ！　だって僕らの番組、フライデーボンボンですよ？　エンタメとグルメの間で10分特集されたくらいで、裁判所がいきなり逆上して再審棄却って、ありえなくないですか？」

恵那「わかんない」

拓朗「たまたまですよ。だって裁判所の中の人って例えば誰なんすか。誰がなんのためにそんな焦るんすか」

恵那「……いちばん初めに村井さんが私たちに言ったこと覚えてる？」

38　恵那自宅

壁にもたれて恵那、話している。

恵那「敵はどこにいるかわからない。お前らはジャングルで棒切れ振り回してるバカなガキと一緒だって」

拓朗の声「……ああ」

恵那「オモチャみたいな正義感で」

恵那、落ち込む。

恵那「余計なことするんじゃないって」

39　拓朗自宅

拓朗「……」

拓朗、恵那のため息をききながら、父親の遺影を見つめている。

40　フライデーボンボン・スタッフルーム

翌日。

拓朗、電話で喋りながら山積みの書類を物色している。

拓朗「あーっと。はいはい。覚えてます……」

拓朗、明らかに覚えていないし、紛失している。

拓朗「や、大丈夫です……はーい、では後ほど～」

拓朗、電話を切ると、猛然と紛失したものを探しはじめる。

隣で迷惑そうな女子社員。

そこへ恵那やってくる。暗い表情。

恵那「岸本くん、村井さんと名越さんに謝りに行くけど、一緒にくる？」

拓朗「謝る？　なにをすか？」
恵那「だから例の特集、中止せざるをえなくなりました
したって」

拓朗「へ？　なんで？　別に中止しなくてよくないですか？　数字もいいんだし」
恵那「だって再審請求……」
拓朗「いや、棄却されただけじゃないすか。まだ他にいろいろ可能性あるじゃないすか」
拓朗の楽観に恵那、イラっとして、
恵那「もういい。一人で行ってくる」
拓朗「や、や、ちょっと待ってくださいよ!!」
拓朗、思わず立ち上がり、恵那を引き止める。
拓朗「僕はまだやりたいんですよ、そんな勝手にあきらめないでくださいよ!!」
恵那「……」
拓朗「考えますから。僕。わかんないけど、なんか考えますから」
恵那、力なく呟く。
恵那「……無理だよ」
拓朗「え？」
恵那「勝てっこないよ、君なんか」
意味深なつぶやきに拓朗、思わず恵那を見返す。
拓朗「誰に？」
恵那「勝てるわけないじゃん、ばかじゃないの」
拓朗「いや、だから誰にすか⁉」
恵那「うるさい!!　もう、うるさい!!　うるさい!!」
恵那、謎の癇癪《かんしゃく》を起こしながら去っていく。
ぽかんと見送る拓朗。

41　社員食堂

窓際の席で恵那、携帯を握りしめて、ひとりうなだれている。
ある嫌な推測がどうしても頭を去らない。

＊　＊　＊

フラッシュバック。
先日、家にやってきた斎藤。
斎藤「ごめん突然。ちょっとどうしても話したいことがあって」
斎藤「例の君らが追ってる冤罪事件なんだけど」

＊　＊　＊

恵那、やがて心を決め、メールを打ち始める。

42　大門・車内

走っている黒のクラウン。

後部座席で大門が携帯で話している。

大門「……それは先方が言ったことだろう……いや俺は知らないね。きいたこともない……うん」

隣に座っている斎藤、スマホのメールを開いている。

恵那からである。

「このまえ、私になんの話をしようとしたのですか」

斎藤、ちょっと考えている。

43 社員食堂

恵那、斎藤からの返信を開いている。

「今夜、行っていい?」

恵那、それを見つめている。

44 フライデーボンボン・スタッフルーム

夜。
拓朗、自分のデスクで仕事をしていると内線電話がなる。
拓朗「はい。フライデーボンボンスタッフルームです」
内線「八頭尾山の女子中学生事件の件で、視聴者の方からお電話なんですけど、どうしましょう」
拓朗「あ、じゃあ繋いでください」
拓朗、待っていると、
男の声「……もしもし」
拓朗「もしもし、フライデーボンボンスタッフルームです」
男の声「あのう……自分、殺された井川晴美さんと、昔……ちょっと手紙のやりとりっていうか」
拓朗「はっ⁉」
男の声「してたことがあるんですけど」
拓朗「えっ……あ、あの、失礼ですけど、元カレさんとかですか?」
男の声「はい……で、その手紙に今読むと、これ、犯人じゃないかなって感じの男の話が書かれてて……」
拓朗「え、そ、それって当時警察には」
男の声「言ってないです。そもそも自分、学校も違ったんで警察も来なかったし、付き合ってることも誰にも知られてなかったんで」

拓朗、激しい興奮と動揺。

拓朗「と、とりあえずその手紙って見せていただくことできますかね」

男の声「……ファックスで大丈夫ですか?」

拓朗「ファックスですか?　もしできれば画像とかの方が……」

男の声「今、ちょっと携帯調子悪くて、コンビニからファックスじゃないと送れないんすよ」

拓朗「あ、んじゃファックスで!　今から送れますか!?」

45　恵那自宅

恵那、ドアを開ける。

斎藤が立っている。

恵那「どうぞ」

斎藤「はいこれ」

斎藤、コンビニ袋を渡し、中から自分のためのビールを取り出す。

缶ビールがたくさん入っている。

恵那「飲みませんよ私」

斎藤「飲んでたじゃん。こないだ」

斎藤、ローテーブルの前に座るとビールを開ける。

恵那「あれはただのヤケ酒です」

斎藤「ヤケ酒でも飲むならもっと美味いのにしろよって思ったんだよ」

恵那、それでも冷蔵庫に袋ごと入れると、ローテーブルにやってきて座る。

恵那「……この前ここにきた時」

斎藤「……」

恵那「私に話があるって言ってましたよね」

斎藤「……」

恵那「あれ、なんの話だったんですか」

斎藤「なんで知りたいの」

恵那「松本さんの再審請求が棄却されたんです。突然」

斎藤「……」

恵那「冤罪の可能性を指摘する特集を2回放送した直後に」

斎藤「相変わらず」

斎藤、笑い、ビールを飲む。

斎藤「君の世界は君を中心に回ってんだな。小学生みたいに」

恵那「?」

斎藤「君が思ってるより世界は君の関与してないと

こで回ってると思うよ。たまたまタイミングが重なっただけなんじゃないの、それは」
斎藤に笑われ、恵那、ちょっとひるみそうになるが、斎藤を睨み返し、
恵那「確かに私はなにもわかってない、あなたからすれば小学生みたいなものかもしれません。バカにしたいだけしてくれてかまいません。でもこの件についてては、私の疑問は間違ってないはずです」
斎藤「……」
恵那「この前、私になんの話をしにきたんですか？」
斎藤「……」
恵那「何か大事な、それもずいぶん慌ててしないといけない話があったみたいだったのに、私が特集の放送できなくなったって言ったら、何も言わずに帰って行きましたよね？」
斎藤「……」
恵那「私に放送をやめさせたかったんじゃないんですか？」
斎藤「そうだよ」
恵那、静かにそのショックを受け止め、
恵那「……理由は、なんですか？」
斎藤「まあ、知らない方がいいかな」
恵那「知りたいんです」
斎藤「傷つくよ？　君」
恵那「……」
斎藤「知らない方がいいこともあるんじゃないの」
恵那、黙る。肩を落とし、じっと床を見つめている。
沈黙。
斎藤、やがて手を伸ばし恵那の首筋に触れる。
恵那「……？」
恵那、その手から逃げようと首を振る。
恵那「やめてください」
斎藤、だがやがて恵那の腕を掴み、床に押し倒そうとする。
恵那「やめて」
恵那、抵抗する。
恵那「やめて！」
斎藤「じゃあさあ」
恵那「……」
斎藤「なんでベッド買ったの？」
空っぽだった奥の部屋に、新しいベッドが置かれている。
恵那N「悔しいけど」

46　夜の街

恵那N「やっぱり自分なんかには太刀打ちできないくらい」
　夜の街。
恵那N「この世界は残酷で、恐ろしいのだと」
　煌《きらめ》くネオンとあちこちから溢れてくる音楽。
恵那N「思い知らされてしまうようなとき」
　夜の街を行き交う酔っ払い、何かの売人や、風俗嬢やホストたち。
恵那N「どうしようもなく抱かれたくなるのはきっと」
　薄暗い路地と排水溝。アスファルトにこぼれたラーメンと血のついたティッシュ。

47　恵那自宅

恵那N「この人が私よりずっとそういうことに詳しいからだ」
　暗い部屋。
恵那N「守られているような気がしてしまう」
　窓から夜空が見える。
恵那N「抱かれているだけなのに」
　恵那、斎藤にしがみつき声をあげる。
恵那N「そしてこの人はそんな私の心理についても」
　新しいベッドと新しいブランケット。
恵那N「時に私より詳しいのだ」
　暗いキッチンで恵那の携帯が着信を告げ続けている。

＊　＊　＊

　服を着ていた斎藤、ベッドの恵那にキスしようと顔を寄せる。
　恵那、そのキスを受ける。
　斎藤、恵那の顔をじっと見下ろしているが、やがて髪をクシャリとなで、
斎藤「また電話する」
　玄関へと向かう。
　恵那、黙っている。
　ドアの閉まる音。そして遠ざかってゆく足音を恵那、聞いている。
恵那N「かなわない」
　恵那、窓の外、夜の空を見つめている。
恵那N「かないっこなかった。最初から」
　その時、インターホンが鳴る。
恵那「⁉」

インターホン、すぐにまた鳴る。
恵那、慌ててブランケットを引きずり、インターホンのモニターをみにゆく。
拓朗が映っている。

恵那「え⁉」
ふと見るとキッチンの携帯が、拓朗からの電話5件とライン7件を受信している。
モニターの拓朗が、また電話をかけ始める。
恵那の携帯が鳴る。

恵那「えっ……えっ」
とった方がいいのかどうか迷い、仕方なくとった瞬間に、携帯がやむ。

恵那「？」
恵那、モニターを見ると、拓朗と斎藤が鉢合わせしている。

恵那「⁉」
恵那、しかしなすすべなくモニターを見つめていると、ぷつっとモニターの映像が消える。
恵那、消えたモニターを見つめたままその場に立ち尽くす。

48　恵那マンション・ロビー

拓朗、呆然と出て来た斎藤を見つめている。
斎藤もまた内心驚いているが、冷静を装って、

斎藤「……おう。どした」
拓朗の方がいろんな憶測に動揺激しく、まともに斎藤を見られない。

拓朗「や、あの、なんだっけ、あ、そうだ。これ。すごい情報が来たんで」
拓朗、手に握りしめた手紙のコピーのファックスを斎藤に渡す。

拓朗「浅川さんに相談したくて、でも携帯繋がんないんで、思わず来ちゃったっていう、や、ほんとそれだけなんですけど」
斎藤、手渡された手紙のコピーを見る。画像が非常に荒く、ところどころ白く飛んでいる。

拓朗「被害者と付き合ってたって男が電話して来たんです。この手紙に犯人の名前書いてあるって」

斎藤「名前？」
斎藤、目を凝らすが、肝心なところが白飛びしている。

拓朗「や、これファックスなんで飛んじゃってるんですけど、本物はちゃんと読めるらしいんですよ」

斎藤「その本物は？」
拓朗「送ってもらうことになってます、後日」
　斎藤、ちょっと考えているが、
斎藤「……お前、まさか金とか払ってない？」
拓朗「へ？」
斎藤「金」
拓朗「……払いました」
　斎藤、ため息。
斎藤「いくら？」
拓朗「あ、でもまずは手付ってことで5万振り込んだだけです。本物が送られて来たらあと15万て話で」
斎藤「多分な」
拓朗「はい」
斎藤「その本物は送られてこねえよ」
拓朗「え……じゃ、これ」
斎藤「ガセだよ」
　拓朗、落胆。
　斎藤、ファックスを拓朗に返す。
　拓朗、ファックスをカバンにぐしゃっと押し込み、踵を返して去ろうとする。
　斎藤、その背中に、
斎藤「あ、俺そこでタクシー拾うけど、乗ってくか？」
　拓朗、振り向きもせず、
拓朗「……いやあ……いいです僕」
　肩を落として去っていく。

49　居酒屋

　カウンターで拓朗と村井、並んで飲んでいる。
村井「5万？　お前払ったの？」
拓朗「はい。やっぱガセですかね」
村井「ガセだよ」
拓朗「ちなみにこれって経費で……」
村井「落ちるわけねえだろ、ばーか」
拓朗「はあー……」
村井「だから言ったろうがよ。冤罪なんか生半可な覚悟でやんなってよ」
　拓朗、うつむきながら聞いているが、
拓朗「……そうですよね」
　つぶやく。
拓朗「負けちゃダメですよね。これしきのことに」
村井「は？　なにお前、まだやるつもりなの？」
拓朗「僕は続けたいんですけど」
村井「マジか⁉　さすが能天気バカだな。ちょっと見直すわ」
拓朗「いや、でもわかんないです。浅川さんはもう降りたいみたいだし」
村井「いいじゃねーかよ、やれよ！　一人でも！　男だろ⁉」
拓朗「はあ」
村井「まあ浅川はなんだかんだいって女だしな。あいつはもうとっとと嫁にでもいきゃいんだよ。そんで十分幸せになれんだよ。そもそも写真撮られた時に、斎藤が結婚してやりゃよかったんだよなあ」
拓朗「……はああ」
ため息をつき、
拓朗「村井さん、いったい僕は……何に勝ってるっていうんですかね？」
村井、心底不思議そうに、
村井「へ？　今お前、なんかに勝ってるっけ？」
拓朗「いや僕、ずっとママにそう言われて育ってきたんですよ。裕福な家に生まれて、小学校から大学までずっと明王で、大手テレビ局で働いてる、人生の勝ち組なんだって」
村井「ふーん。さすがお前のママだねえ」
拓朗「けど僕、本当は何にも勝ててない気がするんですよ」
村井「だろうねえ」
拓朗「ていうか……結局僕とママはむしろ、より負けてきたんじゃないかって。自分たちは勝ち組なんだって思い込むために、必要以上に負けてきただけなんじゃないかって……」
村井、黙って聞いている。
拓朗「なんか……最近そんな気がしてしょうがないんですよ」
拓朗、深い思索の海に漂う目。

＊　＊　＊

村井「おい……おい！」
村井に揺り起こされて、居眠りしていた拓朗、ぼんやり酔った目を覚ます。
村井「行くぞ。ついてこい」
拓朗「……は？　どこへ？」

50　ビル屋上

村井、ドアを開け、出てくる。
夜空の下、ビルの屋上。
ややあって、酔った拓朗、ふうふう言いながら追いついてくる。

拓朗「はあ。はあ。ふう……」
村井「おい！」
拓朗「は？」
村井「来てみな」
村井、フェンスから手招きをする。
拓朗、フラフラと歩いてゆき、眼下を見下ろす。
拓朗「……あ」
そこに広がるのは明王中学校の校舎とグラウンド。全体が見下ろせるベストポジションである。
村井「お前の母校だろ？　これ」
拓朗「……」
村井「明王中学。２００７年に、２年生の生徒が自殺したろ。俺、あん時取材したんだよ。こっから写真撮ってさ」
拓朗「……」
村井「よく考えたら、あれ、お前の同級生だよな」
拓朗、学校を見下ろしながら無意識に体が震えている。
村井「お前はさ、何考えてたの？　当時」
拓朗「……」
村井「同級生がいじめで自殺した時にさ、お前はどのポジションにいる奴だったの？　いじめる奴？　かばう奴？　それか見て見ぬふりするっていう一番ありがちな奴？」
拓朗「……いや、僕はあんま……その、何にも気づいてなかったっていうか」
村井「……」
拓朗「もう記憶もあんまり……なく、て」
とぼけようとするが激しく泳ぐ目。か細く震える声。
村井、容赦なく鋭い声で、
村井「逃げんな」
拓朗「……」
村井「向き合えよ」
拓朗「……」
村井「自分が何に負けてきたのか、ちゃんと向き合え。それができねえ限り、お前は一生負け続けて終わるぞ」
拓朗、その場に泣き崩れる。
拓朗「僕……は、僕は」
村井「……」
拓朗「裏切った奴です。友達だったのに」
村井「……」
拓朗「……こうやって」

拓朗、しゃがみこんだまま両手を広げる。

拓朗「泣きながら見せてきたんです。そいつ」

村井「……」

拓朗「手のひらに、鉛筆の芯がいっぱい刺さって
て」

村井「……」

拓朗「僕、自分で先生に言えなくて、ママに言った
んです。けどママも」

村井「……」

拓朗「学校に何も言わなかった。いじめの主犯が、
学年で一番の有力者の息子だったからです」

村井、黙って見ている。

拓朗「僕らは、負けたんです。あの時、決定的に負
けて、それからずーっと負け続けてる。一番
嫌いな、許せないはずの奴らに、媚びへつら
いながら。勝ち組でいさせてもらうために。
友達を見殺しにしてまで。それをなかったこ
とにしてまで」

村井「……」

拓朗「なんだよ、勝ち組って。どう勝ってんだよ。
なんなんだよ、くそ、なんなんだよ……」

51 拓朗自宅・ダイニング

陸子、いつものようにキッチンで目玉焼きを
焼きながら、

陸子「……だけどそれの色違いがインスタに載って
てさあ、そっちもすっごいいいのよ。けどや
っぱ実物見た方がいいかなーって思うし、今
日か明日でも仕事の帰りにショールーム寄っ
てみようと思っててー」

拓朗、ぼんやりとテーブルに座って、父の遺
影を見つめている。

陸子が目玉焼きの皿を持ってやってきて、

陸子「拓ちゃんも時間あったら来てよ。今日か明日、
どっちがいい？」

拓朗の前に置く。

拓朗、突然目玉焼きに吐き気を催し、立ち上
がる。

陸子「？　え、拓ちゃん？　大丈夫？」

ぽかんとする陸子。

恵那N「岸本拓朗に訪れていたそんな変化のこと
を」

52 フライデーボンボン・スタジオ

フライデーボンボン、オープニング。

海老田「はーい、今夜も始まりましたフライデーボンボン、司会の海老田天丼でーす！」
川上「アシスタントの川上美咲でーす。よろしくおねがいしまーす」
ゲストとMCたちがトークをしている。
なにやら先輩から怒られている拓朗が見える。
恵那N「私は何も気づいていなかった」

53　居酒屋

恵那N「ただ」
いつものオンエア後の打ち上げ。
恵那、名越たちの近くの席から、若者たちの席の方を見ている。
拓朗の席が空いている。

54　トイレ

吐き終えた拓朗、時々咳き込みながら、洗面所で口をゆすいでいる。
鏡に映るうつろな表情。
ぼんやりとした頭でトイレを出ると、そこに恵那が立っている。

拓朗「……？」
恵那、ちょっと言いにくそうに、
恵那「あのね……こないだ斎藤さんがうちに来てたこと」
拓朗「……」
恵那「誰にも言わないで。向こうに迷惑かかるの嫌だから」
拓朗、しばらく自分の思考の尾を追いかけるように、目を泳がせている。
恵那、なにやらいつもと違う拓朗の反応を不思議そうにみている。
やがて拓朗、恵那を一瞥する。
恵那「⁉」
そして拓朗、何も言わないまま行ってしまう。
恵那N「岸本拓朗がそのとき」
恵那、しばらくその場に立ち尽くしている。
恵那N「本当はなにを思っていたのかはわからない」
恵那、呆然とする横顔。
恵那N「だけどなぜか、脳天からまっぷたつに斬られたような気がした」
恵那、トイレに入ると思わず胸を押さえて、しゃがみこむ。

恵那Ｎ「自分の弱さを、おろかさを、情けなさを」
恵那、深い苦悩のため息。
恵那Ｎ「見抜かれたと思った」
恵那「……あああ」
恵那、呻く。苦し紛れに室内をみあげる。
ドアに相田みつを風のポスターが貼られている。
「どんまぁい」
お地蔵さんが笑っている。
オフ「……ドスン!!」
何かが落ちる鈍い音。
ややあって、
「きゃあああああ!!」

55　チェリー・マンション

外観。
夜の闇に包まれたマンション。
1階の住人が騒いでいる声が聞こえる。
住人１「救急車！　救急車!!」
住人２「人が!!　人が!!　飛び降りです!!」
暗がりの中、地面に転がる女の手。手袋をしている。

#5

流星群とダイアモンド

1　フライデーボンボン・スタジオ

拓朗N「あさみちゃんは」
　オンエア中。
拓朗N「可愛いなあ」
　篠山あさみ、他のボンボンガールとともにゲストのインストラクターに合わせてダンスをしている。
拓朗N「5ヶ月前」

2　雑居ビル・非常階段（回想）

　拓朗の回想。
　カラオケスナックでチェリー、拓朗を見つめている。
チェリー「岸本さんさあ、あさみちゃん狙ってるでしょ」
拓朗N「あさみちゃんは僕をハメようとして」
チェリー「口説いたでしょ、焼肉チャンピオンで」
　データを聞かされて凍っている拓朗。
拓朗N「それから僕のこの悪夢も始まったわけだけれども」

3　スタジオ

拓朗N「どうでもいいんだ、そんなことは」
　楽しそうなあさみ、屈託のない笑顔。
拓朗N「あれからずいぶんいろんなことが変わってしまった」
　揺れるスカート。美しい足。ピンヒール。
拓朗N「変わってないのは、あさみちゃんの可愛さだけだ」
　拓朗、スタジオの隅から、あさみを見つめている。
拓朗N「先週、チェリーさんが自殺を図った」

4　チェリーのマンション

　深夜。

　駐車場で救急車の赤いランプが回っている。

拓朗N「アルコールと薬による錯乱状態で、ベランダから飛び降りた。部屋が3階で、かつ幸い植え込みに落ちたために命に別状はなかったが、全身打撲と骨折で入院した」

5　会議室

拓朗N「今週の会議で」
名越が発表している。
拓朗N「僕らの特集にまたしても制作禁止が言い渡された」
拓朗「え……え？　なんでですか？　詳しい理由を教えてくださいよ！」
拓朗、一人憤慨している。
名越、うっとうしそうに、
名越「だーから、もう決まったことなの。君らにはこれまでかなり譲歩してきたし、これ以上時間とられるのは、みんなももうたいがい迷惑だよね？　結論は結論。はい、というわけでグルメコーナー」
拓朗N「結局理由は教えてもらえなかった」
恵那、うつむき、じっとテーブルをみている。
拓朗N「浅川さんは何も言わなかった」

6　拓朗自宅・ダイニング

朝。

拓朗、テーブルでコーヒーを飲んでいる。整えない髪、うっすらと無精髭。どこかやつれた表情。

その前に、目玉焼きの皿が差し出される。

拓朗、見上げると陸子が機嫌をうかがうように笑っている。

拓朗「……いらないって言ったでしょ？」

拓朗、不機嫌そうに言う。

陸子「どうしたのよ？　こないだから急に」

拓朗、立ち上がると、
拓朗「行ってきます」

陸子「拓ちゃん⁉」

拓朗N「そして僕は」

7　回想

夜の屋上。
拓朗、泣きながら、
拓朗「僕、自分で先生に言えなくて、ママに言ったんです。けどママも、学校に何も言わなかった。いじめの主犯が、学年で一番の有力者の息子だったからです」
拓朗N「あの夜から」

8　拓朗自宅・ダイニング

拓朗N「なぜか受け付けられなくなった」
テーブルに残された目玉焼きの皿。
拓朗N「食べ物と」
拓朗の椅子に座り、不安げに皿を見つめている陸子。
拓朗N「彼女のことが」

9　歩道橋

朝の街。
拓朗、歩道橋の上でゼリー飲料を飲みながら、眼下の線路を見ている。
拓朗N「なんなんだ」
拓朗N「なんでこんなとこまで来ちゃったんだよ」
苦しげに空を見上げる。
拓朗「どこなんだよ、ここは」

10　総合病院廊下

昼間。
恵那、花籠を手に歩いている。
チェリーの大部屋を見つけ、
恵那「……」
その前に少したたずみ、やがて入っていく。
手前のベッドで編み物をしていた中年女が、ジロリと恵那を見上げ、
中年女「誰？」
恵那「あ、あの大山さくらさんは……」
中年女「大山さん！　大山さーん。お客さーん」
中年女が怒鳴る。
奥のベッドで寝ていたチェリー、うっすらと目を開け、
チェリー「……」
虚ろな眼差しで恵那を見上げる。
チェリー「……えー……やだ浅川さん、おつかれさまですー……」
弱々しく微笑む。すっぴんであるがゆえに、なおさら儚げなその表情。

＊　　＊　　＊

チェリー、寝たまま話している。

恵那、側に座っている。

チェリー「……お恥ずかしい話、もともと鬱のお薬はあたし、ずっと飲んでてー……ぜんっぜん見えないって言われるんですけどー……」

チェリー、自虐的に笑う。

恵那「……」

チェリー「けど、こんどばっかりはもう……まじ自分死ねって思っちゃって……だって、あたしが言い出したことじゃないですかあ……岸本さん脅迫してぇ……浅川さん巻き込んでぇ……」

恵那「……」

チェリー「そんでおじさんの再審を……ダメにしたんですよねえ……」

チェリー、遠い目で窓を見つめている。

チェリー「おじさんの人生って、ほんとずっとあたしがめちゃくちゃにしてるんですよねぇ」

その目に強い苦しみがよぎる。

チェリー「……ああ、もうほんと……」

恵那、言葉もなく、チェリーの横顔を見つめている。

11　神奈川県八飛市西澤自宅前

某日午後。

路地に身を隠している拓朗、ボサボサの髪に無精髭。パーカーにスニーカー。さらにむさくるしくなっている。ゼリー飲料を飲みながら、電話に答えている。

拓朗「あー、ごめん。適当にやっといー……」

電話口のスタッフが怒っている。

スタッフ「いーかげんにしてくださいよ。ちょっとは現場に来てもらわないと……!!」

拓朗「うん……うん……」

西澤の内縁の妻らしき若い女が、こちらをいぶかしげにみながら散歩中の犬と煙草を手に通り過ぎてゆく。

拓朗「!?」

拓朗、慌てて電話を切り、女の行方を見ようと身を乗り出す。

と、拓朗の携帯が鳴る。名越からである。

拓朗、ちょっと迷っているが仕方なく出る。

拓朗「……はい」

名越の声「あのさあ、つかぬ事聞くけど、今お前もしかして誰かの出待ちとかしてる？」

拓朗「出待ちっていうか……はい」

名越「それって西澤さんて人？」

拓朗「……そす」

名越「撤収！　今すぐ撤収しろ、バカ！　電話かかってきたんだよ！　これ以上迷惑行為続けるなら訴えるってよ！　お前、これ以上勝手なことしやがったら番組降ろすからな！」

と、何やら女たちの怒鳴り合う声が聞こえてくる。

西澤妻「はあ？　知りませんけど？」

中年女「とぼけないでちょうだいよ！　見てたんだから！　あたしこの目で‼」

西澤妻と箒をもった隣の家の住人らしき中年女、どうやら吸い殻を捨てた捨てないで喧嘩している様子。

拓朗、興味深げにその様子を見つめている。

が、電話口から名越の怒鳴り声。

名越「きーてんのか⁉　こら岸本‼」

拓朗、無意識に電話を切ってしまう。

拓朗「あ、やべ、切っちゃった」

12　スタッフルーム

名越「あいつ⁉　切りやがった⁉」
名越、激昂。

13　西澤家前

拓朗、物陰から女たちの喧嘩を見つめている。

中年女「じゃあ誰が捨てたってのよ！　今！　これ‼」

中年女、吸い殻を西澤妻に突きつけている。

14　高架下喫茶店

西澤家の隣家の主婦・靖子、仏頂面でパフェを食べ続ける。
靖子「ほんっとこう言っちゃなんだけど、引っ越してくれやしないかってずーっと思ってる」
拓朗「あの若い奥さんとは最近結婚されたんすかね」
靖子「奥さんじゃないでしょ、あんなの。旦那が連れ込んだどっかの商売女よ。そもそも旦那だって引っ越してきたのよ。10年前に」
拓朗「10年前？　え、じゃその前はどこに？」
靖子「笠井町に住んでたって。だからさあやっぱり貧乏人なわけよ元は」
拓朗、慌てて携帯で検索している。
拓朗「カサイ町、ここすか⁉」
靖子、拓朗の携帯を覗き込むと、
靖子「そこ。行ってみてよ。貧乏人しか住んでないから」

　またパフェを食べ続ける。

拓朗「八頭尾山のふもとなんすね……」

拓朗N「そうして僕はついに」

15　笠井町までの道

拓朗N「自転車を買った」

　拓朗、新品の自転車で疾走している。

16　笠井町・公園

　拓朗、自転車を止めている。

　拓朗、子供のママたちに聞き込みをしている。

拓朗「あの、突然すみません。前に西澤正さんて方がこの辺に住んでたと思うんですけど」

拓朗N「とにかく、片っ端から西澤正について聞いて回った」

17　笠井町・住宅地

拓朗N「そこにきっと何かあるという僕なりの直感……」

　自宅の植木に水撒き中のじいさんに尋ねている。

拓朗N「とかはなんにもなくて」

18　笠井町・道

　拓朗、自転車を走らせている。

拓朗N「とりあえずがむしゃらに動いていたかっただけだ」

19　笠井町・パチンコ屋休憩所

拓朗N「手当たり次第にぶつかっていたかった」

　拓朗、たむろしているガラの悪そうな男たちに向かって歩いている。

拓朗「すみません、お休みのところ……」

20　道路

拓朗N「そうしているのが一番楽だったからだ」

　拓朗、自転車で走っている。

21　駅前高架下

急ブレーキ。
拓朗、いつぞや恵那が入った雑貨屋の前で自転車を停める。
「貸店舗」の貼り紙がある。
拓朗「？」
不思議に思いながら、また自転車を走らせる。

22　路地

拓朗Ｎ「それでもそうやってるうちに少しずつ、僕は近づき始めていた」
飲み屋のひしめく路地を拓朗、一人歩いている。

23　スナック

若いホステスが煙草を吸いながら、
ホステス「あーうちの息子と同級生だったかも〜」
拓朗「マジっすか⁉」
ホステス「あの親父マジでヤバいよ」
拓朗Ｎ「真実！」

24　道路

別の日の日中、汗かきがむしゃらに自転車を走らせている拓朗。
拓朗Ｎ「真実！　僕は生まれて初めて、真実を自分の力で手に入れるかもしれなかった」

25　居酒屋

拓朗Ｎ「そしてある夜、ついに笠井西小同窓会なるものに潜り込むことに成功し」
大いに盛り上がっている同窓会。
拓朗「カンパーーーーーーイ‼　すみませんお邪魔してまーす‼」
拓朗Ｎ「緊張をほぐそうとして」

＊　＊　＊

拓朗Ｎ「ちょっと飲みすぎて」
捜査で潜り込んだはずがベロベロになっている拓朗。
拓朗「えとね、息子さん。息子さんについて聞きたいんすよ」
若者「え、誰の息子？」
拓朗「えとね、えっと……誰だっけ」

26　居酒屋近くの路地

深夜。暗い路地。

拓朗N「ふと気づくと」

ベロベロなまま道路に倒れている拓朗。

拓朗「あろーあろー、すません！　ちょっろお聞きしたいんすけろお……」

拓朗N「目の前にヤンキーがバットを持って立っていた」

その虚ろな目に映るバットを持ったヤンキーとその仲間達の影。

ヤンキー「おい、てめ何嗅ぎ回ってんだよ」

ヤンキー、足で拓朗を蹴る。

拓朗「へっ⁉　や、や、すみません、すみません‼」

ヤンキー「てめ、西澤の差金《さしがね》だろ？　な？　わかってんだよ‼　ざけんなよ、てめ」

拓朗「へ？　どゆこと？　どゆこと⁉」

ヤンキー「とぼけんなクソが‼」

拓朗N「彼は、西澤の息子・健太の親友で」

27　倉庫

薄暗い倉庫。

拓朗N「西澤の差金で、息子の居場所を探していると勘違いしたらしかった」

拓朗、ヤンキーに囲まれて地べたに座っている。

ヤンキー、煙草を吸いながら、拓朗の釈明について考えている。

逆光で表情が見えず、拓朗、おっかなびっくり、

拓朗「あの、じゃあ、健太くんたちは今、もうこの辺にはいないんすか」

ヤンキー「だからいねえっつってんだろ。逃げてんだよ。クソDV親父から」

拓朗「え、じゃあどこに……？」

ヤンキー「教えるわけねーだろバカ」

拓朗「あ……じゃあ、すみません、ダメもとで頼んでみていいすか」

ヤンキー「ああ？」

拓朗「健太くんに一言だけ伝えてほしいことがあるんすけど」

ヤンキー「なんだよ」

拓朗、どういうべきか考え、

拓朗「西澤さんのことで、お母さんにお聞きしたい

ことがあります、と」
ヤンキー「……」
拓朗「12年前の事件についてです、と」
ヤンキー「事件？　なんだよ事件て」
拓朗「や、それはちょっと」
ヤンキー「言えてめ」
ヤンキー、木刀で拓朗を殴ろうとするが、
拓朗「や！　や、でも!!　これは健太くんが困るかもだから!!」
ヤンキー、木刀を下ろし、しばらく考えているがやがて携帯を取り出して、打ち始める。
携帯のライトに照らされて初めてよく見えるヤンキーの顔、意外と可愛い。

28　高級イタリアンレストラン

夜。

薄暗い店内。各テーブルでキャンドルが揺れている。

お洒落した恵那、店員に案内されながら、どこか不安げな表情で店内を横切っている。気づいた他の客たちが、チラチラと見ている。

店員「こちらで」

店員が微笑む。

テーブルでメニューをみていた斎藤が目を上げる。

恵那、席に着くなり、
恵那「……どういうこと？」

困りきった表情。

斎藤「うん？」

恵那「こんなとこで二人だけで食事なんかしたらまた……」

斎藤「いや、よく考えたらさあ」

一方斎藤、メニューを見ながら気にする様子もなく、
斎藤「ニュース8の新人キャスターならともかく、フライデーボンボンの女子アナがどの男とメシ食おうがもう誰も別に気にしねえかなって思ってさ」

恵那、ぽかんと斎藤を見つめる。傷つくような、うれしいような。

恵那「……や、私はそうかもだけど、あなたに迷惑かかるんじゃ……」

斎藤、笑い、
斎藤「俺なんか、もっとどうでもいいよ」

恵那「……」

斎藤「好きな女とうまいもん食いたい」
恵那「……」
斎藤「じゃなきゃ、こんな毎日毎日馬鹿みたいにしんどい思いしながら働いてる意味なくねえ?」
恵那、斎藤をみつめる。
斎藤、店員を呼ぶと、メニューをオーダーし始める。

＊　＊　＊

豪華なコースの皿を、楽しんでいる斎藤と恵那。
恵那の食欲はすっかり戻っており、料理を美味しそうに平らげてゆく。

29　国会・記者会館内

数日後。
斎藤、入ってきて中をみまわす。
拓朗がいるはずだが見当たらず、
斎藤「?」
もう一度見回すと、正面のパーカー姿の薄汚い男が手をあげる。
拓朗「……斎藤さん」
斎藤「岸本!?」
斎藤、拓朗の変貌にちょっと驚いている。
拓朗「お疲れ様です」
斎藤、やってきて、
斎藤「どこの浪人生かと思った」
拓朗「……ああ、そういや今日髭剃んの忘れてました」
斎藤「だけじゃなくて全体になんか別人なんだけど」

＊　＊　＊

拓朗「先週の会議でまた突然、制作中止って言われたんです」
斎藤「へえ」
拓朗「第2回までの数字も反響もいいのにやめろってことは、なんかそれ以外の理由なんだろなって気はするんですけど、僕その、社内のパワーバランスとかほんとうといんで、さっぱりわかんないんすよ。いったい何がどうなってんすかね?」
斎藤「まあ、うちがゴネたんだろな」
斎藤、あっさり言う。
拓朗「報道ってことすか?」
斎藤「たぶん警察か検察からプレッシャーかかった

んだろ。そりゃ奴らにしてみりゃ冤罪の可能性なんか一番追及してほしくねぇとこだもん。だからつぶしにかかる。たとえばうちだけ会見場に入れないとか、ネタくれないとか、そういうあからさまな制裁をかましてくる。で、うちとしちゃ〈ふざけんなフライデーボンボン！〉てことになんだよ」

拓朗「報道局長がうちの局長に文句言ったんすかね」

斎藤「だろうな」

拓朗「うちは言い返さなかったんすかね」

斎藤「バラエティは報道に言い返せねぇよ」

拓朗「なんでですか」

斎藤「そういうパワーバランスだから」

拓朗、むっつりと黙り込む。全体的に薄汚れた風貌の中で鋭い目だけが光っている。

斎藤、そんな拓朗の変貌ぶりにちょっと見とれている。

斎藤「お前ちゃんと飯食ってんの？」

拓朗「……」

斎藤「まあ、あんまりいっこの事件にのめり込むなよ。人生狂うぞ。とりあえず今回は、ここまでやっただけでも上等だよ、素人にしちゃ」

だが拓朗、全然別のことを考えている。

拓朗「……じゃあもし僕が、一発逆転のすごいネタをつかんだとするじゃないですか」

斎藤「？」

拓朗「ボンボンでやらせてもらえないからって、報道に持ち込んだとしても、やっぱ握りつぶされますかね」

斎藤、じっと考えている。様々な計算がその頭に巡っている。

斎藤「うん。もし、そういうのをつかんだ場合は、先に俺に相談してほしい」

拓朗「斎藤さんに？」

斎藤「俺が上にかけあった方がいいと思う。お前が直接持ち込むより」

拓朗「ああ……」

拓朗、うなずく。

拓朗「はい。そうっすね」

だがそのうなずきにわずかな警戒が混じっている。

30　長距離バス・車内

数日後。

拓朗、ペンを手にノートをじっと睨んでいる。書き込みすぎて真っ黒になっているノート。足元に大きなカメラバッグ。車内放送が流れる。「次は、終点名古屋駅。名古屋駅です……」

拓朗、慌ててノートとペンをバッグに押し込むと、おもむろに姿勢を正して目を閉じ、深呼吸を始める。

31　名古屋・ホテルロビー

カメラバッグを担いだ拓朗、自動ドアから入ってくる。

ロビー内を見回していると、向こうにじっとこちらを見つめる地味な中年女性がいる。

拓朗、緊張の面持ちで、近づいてゆく。

拓朗「あのう、吉村由美子さんですか？」

由美子「あ、はい」

由美子、楽ではない生活がその容貌からうかがえる。艶のない髪。くたびれたローヒール。

拓朗「大洋テレビの岸本です」

由美子「あ、どうも……吉村です」

拓朗、本当に由美子に会えたことに内心強く興奮している。

32　ホテル部屋

由美子、薄暗い室内で椅子に座っている。
拓朗、カメラの微調整を終えて改めて由美子に向き直り、
拓朗「えっと……約束通り顔は映しませんし、お名前も匿名です。あとこの名古屋っていう住所も絶対出しませんので、そこは安心してください」
由美子「はい」
拓朗「あの、じゃあよろしくお願いします」
由美子「よろしくお願いします」
拓朗、膝の上のノートを読む。
拓朗「2006年11月18日、当時14歳の井川晴美さんが何者かに殺害されました。元ご主人の西澤正氏が、午後6時20分ごろに、現場近くで松本良夫容疑者の姿を目撃したと証言、それが決め手の一つとなって松本容疑者は逮捕されています」
何度も推敲され、真っ黒になっているノート。最後に残った質問文を読む。

拓朗「この西澤氏の証言は、本当ですか」
由美子、緊張とためらい。わずかな沈黙ののち、
由美子「いえ……違うと思います」
拓朗、あまりにか細い声に慌てて、
拓朗「あ、すみません、もうちょっとはっきりお願いします」
由美子、目を閉じ、深呼吸。思い切ったように、
由美子「……嘘です。主人はその時刻、家にいました」
はっきりと言い切る。
由美子「家で酔っ払って、寝てました。だから八頭尾山で、松本さんの姿を見ていたはずないです」
拓朗、息をのむ。カメラの回るジーという音がその耳に鮮明に響いてくる。
ノートの上で指が震える。黒々とした紙面に大きく丸をされた質問その2。
拓朗「ではなぜ、西澤氏はそう証言したのでしょうか」
由美子「お金を、もらったんだと思います」
拓朗「なぜそう思うんですか？」

由美子、古い通帳を開いて見せる。
由美子「これ……毎月このアサベ商事ってとこから30万ずつ振り込まれるようになったんです。本人は給料だって言ってましたけど、働いてませんでしたから。おかしいなって思って電話帳で調べても市内にアサベ商事なんてないんです。たぶん架空の会社だと思います」
カメラ、通帳を映している。
拓朗「……その日西澤氏が家にいたことを、他に証言できる人はいますか？」
由美子「はい」
由美子、ややためらったのち、
由美子「息子と娘も、いました。子供が小さいうちは、どうしてもあの人からの仕返しが怖くて誰にもこのことを……言えませんでした……」
拓朗「……」
由美子「でも息子ももう成人して、今度こそ本当のこと言った方がいい、自分たちはもう大丈夫だからって言いまして」
由美子、いたたまれなさそうに体を固く縮める。
由美子「本当に申し訳なかったです……本当に……

本当に」

＊　＊　＊

難しいインタビューを終え、由美子と拓朗、それぞれに放心の表情。
気がぬけたように、ぼんやりと座っている。
テーブルにコーヒーがふたつ、冷めている。
拓朗、ハッと我にかえり、

拓朗「あ、コーヒー、どうぞ……」
由美子「獅子座流星群の日だったんですよねぇ……」
拓朗「は？」
由美子「あの日。事件の。11月18日」
拓朗「え、あっ、ちょっと待ってください」
拓朗、慌ててまたノートを取り出してメモしようとする。
由美子「あ、いえ、これはそんなたいした話じゃないです」
由美子、手を振る。
由美子「ただあれが獅子座流星群の日だったから、主人が家にいたとか細かいことを思い出せたんだなと思って……」
拓朗「あの、流れ星がいっぱい観れる日ですよね」
由美子「はい」

由美子、初めてうっすらと微笑む。
由美子「あの日主人はずっと酔っ払って寝てたんですけど、夕飯ごろに起き出して、いつものようにわたしを殴ったり蹴ったりしてから、そのまま寝ちゃったんです」
拓朗、せっせとメモを取っている。
由美子「そのあと、わたしが泣きながら洗いものしたら、テレビを見てた健太が、お母さん、今日は流れ星がいっぱい見れるんだって、あとで一緒に見ようよって言ってくれたんです」

33　西澤家・台所（回想）

由美子の回想。
薄暗い台所で、洗い物をしながら振り返っている由美子。
幼い健太の背中。

34　空き地（回想）

深夜の空き地。
厚着をした由美子と小学生の健太と妹、手をつないで空を見上げている。

健太と妹「うわぁ……」
由美子もまた全てを忘れ、夜空に見入っている。
健太「すごいねえ」
健太、由美子を見上げる。
由美子「うん」
健太、たしかめるように、
健太「こんなの見れてうれしいねえ、お母さん」
由美子「うん」
健太、由美子が嬉しそうなので、安心してまた空を見上げる。
由美子N「たったそれだけのことだけど」
由美子、両手に握りしめている子供達の手。
由美子N「この子たちがいてくれるから、自分はまだ生きていけると思いました」

35　八頭尾山（回想同刻）

由美子N「そのことを、星が教えてくれてるような気がしました」

同じ頃。八頭尾山雑木林。

闇の中に横たわる井川晴美の亡骸。

その上空にも星は降り続けている。

ナレーション「獅子座流星群とは、獅子座に放射点をもつ流れ星の一群です。毎年11月、1時間に約10個ほどの流れ星が観測されるこの流星群」

36　プラネタリウム

天井の夜空に獅子座流星群が降り続けている。

暗い座席で居眠りをしているデート中の斎藤と恵那。

ナレーション「年によっては大出現をみせることもあります。２００１年11月19日未明にはなんと1時間に約３０００個以上が夜空に流れました。それはまさに星のシャワー」

キラキラしたBGM。

降り注ぐ星の下、気持ちよさそうに寝息を立てている二人。つないだ手。恵那の左手の薬指には、ダイアモンドが星のように輝いている。

37　大洋テレビ・制作階エレベーターホール

エレベーターが開き、恵那、出てくる。

そこに、徹夜明けらしい拓朗が眠そうに立っている。
恵那、ハッとする。
恵那「……おつかれさまです」
拓朗「……」
拓朗、無言でぺこりと頭を下げ、入れ替わりにエレベーターに乗って行く。
恵那、そのまま廊下を歩いてゆく。気まずい気持ち。
その時、携帯がバイブする。
恵那、相手を確かめて、ちょっと意外に思いながら、
恵那「もしもし。おはようございます……え、今日？」

38 大洋テレビ・報道部

夜。
相変わらず忙しそうに人の行き交う報道部。
滝川がマフラーを巻きながら足早にやってくる。
滝川「ごめん。さ、行こ行こ！」
エレベーターに向かう恵那と滝川。
奥から上司の声がしている。
上司「滝川？……あれ滝川どこいった？」
恵那「呼んでるけど？」
滝川「いい、いい。付き合ってたら死ぬまで出らんない」
滝川、見つからないうちに去りたい。エレベーターの下りのボタンを何度も押す。

39 高級割烹

滝川、ちょっとタイミングを計るように箸で魚をつついているが、
滝川「同期のよしみでさ、めんどくさいの抜きでサクッと聞いていい？」
恵那「なに？」
滝川「例の君らが追ってた冤罪の話、今どこまでいってんの？」
恵那「はあ？」
恵那、ちょっとムッとして、
恵那「どこまでもなにも、中止になっちゃったけど。知ってるんでしょ？　どうせそっちのボスがうちにクレームしたんでしょ？」
滝川、誤魔化すように笑い、

滝川「いやいやまああ、ああいうのはほら、おじさんたちのアレだから。え、じゃああれから進んでないの？」
恵那「うん……なんで？」
滝川「いやまあ正直、うちの奴らはみんな君らの特集なんかママゴトだと思ってんだけどさ、ただ俺個人は、やっぱあの件にはまだ続きあんじゃないかって気がしてんだよね。ってのは、今年の5月に神奈川で女子中学生殺された、あの捜査チームが異様な早さで縮小されてるらしくて」
恵那「ああ」
滝川「なにかがアンタッチャブルなんだなって臭いがプンプンする。要するに君らが言ってるように、これが真犯人の最新の犯行だと仮定するとさ、全部納得がいくんだよ。松本が犯人にでっちあげられたのも、おそらく意図的なもので、とにかく真犯人を逮捕させせまいとする力が働いてる。しかもそれが結構、かなりでかい気がするんだよな」
恵那「……なんらかの権力者が絡んでるってこと？」
滝川「うん。相当な。だって警察動かしてっからね」

滝川、ビールを手酌で注ぐ。

滝川「ところで、復活したの？　斎藤さんと」
恵那「……うん」
滝川「ちなみに斎藤さん、なんか言ってた？　この件について」
恵那「……え、なんで」

恵那、不安げに聞く。

滝川「ん？」
恵那「なんで斎藤さんのこと聞くの？」
滝川「……いや、だってあの人が今、永田町で誰に可愛がられてるか知ってんでしょ」
恵那「知らない」
滝川「副総理の大門さん。元警察庁長官の」

40　割烹・トイレ

恵那、携帯の画面を見ている。
ウィキペディアに載っている大門雄二の経歴。
神奈川県出身。２００1年当時は、警察庁長官である。
恵那、さらに調べてゆくうち、ふとある画像を見つける。
大門と斎藤が並んでいる。

41　陸子のベンツ・車内

数日後の夕方。

陸子のベンツ、一軒の病院にたどり着く。

拓朗「え？」
拓朗、窓の外の看板を見て、
拓朗「おばあちゃん入院したって……心療内科なの？」
陸子「……ごめん。おばあちゃんのことは……嘘」
拓朗「は？」
陸子、拓朗を見つめ、
陸子「拓ちゃん、一回ちゃんとお医者さんに診てもらお？」
拓朗「なにそれ……⁉」
拓朗、無言でドアを開け、外に出ると帰っていこうとする。
陸子「拓ちゃん！　待って、拓ちゃん‼」
陸子、拓朗の腕にしがみつき、
陸子「お願い。お医者さんいこ、拓ちゃん。お願い……」
拓朗「……」

42　拓朗自宅

日が暮れて暗いダイニング。

帰宅した拓朗、電気を点け、心療内科からもらった薬の袋をテーブルの上にぽいっと投げる。

陸子、続いて入ってくると、疲れた様子で椅子に座る。

拓朗「俺、この家、出るね」

陸子「……なんで？」

陸子、泣き出す。

拓朗「……」

陸子「ママが、なにしたってゆうの？」

拓朗、無言で部屋にいく。

陸子「拓ちゃん、待ってよ、拓ちゃん！」

陸子、追いかけてくる。

43　拓朗の部屋

拓朗、洋服や下着をボストンバッグに詰め始める。
陸子「ねえ、拓ちゃんてば！」
拓朗「……」
陸子「パパが亡くなってから女手一つで、なに不自由ない暮らしさせたげてきたやん！　やりたいこと、なんだって好きにさせたげてきたやん!!」

拓朗、バッグのジッパーを閉めると、部屋を出ていこうとする。

陸子、拓朗のバッグを引っ張る。

陸子「ねえ、拓ちゃん!? 答えてよ! 何? ママの何が嫌なんよ!?」

陸子、拓朗の腕を握りしめながら、泣いている。

拓朗、しばらく迷っているが、

拓朗「……カイくんが死ぬ前」
陸子「カイくん?」
拓朗「俺、ママに言ったよね、カイくんがあっくんたちにいじめられてるって」
陸子「……?」
拓朗「自分で先生に言えないから、ママにこっそり言って欲しいって、頼んだよね」
陸子「……」
拓朗「あん時さ、なんで言わなかったの? 学校に。なんで握りつぶしたの?」
陸子「そんな言い方……」
拓朗「だってそうじゃん」

陸子、ゆっくりと、拓朗の腕から手を離す。

陸子「……母子家庭やから。うちは」
拓朗「……」

44 ガーデンパーティー(回想)

陸子N「あらがえるわけないやん」

一見屈託のないパーティー。

輪の中心で華やかに場を盛り上げる陸子。

陸子N「和歌山の田舎出の成金弁護士に」

友達と笑い合う拓朗。

45 拓朗の部屋

陸子「あの世界から外されへんためには、倣《なら》うしかなかった」
拓朗「……」
陸子「全部、あんたのためやん」

立ち尽くす陸子を残し、拓朗、部屋を出ていく。

やがて、玄関のドアが開き、そして閉まる音。

陸子、その場にしゃがみ込む。

46 スタッフルーム

拓朗、リクライニングシートの上でノートパソコンを開き、先日の由美子の映像を編集している。

食い入るように画面を見つめる、液晶に照らされたその表情。

47　メイク室

ボンボンガールが順番にメイクしてもらっている。
拓朗、やってきて、
拓朗「失礼します、篠山さん、いますか」
メイク「あさみちゃん？　えーっと」
メイク待ちのボンボンガールたちが隅っこで携帯をいじっている。

48　階段室

人影のない階段室で、台本を見ながら拓朗、
拓朗「あのさ、今日の台本」
あさみ「はい」
拓朗「ここ、ちょっと変更して。〈今週はあの大人気アイドルの舞台裏に密着取材〉」
あさみ「これを？」
拓朗「〈こちらのＶＴＲをどうぞ〉に」
あさみ「……それだけですか？」
あさみ、台本に書き込む。
拓朗「うん。笑わないで言って」
あさみ「笑わないの？」
拓朗「うん」
あさみ「え、なんで？」
あさみ、笑いかけるが、
拓朗「それから誰にも言わないで、このこと」
拓朗の有無を言わせぬ様子に、笑いを引っ込める。
あさみ「え、なんなんですか？」
拓朗「……」
あさみ「あたしだって、わけわかんないことに巻き込まれんの嫌なんですけど」
あさみと拓朗、睨み合う。
拓朗「……バラすよ」
あさみ「はあ？　なにを？」
拓朗「君が俺をハメようとしたこと」
あさみ「!?」
拓朗「もうこの仕事できなくなると思うよ」
あさみ「……」

あさみ、悔しげに拓朗を睨み続ける。

49　フライデーボンボン・スタジオ

リハーサル中。

MC「はい、ではは今夜もこのコーナーから参りましょう。あさみちゃーん」

あさみ「エンタメーボンボン！　今週はあの大人気アイドルの舞台裏に密着取材しちゃいましたー」

あさみ、笑顔で言う。

50　サブルーム

スタッフが画面をみながら準備している。

そこへ背後から拓朗の声。

拓朗「すみません。エンタメコーナーのV、こっちと差し替えお願いします」

スタッフ「……はーい」

スタッフ、差し出されたビデオを見る。

と、それを持つ手がかすかに震えている。

拓朗「お願いします」

スタッフ「はい……」

スタッフ、一応受け取るが、拓朗が行ってしまってから、ちょっと怪しむようにそのビデオを見ている。

その背後にいた村井、その様子に気づく。

51　スタジオ

ADがカウントしている。

いつものように並んだ出演者たち。画面の隅に恵那。

AD「5、4、3、……」

オンエアが始まる。

海老田「さあ今夜も始まりました、フライデーボンボン、司会の海老田天井です……」

スタジオの隅の拓朗、じっとその時を待っている。

激しく波打つ自分の鼓動をきいている。

MCはゲストを紹介している。お笑い芸人とグラビアアイドル。軽い雑談で笑ったのち、

海老田「さあでは今夜もこのコーナーから参りましょう」

拓朗、息を呑む。

海老田「あさみちゃーん」

カメラ、あさみに切り替わる。
あさみ「はい」
あさみ、笑わずにカメラを見つめている。
海老田、スタジオ一同、その真顔を異様に思う。
恵那、思わず拓朗を見る。
拓朗、あさみを見つめている。暗がりで刃物のように光るその目。
あさみ「今夜はこちらのVTRをどうぞ」
一瞬の間があり、VTRが始まる。
＊　＊　＊
VTR。
猫の指人形。
あさみの声「にゃーん！　ここはどこにゃーん⁉」
＊　＊　＊
拓朗「……⁉」
拓朗、モニターをみながら目を見開く。
＊　＊　＊
VTR。
カメラが引くと猫の指人形をつけたあさみがマイクを手に立っている。
あさみ「今日はなーんとこちらの楽屋にお邪魔しています！」

＊　＊　＊
予定通り、VTRはアイドルの舞台裏を映してゆく。
拓朗「……」
拓朗N「こうしてまたひとつ」
モニター前で、深いショックにうなだれる拓朗。
拓朗N「道は潰された」
そんなことには誰も気づかず、いつも通り和やかに進行してゆく現場。
拓朗N「真実は再び闇に返された」

52　局内廊下

村井が、足早に歩いている。なにやら怒っている様子。

53　スタジオ

番組終了後。
恵那「お疲れ様でした……」
と、ゲストに会釈したりしている。
入り口から村井、入ってくるなり、

村井「浅川っ！　岸本っ！」
恵那「？」
村井「浅川！　岸本っ？　どこだっ⁉」
恵那「はい？」
　恵那、キョトンとしている。

54　階段室

　村井、怒っているのか興奮しているだけなのかよくわからないが鼻息が荒い。
　無言で差し出す手に一本のテープ。
　恵那、それをじっとみて、
恵那「なんですか？」
村井「お前とぼけんな今更⁉」
恵那「や、ほんとわかんないんですけど。なんのテープですか？」
村井「？」
　不思議そうに顔をみあわす村井と恵那。

55　八頭尾山

拓朗N「闇にあるものは理由があってそこにあるのだと」
　深夜の河川。
拓朗N「村井さんは言った」
　闇の中、風に揺れている干からびた花束のセロファン。
拓朗N「知られたくない奴と」

56　由美子自宅

　狭いアパート。
　消したテレビの前で、リモコンを握りしめている由美子。
　放送されるはずのものが放送されなかった、困惑の表情。
　不思議そうな健太。
拓朗N「教えたくなかった人と」

57　街

　瞬くネオン。
拓朗N「知らなくていい人や」
　夜とは思えない、明るい街。
拓朗N「知りたくない人に」
　行き交う楽しげな人々。

拓朗Ｎ「真実は、嫌われて」

58　拘置所

拓朗Ｎ「折られ、叩かれ、押し付け合われた挙句」
暗がりの中、粗末な布団で静かに寝ている松本。
拓朗Ｎ「また闇に押し込められたまま」

59　街

拓朗Ｎ「明日も世界は平和なふりして回るのだ」
今夜も平和に酔っ払いがはしゃいでいる。

60　裏路地

拓朗Ｎ「……クソだな」
酔っ払った拓朗、潰れている。
傍を歩きすぎる酔客たち。
拓朗「クソだ……」
と、視界の端に何やらやわらかな気配がチラつく。
長い髪。ピンクのスカート。

あさみが隣にしゃがみ込んでくる。猫の指人形で、
あさみ「どんまいにゃーん」
にこりともせず、
あさみ「なんだか知りませんけど」
拓朗、答える元気もない。
あさみ「何がしたかったんですか？」
拓朗「……ごめん。忘れて」
拓朗、力なくつぶやく。
あさみ「わかりました。でも私、あんがい今日の岸本さん嫌いじゃないです」
拓朗「？」
あさみ「萌えます。わりと」
あさみ、じっと拓朗を見つめる。

61　フライデーボンボン・スタッフルーム

恵那と村井が、先ほどのＶＴＲを観ている。
由美子が映っている。
＊　＊　＊
由美子「……嘘です。主人はその時刻、家にいました。家で酔っ払って、寝てました。だから八頭尾山で、松本さんの姿を見ていたはずない

です」

＊　　＊　　＊

恵那、思わず村井に振り返る。

村井、恵那を見つめる。

62　スタッフルーム・廊下

照明の消えた廊下。非常灯の下で恵那、焦るように電話をかけている。
数回の呼び出し音の後、
拓朗の声「……はい」
恵那「もしもし⁉　どこ？　今！」

63　目黒・ラブホテル

拓朗「えっ……」
電話を受けながら、若干戸惑い気味の拓朗。
拓朗「と、今ここは……目黒？」
恵那の声「何してんの⁉」
拓朗「……え、と、ちょっと休憩？……を」
ラブホテルのソファに座っている拓朗。
あさみが先にシャワーを浴びている。
恵那の声「今から行っていい⁉」
拓朗「え、ここに？」
恵那「タクシーで！　10分で行くから！」
拓朗「えーっと……あ、明日じゃダメですか」
恵那「ごめん、今すぐ話したい」
拓朗「……」
恵那「どうしても」
聞いたことのないほど切実な恵那の声。

64　ファミレス

10分後。

窓際の席に恵那、ひとり座っている。

窓の外、横断歩道を渡り、拓朗がこっちに走ってくるのが見える。

拓朗、店に入ってきて、恵那を見つけ、やってくる。

拓朗「……おつかれさまです」

拓朗、向かいに座る。

恵那「……ごめんなさい。謝りたくて。とりあえず」

拓朗「へ？　何を？」

恵那「私が情けなかったこと。迷った挙句に逃げたこと。戦いもしないで敗けに甘んじたこと。

拓朗　君は」
恵那「本当にすごいことをしたね」
拓朗「……」
拓朗、話が見えない。
拓朗「え……何のことすか？」
恵那「君が差し替えようとしたビデオ観た。さっき」
拓朗、ふっと笑う。
拓朗「ああ。けどもう意味ないす」
恵那「え？」
拓朗「また真実は闇に葬られて終わりました」
恵那「なに言ってんの？」
拓朗「え？」
恵那「君、自分がしたことわかってないの？」
拓朗「や、わかってますけど、うちで出せなかったんだから、もう可能性ないじゃないですか。報道もダメだし」
恵那「報道？」
拓朗「いやだって斎藤さんが、やばすぎるネタは潰されるって」
恵那「……」
拓朗「だからその場合は先に俺んとこ持ってこいとは言ってくれたんですけど。ま、それもちょっと……悔しいっていうか」
拓朗、恵那の目が見れず、
拓朗「……けど、やっぱ素直に持ってけばいいんすかね？　斎藤さんとこに」
恵那「やっぱりわかってない。あのね、もうそんな次元の話じゃないの」
拓朗「え？」
恵那「そんなの何もかもぜんぶ吹き飛ばせるくらい決定的で、最強の真実を、君は摑んだの」
拓朗「……」
恵那「本当に、松本さんを釈放できるかもしれない」
拓朗「⁉」
その言葉を嚙みしめる拓朗。
あらためて感動している恵那。
拓朗「……あの、ちょっと僕、雑炊食っていいすか」
恵那「へ？」
拓朗「さっきからあそこの人、すげー美味そうなんですよ」
向こうのテーブルで男が一人、雑炊をすすっている。

＊　＊　＊

恵那、腕組みをし、この先の進め方を思案している。そして斎藤のことを考えている。
向かいで拓朗、雑炊をかきこんでいる。勢いの良い食べっぷり。
拓朗N「僕は、ようやく自分が空腹だったことに気がついた」

65　ファミレス前

遠くで夜が明けようとしている。
ひどく眠そうな顔でぼんやり突っ立っている。
拓朗N「そして、ひどく睡眠不足だったことも思い出した」
ファミレスから出てきて恵那、
恵那「君どうすんの？」
拓朗「……あ、漫喫かどっかで寝ます」
拓朗、携帯で漫喫を探し始める。
恵那「うちで寝なよ」
拓朗「……え⁉　や、いやいやいや、さすがにそれは」
恵那、笑いながら、
恵那「なに一丁前に遠慮してんの。あ、空車きた！」
タクシーを止めようと手を上げる。
拓朗「いや、さすがにあれっすよ。ちょ、浅川さん、まずいっすよまず……」

66　恵那の部屋

ソファとローテーブルが買われている。
結局そのソファでいびきをかきながら深く眠りこけている拓朗。
恵那、そのそばでマグカップに淹れたお茶を飲みながら、窓の空を見上げている。
物思う表情。
拓朗N「夜がもう少しで」

67　八頭尾山

そこにも夜明けが近づいている。
干からびた花束の上で、鳥たちが鳴いている。
拓朗N「明けようとしていた」

＃6

退職届と異動辞令

1　恵那自宅・リビング

土曜日午後1時ごろ。
恵那、ソファで毛布をかぶって寝ている拓朗を起こしている。

恵那「岸本くん、岸本くん」
恵那「岸本くん」
拓朗、揺すられてやっとぼんやり目を覚ます。
恵那「村井さんから会社に来いってメール入ってた。今日中に話したいって」
拓朗、のっそりと起き上がる。まだ眠い。
恵那「シャワー使っていいよ」
拓朗「……あ、はい」
恵那、タオルと使い捨て髭剃りを渡しながら、
恵那「髭伸びすぎだよ」
拓朗「……あ、はい」
拓朗、髭剃りをちょっと見つめている。
恵那「目玉焼きでいいよね？」
拓朗「……あ、はい」

＊　　＊　　＊

髭を剃った拓朗、目玉焼きとトーストを黙々と食べている。
恵那も向かいで食べながら、
恵那「トースト、まだいる？」
拓朗「……あ、はい」
恵那Ｎ「いつのまにか岸本拓朗は」
恵那、コーヒーカップを手に立ち上がり、キッチンに向かう。
恵那Ｎ「別人みたいに」
恵那、トーストをトースターにセットしながら、
恵那「そういえば昨日、ほんとごめんね」
拓朗「……は」
恵那「無理やり呼び出して」
拓朗「……や」
恵那Ｎ「喋らなくなった」

＊　　＊　　＊

恵那の回想。
パソコン画面。
恵那Ｎ「たとえばパソコンが突然」
恵那、カーソルを動かす。カチ、カチ、とクリック音が聞こえてくるが反応しない。
恵那Ｎ「フリーズする」

＊　　＊　　＊

恵那、立ってコーヒーを飲みながら、トース

トの焼けるのを待っている。
恵那N「あんな感じ」
こっそり見ると、拓朗、口一杯のトーストをもぐもぐ噛み続けている。

＊　＊　＊

恵那N「無理に色々やってしまうと」
カタカタカタカタ!!とキーボードを何度も打つ音。ぐるぐるまわされるカーソル。

＊　＊　＊

恵那、自分のトーストを食べながら、
恵那「もし新しい部屋探すなら私の学生時代の友達が不動産屋で働いてるから紹介するよ。1Kか1DKくらい？　どの駅近がいいとかある？　予算とか立地とか希望があれば伝えとくし」
一方的にしゃべっている。
恵那「それか水曜に午後のナレ録りの後空いてるから岸本くん暇なら一緒に行けるけど」

＊　＊　＊

ヴァン！　画面が消える。
真っ黒。チリチリチリと砂が流れていくような音がする。

＊　＊　＊

拓朗、ふと我にかえり、
拓朗「……あ、もっかい言ってください」
恵那「だから水曜の午後だったら……」
拓朗「(寝てしまう)」
恵那「……」

＊　＊　＊

恵那、ノートパソコンを操作している。
パソコン画面にバージョンアップしますか？と表示が出ている。
恵那N「バージョンアップ中なのかもな」
拓朗、寝ている。
恵那N「だとすれば」
恵那、拓朗の寝顔を見つめる。
恵那N「どこが変わるんだろ」

OPタイトル「エルピス」

2　大洋テレビ・エレベーターホール

チン！　エレベーターから恵那と拓朗が降りてくる。
二人、会議室に向かって歩いてゆく。
ちょうどスタッフルームから、名越が出てくる。

恵那「あ」

名越「……」

恵那「お疲れ様です」

名越、相当機嫌が悪いらしく答えもせず、やはり会議室に向かって歩いてゆく。
後ろに続く恵那と拓朗。

3　会議室

恵那と拓朗、村井、名越の4人がテーブルに向き合っている。

名越「まあ確かにこれがいかにすごい新事実かってのは、さすがの僕にもわかりますよ。目撃証言が覆されたことで、本当に再審の可能性がでてきた、そりゃもちろんすばらしいことですよ。ただそれはやっぱりうちじゃなくて、報道でやってもらうべきだと僕は思いますね」

ほか3人、きいている。

名越「でないとやっぱりこの事実の重みが損なわれちゃうというかですね、言ったってうちは深夜バラエティですから、信用性と視聴率をかんがみても、やっぱりニュース8かなんかで特集を組んでもらってですね……」

が、それを遮って村井、

村井「いや」

一同「？」

村井「うちでやる」

3人、驚く。

恵那「え、そ、それはその……村井さんがそうしたいってことですか？」

村井「ああ？」

恵那「だからつまり……」

なにやら言いにくそうな恵那を拓朗、不思議そうにみているが、

拓朗「村井さんが報道嫌いだからですか？」

村井「なに？」

拓朗「追い出されたのをまだ根にもってて……」

村井「ばか、関係ねえよ、んなこた」

拓朗「じゃやっぱ報道局長とかに握りつぶされるからですか？」

名越「おーい！　滅多なこというなよ岸本」

名越、誰かに聞かれていないか心配になり思わず周囲を見回す。

拓朗「だって言ってましたから。ネタもでかすぎる

と潰されるって斎藤さ……」
恵那「‼」
恵那、拓朗の足を踏みつける。
恵那「あの、私もやはり報道に任せた方がいいと思います。そりゃこれは岸本くんの大スクープですから彼にやらせてあげたいのは山々ですけど、これほどのネタをうちが先に出してしまうと、報道のメンツは完全に丸つぶれですよね。うちが出したニュースの後追いなんか絶対まともにやってくれないでしょうし、この先うちに対して、過去のニュース映像を貸してくれないとかいろんな妨害をしてくる可能性もあります」
拓朗「え、さすがにそんなせこいことはしないんじゃ……」
恵那・名越「するよ！」
名越「お前、ほんと社内政治なんもわかってねえな」
拓朗「……すみません」
恵那「一番大切なのは、この事実をいかに正しく広く視聴者に伝えるかです。ここは報道に協力してもらって、万全の態勢でこのスクープを打つ方がいいと思います」
村井「いや。……特集、25分」
村井、考えながら、
村井「これまでの事件の概要と焦点、そして独自取材による衝撃的新事実」
3人、村井を見つめている。
村井「オープニングの後、ど頭でやる」
恵那「いや、でも一応、事前に報道に……」
有無を言わせぬ口調で言い切る。
村井「うーっせえよ！　おばさん年だけくいやがって‼」
恵那「は……はあっ⁉」
村井「俺が何年報道やったと思ってんだよ！　お前みてーな年だけくった嬢ちゃんに立つ計算なんぞ、小学校の黒板にでも自慢げに書いとけバーカ！　俺がやるっつったらやるんだよ！」

4　廊下

会議室から出てきて、怒り収まらずプンプン歩いてゆく恵那。
恵那「あーっ！　もう！」
恵那「……知らない、もう知らない！　どうなったって……」
後方、遠目にそれを見ながら歩いてくる拓朗と名越。

5　恵那自宅

夜。
帰ってきて立ち尽くしている恵那。
ソファでテレビをみていたらしい斎藤がうたた寝している。拓朗が使っていた毛布。恵那、しばらくそのまま斎藤を見下ろしているが、やがてそっとしゃがみこみ、斎藤の胸に頰を寄せる。
斎藤、目を覚まし、
斎藤「おかえり」
恵那「……ただいま」
再び目を閉じる斎藤に、
恵那「あのね」
斎藤「……」
恵那「ほんとは……言わない方がいいかもなんだけど」
斎藤「なに」
斎藤の表情にわずかに緊張が走る。
恵那、しばらくそのまま斎藤の胸に顔を埋めて迷う。
恵那「今日……朝、岸本くんがこのソファで寝た」
斎藤「……なに」
斎藤、内心拍子抜けして、
斎藤「……え」
恵那「5時から11時まで6時間」
斎藤「なんで？」
恵那「よくわかんないけどなんか家出したらしくて漫画喫茶で寝るって言うから」
恵那、話しかけたのは本当はそのことではない。
恵那「怒る？」
斎藤「……怒る」
と言いつつたいして怒ってはいない。ふざけるように恵那を抱き込み、ソファに押し倒す。
恵那、笑いながら悲鳴をあげる。
斎藤「怒るー」
恵那「ごめんなさい。許して」
斎藤「許さない」
やがて斎藤、恵那に口づける。
斎藤の頭を抱きながら恵那、天井を見上げる。
不安げなその表情。

恵那Ｎ「この前、銀座のお寿司やで」

6　銀座高級寿司屋

ある夜。
恵那Ｎ「隣のお客が立ったタイミングで」
モダンな店内。大きな白木のカウンター、恵那と斎藤が座っている。
隣客が職人たちに見送られながら帰ってゆく。
恵那、なんとなくそれを見ていると、
斎藤「はい」
斎藤が小さなカルティエの紙袋を差し出す。
恵那「……え？」
斎藤「開けて」
恵那「あ、後で」
恵那、そそくさと自分のバッグに押し込もうとする。
斎藤「なんで。今開けてよ」
恵那、職人たちの目が気になる。
斎藤「大丈夫」
職人たち、察してかこちらを見ない。
恵那「……」
恵那、カウンターの下でそっと中身を開く。
小さな箱の中に、ダイアモンドの指輪が光っている。
恵那「え……？」
恵那、その意味を図りかねて見つめている。
斎藤「なんで？」
恵那「……なんで？」
斎藤、笑い、
斎藤「ご祝儀相場？」
恵那「……」
斎藤「あったんだよ、こないだ。ちょっとしたのが」
恵那、指輪を中指にはめてみる。
引っかかって入らない。そこで薬指にはめてみる。ぴったりである。
斎藤「大将」
大将「へい」
斎藤「アナゴとウニ」
大将「へいっ」
恵那Ｎ「限りなくエンゲージリング的な指輪をプロポーズではなく」
恵那、指輪を見つめている。
恵那Ｎ「株を理由に渡された」
斎藤、その恵那の手をカウンターの下で握り、斎藤「そういや惜しかったっすね、阪神」
大将「そうよークライマックスシリーズねえ」
大将と野球談義を始める。
恵那N「この人は大事なことを絶対に言葉にしない」
カウンターの下で恵那の手をもてあそぶ斎藤の手。
恵那N「ただサインだけを送ってくる」
恵那、斎藤に握られた自分の手を見つめている。
恵那N「サインは、それを読み取る者に呪いをかける」
ダイアモンドが光っている。

7　恵那自宅

恵那N「問い返しを封じて」
暗い玄関。並んでいる恵那と斎藤の靴。
恵那N「疑問の渦に迷わせる」

＊　＊　＊

恵那N「あの指輪の意味は何？」
空のソファと毛布。テーブルに斎藤が飲んでいたビール缶。

＊　＊　＊

恵那N「私のことをどう思ってるの？」
寝室。
床の上に散らばる斎藤のシャツや、恵那の下着。
恵那N「どうして私に特集をやめさせようとしたの？」
ベッドで眠っている裸の斎藤と恵那。
恵那N「本当は私たちは」
恵那、眠る斎藤の手にそっと触れ、見つめている。
恵那N「裏切りあってるんじゃないの？」
恵那、斎藤の寝顔を見つめる。
恵那N「確かめなきゃいけないことがたくさんあるのに」
その寝顔にキスする。
恵那N「私はこの人を」
斎藤を抱きしめる。
恵那N「好きになりすぎてしまった」

8　編集室

画面に由美子が映ったまま止まっている。

ドアが開き、シャワーを浴びてきたらしい拓朗、入ってくる。

着替えを自分のボストンバッグに押し込むと、椅子に座り、首にかけたタオルで髪を拭きながら、編集の続きを始める。

9　フライデーボンボン・スタジオ

金曜の夜。

オンエアの準備が進んでいる。

お茶のコーナーで、カップを手に緊張の面持ちの恵那。

村井「証言者の安全はちゃんと確保したんだろな」

その横で、ひたすらキューブチョコを食べ続けている村井。テーブルに大量の包み紙が散らばっている。

恵那「都内のホテルに泊まってもらってます。とりあえず一週間はそこに」

村井「慎重にやれよ。証言者に万が一のことがありゃ大ごとだぞお前」

恵那「わかってますよ」

実に険悪なムード。お互い緊張も極まっている。

AD「スタンバイお願いしまーす」

恵那、静かにカップを置くと、定位置に歩いてゆく。

それを目の端で感じながら、チョコを食べ続ける村井。

モニター前、緊張の面持ちで見ている拓朗。

＊　＊　＊

サブでは名越がみたくないものをみるような表情。

天井のライト。

いつも通りのにぎやかなオープニングテーマ。

ＭＣ海老田とゲストの雑談。

そして海老田とアシスタント川上の表情から笑顔が消え、
川上「さて、今夜のフライデーボンボンはこちらの特集からです」

カメラ、恵那に切り替わる。

照明が落ち、ピンスポットの当たった恵那。

恵那「エナズアイ。２００６年に八飛市で起きた女子中学生殺害事件に衝撃的新事実。犯人逮捕の決め手であった目撃証言が、なんと証言者の元妻によって覆されました。これによって、現在死刑が確定している松本良男さんの冤罪の可能性が強まったことになります。さらに、真犯人は今も野放しになっているのかもしれません」

10　ツイッター画面

音もなく更新されるリアルタイム検索。

「キターーーー！　新情報！　＃八飛女子中学生殺害事件」熱を帯びた反応の数々。大きな幅であがってくる。

恵那N「日本の司法をゆるがすその新事実に視聴者の反応は凄まじかった」

11　幹部たち・点描

中華料理店で紹興酒を飲みながらゲラゲラ笑っている幹部1。

恵那N「が、案の定」

自宅の豪華オーディオルームで音楽を楽しむ幹部2。

恵那N「うちの上層部は」

いびきをかいて寝ている幹部3。

恵那N「誰もオンエアを観ておらず」

キャバ嬢とゲームで盛り上がっている幹部4。

12　幹部自宅前

晴れた土曜の朝。
恵那N「翌土曜日の朝」
閑静な住宅街の一軒家。ゴルフウエア姿の幹部3が嬉しそうに出てくる。
車で迎えに来たやはりゴルフウエアの部下、スマホを手に、
部下「おはようございます、いやーすごいことになってますけど、大丈夫ですか？」
幹部3「え、なに？」
部下「昨日のフライデーボンボン、ニュースにあがっちゃってますよ」
部下、幹部3に画面を見せる。
恵那N「だいたいみんなこんな感じで知ったらしい」
幹部3「……えっ」
幹部3、読みながら驚愕の表情。

13　斎藤の車

夜。

雨が降っている。信号待ちをしている斎藤の車。

暗い車内で、他局の6時のニュースが映っている。

恵那N「その日の夕方には」

アナウンサー「つまりこれは冤罪事件であるという可能性が高まったとみてよろしいんでしょうか?」

コメンテーター「はい、そう言えると思いますね。そもそもこの松本受刑者の逮捕の決め手となったのはこちらの……」

斎藤、テレビを切る。

代わりにラジオが鳴り始める。

ラジオ「12年前に神奈川県で女子中学生が何者かに殺害された事件で……」

斎藤、ラジオも切る。

恵那N「ほぼすべての媒体がこのニュースを報じた」

窓に打ち付ける雨。

斎藤、ため息。

14 トレンドワードランキング

「1位　#八飛女子中学生殺害事件」
恵那N「想像以上の反響に」
PC画面を見ている。
高橋「やべ……」
木嶋「高橋さん!　出て!!」
高橋「あ、はい」

15 スタッフルーム

ひっきりなしにかかってくる電話の対応に、全スタッフが追われている。
恵那、息を呑んでその様を見つめている。
鳴り止まない電話。
恵那、ついに自分も出て、
恵那「はい、フライデーボンボンスタッフルームです」
恵那N「自分たちがいかに何もわかっていなかったか」

16 都内ホテル・室内

身を隠している由美子のところへ差し入れを持ってきた拓朗、コンビニの袋を手に立ち尽くしている。
由美子、不安げな表情。
由美子「息子のところにも娘のところにも、もうマスコミから電話がかかってきたらしいんですよ」
拓朗「えっ……」
由美子「どうやって調べたんですかねえ。そんな簡単にわかっちゃうものなんですかねえ」
不安げな由美子。
由美子「小さい孫もいますから。心配で心配で……」
顔を覆う由美子に、何も言えない拓朗。
恵那N「いかに甘かったかを」

17　西澤家・前

報道陣が押し寄せている。
いくつものマイクが差し出されたインターホンから若い女の声、怒鳴っている、
女「いやだから、あの人もうここにはいないですから!!」
報道陣「どこに行かれたんでしょうか?」
女「知りませんよ!　なんも聞いてないんで!!」

＊　＊　＊

しかし西澤、その隙に家の裏の窓からこっそり逃げている。

18　道路

恵那N「嫌というほど思い知らされて」
西澤、帽子にマスクをし、バッグを抱えながら携帯で話している。
そこへ黒いワゴン車が近づいてくる。
すかさずワゴン車のドアが開き、西澤、焦った様子でそれに乗り込んでゆく。
恵那（オフ）「……えっ」

19　アナウンス部

深夜。そこだけライトのついている片隅。
恵那、携帯を手に愕然としている。
恵那「本当ですか……?」
木村弁護士の声。怒りがにじんでいる。
木村声「はい。おそらく西澤正は、逃亡しました」
恵那、目を閉じる。
木村声「私たちは重要な参考人を一人失ったという

ことです。これでもう西澤の証言は取れません。再捜査の可能性も消えましたよ」

木村声「すみません……」

恵那「すみませんじゃ済まんことですよ、浅川さん！　なんで事前に相談してくれんかったんですか」

恵那「本当に、申し訳ありません……」

恵那、辛い。

何か資料を届けにきた拓朗、落ち込む恵那の背中を心配そうに見ている。

20　フライデーボンボン・スタッフルーム

恵那Ｎ「月曜の朝」

スタッフたち、それぞれにパソコンを見ている。

恵那もまた見ている。

恵那Ｎ「視聴率が番組史上最高の９％を記録していたと知っても」

一同、疲労と混乱で放心したようにそれを眺めている。

恵那Ｎ「もはや皆、喜ぶ元気もなく」

21　会議室

恵那Ｎ「会社では緊急幹部会議が行われていたようだったけれど」

幹部たちが緊急会議を開いている。

恵那Ｎ「私と岸本くんが呼ばれもしないのは」

名越と村井、それぞれに神妙な表情で参加している。

22　フライデーボンボン・スタッフルーム

片隅でくたびれきった様子の恵那と拓朗、話している。

恵那「今さら私たちに説教なんかしてる暇ないくらい緊急事態だってことでしょ、多分」

拓朗「どうなるんすかね」

恵那「全然わかんない。なんかもうなにもかもが想像を超えてて……」

そこへ会議を終えたらしい村井と名越が戻って来る。

相当上層部とやりあったのか興奮冷めやらぬ表情の村井と、くたびれきった様子の名越。

それぞれ自席につくのを恵那、拓朗、スタッフたち、目の端で見ている。
村井、どかっと椅子に座ると、
村井「おい浅川!!」
恵那「……はい」
恵那と拓朗、おっかなびっくり村井の机に歩いていく。
村井、拓朗に、
村井「お前は呼んでねーだろ?」
拓朗、びっくりして、
拓朗「え? あ、はい……」
戻ってゆく。
村井、恵那を睨みながら、
村井「お前、今夜のニュース8、出ることになったからな」
恵那「はっ?」
拓朗、聞き耳を立てていたスタッフ一同、驚いている。
村井「事件を追ってた記者として。準備しろ」
恵那「えっ……えっ……!?」

23　ニュース8スタジオ

夜7時30分。
オンエアの準備が進んでいる。

24　自販機コーナー

薄暗く人気のない廊下の突き当たりに設置された自販機。
窓から夜景が見える。
メイクをすませた恵那が、携帯をかけている。
不安げな表情。繰り返される呼び出し音のあと、
「ただいま電話に出ることができません……」
恵那、ため息。仕方なくラインを打ち始める。
「何度も電話してごめんなさい」
「事前に伝えておきたいことがあったの」
そこへ村井の声。
村井「よう」
恵那、ちょっと驚いて、
恵那「あ、お疲れ様です……」
村井、傍の自販機を見ながら、
村井「なんか飲むか?……深煎りキリマンジャロ、濃厚ミルクココア……」
などと表示を読みながら財布を出すが、
恵那「や、大丈夫です」

村井「……」
　村井、それでもそこにとどまる。何やら物を言いたそうな様子である。
　恵那、奇妙に思いながら、
恵那「私の出演は6分からだそうです」
村井「うん」
　村井、まだなにかを言いよどんでいる気配。
　恵那、ふと思い当たり、
恵那「あのう」
村井「ん？」
恵那「報道が私を出演させるっていうことは、結局和解できたってことなんでしょうか」
村井「和解ってか、まあ妥協だな。他局も新聞もこれだけ大々的に後追いを始めた以上、さすがにうちの報道だけが取り上げねえわけにいかねえだろ。渋々方針を変えたんだよ。で、やると決めたら、ネタは今どこよりもうちに揃ってるわけだから、全部寄こしやがれ、浅川貸しやがれって言い出すわけさ」
恵那「なるほど」
村井「それはまあいんだけどよ。俺がその、ガラにもなくちょっと心配してんのはだな……その……」
恵那「……斎藤さんのことですか」
　村井、少し驚いて、
村井「知ってたのか」
恵那「詳しくは知りません。ただきっと、斎藤さんを通じて大門副総理から会社に圧力がかかってたんですよね。あの事件に触れるなって」
村井「……」
恵那「だから村井さんは、報道に渡さずにうちでやることにしたんですよね」
村井「まあな」
　恵那、ずっと抱いていた不安が当たっていたことにあらためてショックをうけている。
恵那「斎藤さんは……いったいなにがしたいんですかね……!?」
村井「俺にきくなよ」
恵那「だって権力の犬になるなんて、それで真実をねじ曲げるなんて、昔あの人がいちばん軽蔑してたことなのに」
　恵那、悔しい。
恵那「いつの間に……いつの間に、あっち側の人になっちゃったんですかね……」
村井「斎藤って男はな」
恵那「……」

村井「素質がありすぎんだよ。報道じゃなくてあっち側の。それに自分でも気づいてる」
恵那「……政治の世界ってことですか」
村井「あいつはいずれ報道を離れるだろうよ。溢れる才能ってのは文字どおり溢れてくるもんで、自分で止められる奴なんていねえ。つまりそれは同時に厄災でもあって、なにか大事なもんを人生から押し流しちまうことも、ままある」
恵那「……」
村井「で、まあ今日のお前の出演だけどさ」
恵那「？」
村井「やめとくか？」
恵那「……は？」
村井「とりあえずここまではお前は〈アナウンサー〉だ。この事件を追ってたのも、特集を企画し、原稿を書いてたのもお前じゃなくて、俺と岸本だった、お前はただ原稿を読まされてただけだ、って釈明が〈アナウンサー〉ならギリギリ成り立つ。要するに、いざとなりゃ斎藤も大門に対してそういう言い訳ができる」
恵那「……」
村井「でも今夜お前がこの事件を追っていた記者としてニュース8に出れば、それはもう効かねえ。斎藤の立場は極めて微妙なものになる。なんならお前と大門のどっちをとるか、って話になっちまうかもしんねえ」
恵那「……」
村井「代わりに俺か岸本が出るか。お前がそれでいいなら、今からプロデューサーんとこ行って交渉してくる」
恵那「……」
考える。だがやがて、
恵那「いや……出ます」
村井「……」
恵那「この仕事は、私です。丸ごと今の自分自身なんです。それが斎藤さんの人生から押し流されるものだとしたら」
村井「……」
恵那「遅かれ早かれ受け止めないといけないことなんです」
村井「……わかった」
恵那、村井、それぞれその決断を噛みしめている。
その時、ピン！　とライン受信の音。

恵那、携帯の画面をみる。

村井「なんだ？」

恵那「!!」

恵那、息を呑み、それを読み始める。

恵那「〈ニュース８、凱旋出演おめでとう〉……」

村井「斎藤か？」

再びピン！　と受信の音。

恵那「〈オンエアの後にしようかとも思ったけど〉」

恵那、携帯を持つ手が震えてくる。

ピン！　再び受信。

恵那「〈それだと余計に〉」

村井「……余計に、なんだよ？」

そのあとが続かない。

恵那、怖い。泣きそうな顔でじっと続きを待っているが、

恵那「やだ、やっぱ無理！　今は無理！　村井さん、これ持っててください！」

村井に押し付ける。

村井「えぇっ⁉」

恵那「終わってからみます！」

恵那、言い捨て走り去っていく。

村井の手でピン！　と受信の音。

村井「おい！　おい！　せめてこの音消せよ！」

恵那「自分でやってください！」

ピンピン鳴り続ける携帯。村井、必死でバイブ切り替えの場所を探している。

25　ニュース8オープニング

20時。

ニュース番組らしいシャープなオープニング。

レギュラーのキャスターが今日のラインナップを紹介している。

恵那、じっと出番を待っている。

ライトが眩しい。

八頭尾山女子中学生殺害事件の概要が紹介されている。

出番が迫り恵那、緊張。深呼吸。

キャスター「えーでは、ここまで事件を調査してきた浅川記者に詳しい解説をしてもらいます。よろしくお願いします」

恵那「はい」

恵那、はっきりと答える。背筋を伸ばし、

恵那「よろしくお願いします」

頭をさげる。

26　フライデーボンボン・スタッフルーム

オンエアをスタッフたちが、固唾を呑んで見守っている。
画面の中の恵那、キャスターの質問にしっかりと応対している。

27　スタジオ

出演が終わって、恵那、マイクをスタッフに返している。
恵那「お疲れ様でした」
恵那、頭を下げるが、報道のスタッフは皆どこか冷ややかな表情。
滝川「お疲れ！」
向こうから滝川だけがキレのいい笑顔で言う。
恵那、ちょっと微笑み返す。

28　自販機前廊下

恵那、自販機に向かって歩いている。
斎藤からのラインの続きが待っている。不安げな表情。

拓朗が待っている。
拓朗「あ、お疲れ様です」
恵那「……どしたの？」
拓朗「や、なんか村井さんから電話かかってきて代わってくれって」
恵那「何を？」
拓朗「これを」
拓朗、ポケットから恵那の携帯を差し出す。
恵那「……ありがとう」
恵那、震える手で携帯の画面を開き始める。
何も知らない拓朗、喋り出す。
拓朗「あと、今後の方針考えたんすけど、ちょっと今いいすか？　やっぱ……」
携帯の画面を読んでいた恵那、突然その場に崩れる。
拓朗「え？」
恵那「……」
拓朗「どど、どしたんすか？」
恵那、肩を震わせ泣いている。
拓朗「大丈夫すか？」
恵那、答えずまた立ち上がると、階段室に入っていく。

29　階段室

斎藤N「オンエアの後にしようかとも思ったけど」
閉まるドア。
斎藤N「それだと余計に君を傷つけるかもしれない」
恵那、誰もいない階段室の中で携帯を握りしめ泣いている。
斎藤N「ここまでにしよう」
拓朗、呆然と階段室のドアを見つめている。
斎藤N「君も気づいていたと思う。俺と君はいつのまにか相剋の関係にある」
恵那、震える肩。
斎藤N「生半可な情理なんかでそれは埋められないものだ。近い将来、君は俺を憎むことになるだろう」
止まらない涙。
斎藤N「それでもそういう君をこそ、俺は好きだった。それはきっとこれからも変わらない。本当にありがとう。元気で」

30　高級クラブのトイレ

斎藤の携帯のラインに既読がついている。

それをじっとみている斎藤。

携帯をポケットに入れるとトイレを出ていく。

着飾ったホステスが行き来する豪華なクラブの店内を歩いて、ボックス席にたどり着く。

大門たち、政治家たちが座っている。

ホステス「お帰りなさい」

斎藤「ありがとう」

斎藤、ホステスからおしぼりを受け取る。

恵那N「折しも番組改編期だったこともあり」

31　フライデーボンボン・スタジオ

恵那N「会社の結論は早かった」
最後のフライデーボンボンのオンエア終了後。
スタッフがMCの海老田とアシスタントの川上美咲に花束を渡している。
一堂に会したスタッフたち拍手。
一同「お疲れ様でしたー!!」
恵那N「フライデーボンボン打ち切り決定」

＊　＊　＊

恵那N「とはいえ」
海老田が花束を手に挨拶をしている。

海老田「えー4月からはね、この同じ枠で新しくウィークエンドポンポンが始まります。心機一転、またフレッシュな気持ちでMCを務めさせていただきたいと思いますので、どうぞよろしくお願いいたします！」

恵那N「海老田さんは新番組でもMC続投、またスタッフの多くもそのまま残留とあって」

スタッフたち笑顔で拍手。

恵那N「最終回も現場はいたって平和なムード」

＊　＊　＊

恵那N「例外は」

川上美咲、泣きながら挨拶している。

川上「この2年間、本当にたくさんのことを学ばせていただきました。ありがとうございました！」

恵那N「アシスタントが川上美咲から一期下の田中麻衣子に代わるのと」

ボンボンガールたち、沈んだ表情。

恵那N「同様に新しいポンポンガールと総とっかえされるボンボンガールたち」

32　カラオケスナック

貸切で打ち上げが行われている。

恵那N「そして」

村井、正面舞台のカラオケで尾崎豊の「卒業」を熱唱している。

村井「俺さみしくないよ！　だって、あってもなくてもいい番組それがフライデーボンボンだから！」

恵那N「ついに制作の現場を外され」

村井「♪行儀よく真面目なんて出来やしなかった　夜の校舎窓ガラス壊して回った　逆らい続けあがき続けた　早く自由になりたかった♪」

恵那N「関連子会社への異動が決まった村井さん」

村井「みんながんばってね！　俺もがんばるよ！　目指せ退職金満額獲得〜！

♪うんざりしながら　それでも過ごした　一つだけわかってたこと　この支配からの卒業♪

おめでとう！　ありがとう！　村井喬一51歳、晴れて現場を卒業しまーす！」

スタッフ一同、大きな拍手を村井に送っている。

恵那N「代わりに名越さんがチーフプロデューサーに昇格」

名越、拍手している。

恵那N「そして岸本くんもまた経理部への異動が決まった」

隅っこで拓朗、酔って寝ている。

恵那N「あまりにあからさまな粛清」

拓朗の隣にしっかり座っているあさみ、心配して寝顔をのぞき込んだりしている。

恵那N「でもこれが組織における筋というものなのだろう」

＊　＊　＊

「贈る言葉」のイントロが流れる。

恵那、正面に登場。拍手の中マイクを握る。

会場から「恵那ちゃん」コールが起こる。

照れつつ笑顔で歌い始める恵那。

「♪暮れなずむ町の光と影の中　去りゆくあなたへ贈る言葉
悲しみこらえて　微笑むよりも　涙かれるまで泣くほうがいい
人は悲しみが多いほど　人には優しくできるのだから
さよならだけではさびしすぎるから　去りゆくあなたへ
贈る言葉
夕暮れの風に途切れたけれど　終わりまで聞いて　贈る言葉」

村井が、怒鳴る。

村井「岸本！　岸本っ‼　行けっ！」

岸本コールが起こり、周囲のスタッフたちが拓朗を叩き起こす。寝ぼけている拓朗を恵那の隣に引きずり出してくる。

拓朗、戸惑っているが、恵那に笑いながらマイクを渡され、どうにか一緒に歌い出す。

「♪信じられぬと嘆くよりも　人を信じて傷つくほうがいい
求めないで優しさなんか　臆病者の言いわけだから
初めて愛したあなたのために　飾りもつけずに　贈る言葉」

聴きながら木嶋や高橋が泣いている。

村井もまた涙ぐんでいる。

恵那N「そうしてフライデーボンボンは特に惜しまれることもなく10年の歴史を閉じた」

33　拓朗アパート

午後7時ごろ。粗末なワンルーム。暗い室内。

まだ何もない部屋に法律関係や事件ルポルタージュの本だけが山積みになっている。

布団の上に篠山あさみの髪が広がる。

拓朗があさみを抱いている。

あさみ、可愛い声で喘いでいる。

＊　＊　＊

小さな携帯型テレビがついている。

あさみ、裸のまま布団で携帯をいじっているが、
あさみ「あ、また浅川さん出てる」

ネットメディアに恵那のインタビュー記事が載っている。

あさみ「浅川さんて人気女子アナランキングの3位に返り咲いたの知ってる？」

やはり裸のまま布団に寝ている拓朗、
拓朗「そうなの？」

あさみ、ランキング記事を検索し、
あさみ「ほら」

携帯を拓朗に見せる。

あさみ、携帯を読む。

あさみ「〈落ち目だと思ってたけど真摯な報道姿勢に好感が持てる〉〈カッコいい〉〈相変わらずエロい〉……でも斎藤さんとは別れたんだよね」

拓朗「そうなの？」

恵那、キャスターからの質問に的確に答えている。

あさみ「すごいよね、局内であんなババア扱いされてんのに。なんか希望もてる。がんばってほしい」

拓朗、一緒に携帯画面の中の恵那を見つめている。

恵那N「実は」

34　廊下

ハイヒールを履いた恵那が歩いて行く。

恵那N「最後まで内示が出なかったのはこの私で」

白いスーツの後ろ姿。

恵那N「つまり会社がそれだけ迷ったということなのだろうけれど」

闘志を感じさせるアイライン。手には台本。

恵那N「その結論には私自身が一番驚いた」

ニュース8のスタジオに入って行く。

廊下に恵那メインのニュース8のポスター。

恵那、メインキャスターになっている。

35　ニュース8スタジオ

恵那「おはようございます」
　恵那、大きな声で挨拶をする。
　オンエア準備中のスタッフたちが応える。
　「おはようございます」
　そこは「ニュース8」のスタジオ。
　恵那、スタジオを見つめている。
佐々木「おはよう」
　振り返ると、ニュース8のCP佐々木が立っている。いかにも出世頭然とした見栄えのいい中年男。
恵那「おはようございます」
佐々木「懐かしいだろ」
　佐々木、ニヤリと笑う。
佐々木「言っとくけど出戻りを引き受けるって決めてやったの俺だからね」
恵那「……ありがとうございます」
　恵那、慇懃《いんぎん》に頭を下げ、
恵那「でも、大丈夫なんですかね」
佐々木「あ？」
恵那「私なんかを起用して。大門副総理のご機嫌を損ねるんじゃないですか」
佐々木「おい！」
　佐々木、大門の名前に慌て、
　佐々木、声を殺し、
佐々木「それはもうフライデーボンボンの打ち切りでしめしついてんだよ」
恵那「……」
佐々木「お前の起用は視聴者対応だよ。最近なんか人気急上昇してんだろ。会社としても慎重にならざるをえなかったんだよ。案外悪運強いよね、お前は」
恵那「恐れ入ります」
佐々木「でも覚えとけよ。俺の下で余計なことは、死んでもさせねえからな」
恵那「余計なことはしませんけど」
佐々木「……」
恵那「必要だと思うことはやります」
　恵那の落ち着いた声に佐々木、内心ひるみつつ、
佐々木「やってみな。即首切ってやるよ」
恵那「真実を伝えられないなら、キャスターなんてただの嘘つき人形です。覚悟はしてますから、ご都合悪ければさっさと降ろしていただいて結構です」

佐々木「……」
恵那「……」
佐々木と恵那、睨み合っているが、やがて佐々木、
佐々木「あーあ」
これみよがしに鼻で笑い、
佐々木「あの浅川恵那も30過ぎるとこんな骨ばってくんだ。女の旬てのは、まったく短いもんだな。あ、これセクハラじゃないから」
恵那「セクハラじゃないかどうかは言われた方に決めさせてもらえませんかね」
佐々木「ま、せいぜい頑張って」
佐々木、ニヤニヤしながら去っていく。
恵那N「だめだめ……落ち着け」
感情を振り切るように目を閉じる。
恵那N「こんなことに巻き込まれてる暇は、もう私にはない」

36　ニュース8

オープニング。
レギュラーのキャスターたちの隣で頭を下げている恵那。
恵那N「私は再びニュース8のキャスターとなり」

＊　＊　＊

恵那、ニュースを読んでいる。
恵那N「毎日がオンエアを中心に回る生活となった」

37　報道部フロア

毎日の会議。
スタッフとキャスターで打ち合わせしている。
恵那N「日々、ニュースは世界に生まれ、駆け巡り」

38　ニュース映像

世界を駆け抜けていくニュース。
恵那N「刻々と変化する」
菅官房長官、新年号を「令和」と発表。
恵那N「新しい関係、新しい摩擦」
トランプ大統領がゴラン高原に対するイスラエルの主権を認める宣言に署名。
ウクライナ大統領選挙でゼレンスキーが当選。
恵那N「新しい脅威、新しい破壊」

フランスのノートルダム寺院で大規模火災が発生。
スリランカで爆破テロ事件勃発。

39　報道部フロア

恵那N「恐ろしく膨大で、複雑で、速く」
報道部。
早口で電話にまくし立てている滝川。
滝川「ごめん！　時間ない！」
と、またしても何かを断っている。

40　ニュース8

恵那N「そもそも人間が追いつけるはずもないものに」
ある日のスタジオ。
ニュースを伝えている途中で速報が入る。
画面のこちら側ではスタッフが慌ただしく走り回っている。
キャスター「えーでは今入ってきたニュースです……」
その混乱。

上下する株価。ウォール街を駆け回る人々。
香港の選挙。民主化を求める若者たちの叫び。
恵那N「無理矢理追いつこうとして私たちは」

41　八頭尾山

一方、八頭尾山は今日も静かである。
ゆっくりと流れる時間。
鳥たちの声。
西日と風。木々が揺れる。
恵那N「本当は追いつけるはずのものにさえ」
拓朗、気持ちよさそうに風を感じながら空を見上げている。

42　恵那自宅

目覚ましが鳴る。
恵那、飛び起き、起きた瞬間から慌てている。
メガネをかけ、パソコンを開く。
恵那N「追いつけなくなってしまうのかもしれない」

43　大洋テレビ・廊下

某日。昼。
恵那、携帯でしゃべりながら、歩いている。
恵那「ごめん、今時間なくて。またかけ直す、ほんとごめん！」
携帯を切るとポケットに入れ、どこかへ急いでいる。

44　八頭尾山

拓朗、切られた携帯を見つめている。
拓朗「……」
悔しげに、携帯をポケットに仕舞う。

45　喫茶店

拓朗、カウンターに座って、隣の常連のじいさんと話している。
じいさん「ああ、あのヘンテコな店でしょ。なんか気まぐれに開けたり閉めたりしてさ、ずいぶんな殿様商売だなと思ってたけど、ついに潰れたね」
マスター、話に加わってくる。
マスター「どの店の話？」
じいさん「商店街のちょいと奥のさ、何だかぬぼーっとした薄気味悪い男がやってた……」
マスター、ちょっと声をひそめて、
マスター「ああ、ありゃね、本城建託さんとこの長男さん」
じいさん「え、そうなの？　あの妙な兄ちゃん？」
マスター「いやそれが、うちのカミさんなんかに言わせると、イケメンだって。女はああいうのがいいんだってよ」
じいさん「ほんと？　まー女ってのは、そいつだきゃあやめときなってなヤバい男にほど、ポーッとしちゃったりすんのな」
拓朗「……いやほんとそっすよね」
思わず話に入る。
じいさん・マスター「だろー!?」
拓朗「あれ、なんなんすかね」
拓朗、ぼんやりと恵那のことを思い出している。
じいさん「しかし大門さんが副総理になっちゃってから、八飛はますます本城建託の天下だねえ」

マスター「そりゃこの商店街も、もう全部本城さんとこの土地だから。まあ私らも大門先生は応援させてもらってますよ」
しかし拓朗、そんな会話も耳に入らず、
拓朗「すみません、ちょっと写真撮ってきます。すぐ戻ります」
と、立ち上がる。

46 八飛商店街

拓朗、携帯でパシャリと写真を撮った後、目の前のシャッターを見つめる。

それはかつて恵那が入り込んだ不思議な店。

「貸店舗」の貼り紙が貼られている。

＊　＊　＊

拓朗の回想。

恵那、閉まったシャッターの前で、呆然としている。

そのどこかうつろな横顔。

47 大洋テレビ・報道部

夜。
佐々木、ちょっと驚いた表情で老眼鏡をかけ、卓上のものを手に取る。
「退職願」とある。
佐々木「……マジか」
斎藤、立っている。
斎藤「はい」
佐々木「ま、慰留したって無駄だろ？」
斎藤、頭を下げる。
斎藤「お世話になりました」
佐々木「で？　やっぱりあれか？」
斎藤「？」
佐々木「大門先生のとこに行くのか？」

48 大洋テレビ前・道路

大洋テレビ社屋外観。

辞表を出してきた斎藤、その社屋を見納めに、束の間見上げている。

斎藤、やがて停まっていたタクシーに乗り込む。

一方、社内エレベーターからはオンエア後の反省会を終えた恵那、スタッフたちと出てくる。

その時、ポケットで携帯がバイブする。

恵那、携帯を見ると、拓朗からラインでいろいろな八飛の写真が送られてきている。

スタッフ「お疲れ様でしたー」

恵那「お疲れ様でした！」

恵那、帰ってゆくスタッフを見送り、その場で写真をザラザラとスクロールしながら眺めているが、ふと手を止める。

それは例の雑貨屋があった貸店舗のシャッターの写真。

恵那「……!?」

恵那、あることに気づいて思わず写真を拡大する。

貸店舗の横に、大門の選挙ポスターが貼られている。

恵那、急いで携帯で大門のプロフィールをもう一度検索する。

出てきた情報に愕然とする。

「大門雄二　神奈川県八飛市出身」

49　首都新聞社

書類という書類が山積みになったデスク。

その前で仕事中のまゆみが肉まんを口いっぱいに頬張りながら、鳴っている携帯を見つめている。

口の中のものを飲み込むと、
まゆみ「はーい。笹岡です、こんばんはあ」

ニコニコと答える。

まゆみ「ふん。ふん……は？　大門副総理？」

50　大洋テレビ・会議室

無人の夜の会議室。

恵那、暗い部屋の窓から夜景を見下ろしている。

恵那「はい。調べていただけないでしょうか。大門副総理の経歴、家族、支援者、すべてについて」

#7

さびしい男と忙しい女

1　テレビ

日曜の朝、情報番組放送中。
テーマは「世界の消費税」女子アナがフリップを持っている。
1位　ハンガリー　2位アイスランド　3位スウェーデン　デンマーク　など。
隣で斎藤が問いかける。

斎藤「例えば坂下さん、この3位のスウェーデンやデンマークの消費税って大体いくらくらいだと思います？」

ゲストのママタレ、首をかしげ、

ママタレ「えーたしかになんか北欧は高いイメージありますけどいくらくらいだろう……20％くらい？」
斎藤「24％なんです」
ママタレ「ええー高いー」
拓朗N「日曜の朝、斎藤さんが世界の消費税を解説していた」

2　拓朗自宅

いくらか荷物が増えたアパート室内。
起きたばかりの拓朗、ぽかんとテレビを見ている。

拓朗N「僕がびっくりしたのは、デンマークの消費税の高さじゃなくて」

拓朗、思わずリモコンを見つめる。そして色々チャンネルを変えて確かめる。

拓朗N「それが他局の番組なことだった」

やはり斎藤は出ているのは他局である。

拓朗N「そこで僕は初めて気づいた」

画面にテロップが出ている。「フリージャーナリスト、元大洋テレビ政治部記者」とある。

拓朗N「斎藤さんは会社を辞めたらしい」

OPタイトル「エルピス」

3　ニュース8スタジオ

恵那、首都新聞の取材を受けている。
カメラマン、恵那の写真を撮っている。
その様子を嬉しそうに見ているまゆみ。

まゆみ「すってーきー。もーさすが浅川さん、この背景が最高に似合ってらっしゃるぅ～」

＊　　＊　　＊

記者1「ありがとうございました—」
恵那「こちらこそありがとうございました」
まゆみ、記者に、
まゆみ「あの、わたくしちょっと浅川さんとお話あるんで、残ります」

＊　＊　＊

人のはけたスタジオ。
片隅でまゆみと恵那、まゆみのパソコン画面に映るファイルを確かめている。
「大門雄二関連資料」がずらりと並んでいる。
まゆみ、ほっとしてアイスコーヒーを飲みながら、
まゆみ「つまり浅川さん的にはあれですよね」
ちょっと周りに人がいないことを確かめ、
まゆみ「大門副総理が例の事件に何らかの関わりがあるとふんでらっしゃるんですよね」
恵那「いえまだ、全然確証があってのことじゃないんです。あくまでも個人的にちょっと気になって」
まゆみ「でもね、言われてみて私もハッとしたんですよ。確かに大門さんは神奈川から出ていて、警察庁長官までやられてますよね」
恵那、頷く。
恵那「そうなんです」
まゆみ「あたくし、政治部の記者を長くやってますでしょう。まあ権力者のところには、みんなとんでもないこと頼んでくるもんですよ。アイドルのプレミアチケットを取れとか、切れちゃったパスポートを今日中に発行させろとか、交通違反を取り消せとか。だけどもちろん権力者だって魔法使いじゃないから、聞ける無理と聞けない無理があって、あの人たちもバランスみながら判断するわけですよ」
恵那「でしょうね」
まゆみ「もし、警察庁長官だった大門が、県警に圧力をかけて真犯人逮捕をさせなかったのだとしたら、それは彼自身にとってもかなりリスクの高い無理です」
まゆみ、パソコンをじっと見つめている。
まゆみ「彼にとって、相当に近しく有力な人物からの頼みだったことは間違いないでしょうね」

4　テラスレストラン

日曜午後。
拓朗が入ってくる。

眺望のよい店内。奥のテーブルに陸子と拓朗の同窓生・悠介が座っている。

悠介「拓ちゃーん」

悠介が手をあげて、拓朗、そちらに歩いていく。

陸子、久しぶりの拓朗との再会。内心緊張しながら必死に冷静を保とうとしている。

悠介「やーばい。話には聞いてたけど、マジ別人じゃん」

拓朗「そう？」

悠介、笑う。

無精髭面で笑う拓朗。

悠介「超新鮮だわ」

拓朗、陸子と目を合わせ、

拓朗「……お久しぶりです」

神妙な表情。

＊　＊　＊

フランス料理のコースを食べている3人。

陸子「まあ私はそっち専門じゃないけど」

陸子、ワインを飲みながら、

陸子「これでＤＮＡ再鑑定まで持ち込めるかっていうと、正直むずかしいでしょうね」

拓朗、黙って聞いている。

悠介「えーけどあの目撃証言がインチキだって証明されて、裁判やり直すべきだってニュースとか、みんな言ってますよね」

陸子「日本は検察の方が圧倒的に強いから。いかに世論が高まろうが、検察が嫌がる決定を裁判官はできないだろうと思うわ。彼らも言ってみればただのお役人だもの」

悠介「強いっていうのは、人事権があるとかそういうこと？」

陸子「そう。検察に嫌われたらあっという間に飛ばされるわけ。だから日本の有罪率が99・9％とかになるわけ」

悠介「検察のいいなりに有罪判決出しちゃうってことすか。えー、きつい話っすね、それ」

陸子「そうよ。この社会っていうのは君らが思ってるよりずっと……」

陸子、ちょっと遠い目をする。

陸子「恐ろしいものなのよ」

陸子、ふと拓朗を見つめ、

陸子「……ごはん、ちゃんと食べてるの？」

拓朗、その目にとまどいつつ、

拓朗「うん」

5　レストラン・レジ前

食事を終え、タクシーを待っている悠介、陸子。

拓朗、頭を下げる。

拓朗「んじゃ、ごちそうさまでした」

悠介「マジで？　タクシー、途中まで乗ってきゃいいじゃん」

だが陸子、ひらひらと手をふって微笑む。

陸子「じゃあね」

去って行ってしまう。

その後ろ姿をみている悠介。隣の陸子に、小声できく。

悠介「……僕、本当にいてよかったんすか？」

陸子「何ゆうてんの。悠くんがいてくれへんかったら私、あんな冷静でおられへんかったよ」

陸子、ボロボロ泣いている。

悠介、陸子をいたわるように、

悠介「大丈夫ですよ。拓ちゃん、ちょっと反抗期なだけですよ」

陸子「あの子ね、ほんまにずっとなかったの。反抗期」

悠介「でしょ？　それが26にしてきただけですよ。そのうち治りますから」

遠ざかってゆく拓朗の背中。

6　大洋テレビ・経理部

夕方5時。

拓朗、仕事内容について後輩の女の子から怒られている。

後輩「細かいところをもうちょっとちゃんとしてもらわないと、困るのは私たちなんでー」

拓朗「ごめん、この数字ってこっちに入る……」

後輩「だーかーら入りませんって！　何回言ったらわかるんですか⁉」

拓朗の携帯が鳴る。

拓朗「あ、そ、そっか……」

言いながら携帯に出る。

7　スナック

スナックのカウンターに座り飲んでいる村井と拓朗。

テレビがついている。

拓朗、思い詰めた表情。

拓朗「結局やっぱ……スタート戻った感じです」
村井「スタート?」
拓朗「やっぱ真犯人見つかんないとダメです」
村井「ふーん」
拓朗「よその報道とか見てても、ほとんどうちの焼き回しで、新しいネタ全然出てきてないし。結局このまま進展なしで、世論が冷めてくだけな気がします。検察も裁判所もこの嵐が過ぎ去るのを待ってんじゃないすかね」
村井「ふん」
拓朗「再審請求とかDNA再鑑定とか、そういうのはもう絶対動かせない気してきました。やっぱ開かずの扉って言われてるだけありますよ。なんか人間が作ったと思えないくらい重たいっす……」

拓朗、ヘコんでいる。

村井、苦い顔で酒を飲む。

拓朗「けどそんなこと言ってたら松本さん死刑になっちゃうし、やっぱ真犯人見つけるしかないんで、これからまた現場通ってみようと思ってます」
村井「は、通う? お前もう経理の人でしょ?」
拓朗「はい、経理って9時5時で土日完全休みなんで、かえって時間取れるんすよね」

村井、いたって真剣な拓朗の顔をじっと見ているが、

村井「バカだねえ」

拓朗のビールを注ぐ。

村井「清々しいまでにバカだな」
拓朗「浅川さんは超忙しいみたいでもう全然付き合ってくれないすけど。今日も誘ったんすけど、ごめん時間ないって即答で……」

言いながら携帯をみる。と、着信が残っている。

拓朗「あれ、電話かかってる」
村井「浅川から?」
拓朗「はい。3回も」

拓朗、電話をかけ直す。

村井「おっとママ、テレビ、ニュース8にしてくんない?」

時計が8時を指そうとしている。

女将「ニュース8?」
村井「うん」

ママ、チャンネルをニュース8に合わせている。

拓朗「……あ、岸本です。今、村井さんと飲んでて

出れませんでした。またオンエアの後ででも電話ください」
拓朗、留守電を入れて切る。
村井「そういや頭くんだけど、なんか俺さあ」
拓朗「はい」
村井「セクハラがひどすぎてとばされたって話になってるらしいんだよな」
拓朗「ああ」
村井「ああって何だよ、違うだろ？　俺は名誉の退陣だろ⁉」
拓朗「僕も無能すぎておろされたって言われてるらしいです」
村井「いやお前はそうだけどさ、俺は正義を貫こうとして会社と闘った果てに美しく散ったわけじゃん！　それをうちのばかどもはさ……！」
スナックのテレビでニュース8が始まり、恵那が映し出される。
恵那「2006年の神奈川女子中学生殺害事件で、松本良夫死刑囚のDNA再鑑定が行われることになりました」
村井、拓朗、しばらく顔を見合わせているが、
村井・拓朗「ええっ⁉」
村井と拓朗、テレビに身を乗り出す。
村井「なんつった？　今、なんつったよ⁉」
周りの客が驚いている。
恵那「この事件は以前から冤罪の可能性を指摘されていましたが、松本被告の弁護団の求めに対し東京高等裁判所が今日、DNAの再鑑定を実施すると決定しました」
村井「……」
拓朗「……」
村井、拓朗、狐につままれたような顔で、テレビを見つめている。

8　弁護士事務所

今日も雑然とした木村弁護士の机の前に恵那が座っている。
拓朗、慌てて駆け込んでくる。
恵那「遅い！」
拓朗「なんか全然タクシーつかまんなくて。え、で、どういうことなんすか？」
木村「いや、私も相当驚いたんですが、どうもですね」
木村、送られてきた書面を見せながら、
恵那・拓朗「……」

木村「この吉田富雄裁判長という人が、再来月に退官するようなんですよ」
恵那「はい……」
一旦頷くが、
恵那「え、それが？」
木村「つまりこの人は再来月には、ただの吉田さんになる。もはや出世も左遷もないわけです。そういう人が、まれにこうした奇跡的決断を下すことが、いや、あるんですなあ」
木村、あらためてその実感を噛みしめるように言う。
木村「話には聞いてましたけど、私も目の当たりにしたのは初めてですよ。なかば都市伝説みたいに思ってましたがねえ……」
恵那、不安げに問う。
恵那「あの、これでちゃんと松本さんが犯人ではないという結果が出るでしょうか」
木村「それはわかりません」
恵那「……」
木村「そこにはまたいくつもの高いハードルがあります」

9 神奈川県内の大学病院

木村Ｎ「再鑑定には井川晴美さんの遺品が使われます」
裁判官、検察官、弁護人が見ている。
木村Ｎ「同じ遺品を二つに切り分け」
遺品のスカートが裁断されてゆく。
木村Ｎ「検察側と弁護側、それぞれによって鑑定されます」
双方の鑑定人がそれぞれを受け取る。

10 イメージ

事件後の遺体の一部。半分水に浸かって揺れるスカート。
木村Ｎ「ＤＮＡを検出するには犯人の唾液や精液などが採取される必要があるわけですが、それが十分に付着しているかどうか。あるいは劣化や腐敗を起こしていないかどうか。何もかもやってみないとわからないことです」

11 弁護士事務所

拓朗「あの」
木村「？」

拓朗「たとえば弁護側と検察側、どちらにもちゃんとＤＮＡが検出されて、松本さんが犯人じゃないという結果が出るとするじゃないですか」
木村「ええ」
拓朗「検察側は、それを正直に言いますかね？」
木村、考え込み、
木村「……なんとも言えませんね」
恵那「……！」
木村「過去の鑑定が間違っていたと認めることは科警研ひいては警察、検察の威信をゆるがすゆゆしき事態ですから。全力でその結果を潰しにかかる可能性もあります」
拓朗「……」
木村「ただ一方で、組織というのは必ずしも一枚岩ではない」
恵那「あ……はい」
恵那、思わずうなずく。
恵那「わかります。それは」
木村「いずれにせよ松本氏が無実か否かだけでなく、この結果によって我々は様々な現実を確かめることに」
木村、遠い目をする。
木村「なるんでしょうな」

12　夜の街

恵那と拓朗、ベンチに座っている。
恵那「だって組織って、いっぱい人がいるでしょ？そのいっぱいの人が全員まったく同じ考えなわけないじゃん」
拓朗「……」
恵那「大洋テレビにも村井さんとか君とか私みたいなのがいるように、検察や警察や裁判所にもきっといろんな人がいるんだよ。外からみてるとわかんないけどさ。そして物事がどっちに動いていくのか、善か悪か、公正か不正か、どっちが選択されるのかはその時の流れや空気で決まるんだよ。絶対信じられるとは言えないけど、絶対信じられないとも、きっと同じくらい言えないんだよ」
拓朗「僕は信じないですね」
拓朗、不機嫌につぶやく。
拓朗「公正な結果は出ないと思って、引き続き真犯人をさがします」
恵那「……私は」

恵那、夜空をみあげる。

恵那「信じていたいかなあ」

拓朗「……」

恵那「また裏切られるかもしれないけど、でもまずは信じたい。今回の裁判長みたいに、ほんとは多くの人の中に良心が眠っていて、チャンスを待ってるんだって。組織の威信なんかどうでもいいから真実を明らかにして、救える人を救いたいって思ってる人もいて、その人たちが……」

拓朗「なに平和ボケしてんすか、浅川さん」

拓朗、冷ややかに言い放つ。

恵那「はっ？」

拓朗「甘すぎますよ。僕らここまで散々みせつけられてきたんじゃないんですか。この社会の残酷さとか組織のろくでもなさとか、やっと勉強したんじゃないですか。なのに今更なにぬるたいこと言ってんすか。それかあれですか、ボケてるふりして考えることから逃げたいんですか。そりゃ報道とか行ったら、やっぱ忙しすぎてもの考える時間なくなっちゃって……」

バコッ。

拓朗の後頭部に、恵那のバッグが思い切り叩きつけられる。

拓朗「てっ⁉」

恵那「ばかっ！　ばかばかっ‼」

恵那、涙が溢れてくる。泣きながら、拓朗をボカボカ殴り続ける。

拓朗「いてっ‼　てっ‼」

恵那「あんたになにがわかんのよ！　なんにもわかんないよ‼　私がどんだけ辛くて悲しくて苦しくて、それでもなにもかも、ぜんぶ我慢してやってるか、あんたなんかにあんたなんかに……」

恵那Ｎ「ばかの岸本拓朗を殴りたおして」

13　夜道

夜道を歩いている恵那。

恵那Ｎ「泣きながら一人で帰っていたら村井さんから電話がかかってきたので」

恵那、電話に訴えている。

恵那「もうほんっと頭にきますよ。許せない。あのボンクラ、なーんにもわかってないくせに……」

恵那N「思わずその話をしたら」
村井の声「浅川よ」
恵那「は?」
村井の声「男が嫌味をいってくる時ってのはな、さびしい時なんだよ」
恵那「は? さびしい?」
村井の声「そう。じゃ男が泣いてる時ってのは何だかわかるか?」
恵那「……?」
恵那、様子の妙な村井に、けげんな表情。
恵那N「なぜか」

14 スナック

恵那N「村井さんも泣いていて」
村井「さびしい時だよ」
場末のスナック。
女の子の膝枕で電話している村井。泣いている。

15 夜道

恵那「酔ってます?」
いぶかしげな表情。

16 スナック

村井「だってよう、岸本がよう、さっきニュース観た途端飲み屋飛びだしてきやがってよう」

＊　＊　＊

村井の回想。
スナックを飛び出してゆく拓朗の背中。
カウンターにポツンとその後ろ姿を見つめる村井。

＊　＊　＊

村井「あいつ経理なのに。その背中見ながら俺は、ああ俺も昔はこんくらいバカだったなって思ってよう、島流しはいいんだよ、んなことはどーでもいいんだ、問題はさ、俺ん中に、もうあの情熱が消えちまってることなんだよ……」
さめざめと泣く村井。
村井「年かなあ俺も。ついに年食っちまったのかなあ」
だが冷ややかな恵那の声。
恵那の声「村井さん」

村井「ああ?」
恵那の声「甘ったれないでください」
村井「……」
恵那の声「老いぼれてる場合じゃないです。まだなにも終わってないのに」
ブチッと電話が切れる。

17 夜道

夜道で恵那、電話を切っている。
恵那N「そうして電話を切ってしまった」
恵那、もう涙も乾いている。
恵那N「悪いけど」
恵那、携帯をポケットに入れ、歩き出す。
恵那N「酔っ払いの泣き言をきいてる暇なんて」
恵那、すっかり冷静な表情に戻り、タクシーを止めようと手をあげる。
恵那N「もう私にはない」

18 拓朗自宅

夜。

ローテーブルを囲んでコンビニ飯を食べているあさみと拓朗。

テレビのニュース8で、恵那が、DNA再鑑定の結果、〈DNA未検出により鑑定不能であった〉というニュースを読んでいる。

恵那「弁護側の鑑定では、犯人のものと思われるDNAが検出され、松本さんのDNAとは一致しませんでしたが、検察側の鑑定ではDNAが検出されず、現時点においては松本死刑囚が犯人ではないと結論づけることはできないとしています」

拓朗、じっと恵那を見つめている。

あさみ、オムライスを食べながら携帯を眺めている。

恵那「……次のニュースです。今日の午後4時頃、東名高速道路で……」

拓朗、ピッとテレビを切ると、
拓朗N「特にショックでもなかった」

食べかけていたコンビニ弁当を食べ始める。

拓朗N「十分に予想していたことだ」

19 社員食堂

月曜朝。

拓朗N「でも案の定、浅川さんは」
窓際の席。
拓朗、一人座って取材ノートを睨んでいる。
背後から声がして、振り向くとマスクをした恵那が立っている。
恵那「おはよ」
拓朗「風邪すか?」
恵那、マスクを外しながら座る。
恵那「じゃないけど。さされるから顔」
恵那、不機嫌そうに言う。
恵那「ニュース8のキャスターがこんなふてくされた顔さらして社内歩くわけにいかないじゃん」
拓朗N「ずいぶん荒れていた」

＊　＊　＊

拓朗の朝食セットがテーブルに置かれている。
恵那、コーヒーだけ飲んでいる。
恵那、もりもりと朝食を食べている拓朗をじっと見ているが、
恵那「ねえ、なんで君そんなケロッとしてんの?」
腹立たしげに聞く。
恵那「あんな人をバカにした結果だったのにさ」
拓朗「ヘコんでるんすか?」
恵那「ヘコむよ。当たり前でしょ? チェリーさんも、めちゃめちゃヘコんでたよ」
拓朗「期待するほうがバカなんじゃないすかね」
恵那「はあ?」
拓朗「検察にしたって裁判所にしたって定年間際の裁判官ひとりに、今までやってきたこと全部ひっくり返されんのボケッと見てられるわけないじゃないすか。全力で潰しにくるにきまってんじゃないすか」
恵那、携帯をいじりながら、
恵那「なんかほんと感じ悪いよね、君さいきん」
拓朗の携帯がバイブし、拓朗、携帯を見る。
恵那「ファイル送ったから、開いて」
拓朗「なんすか、これ」
恵那「大門副総理周辺の重要人物のリスト。この人たちのことを調べたい」
拓朗、届いたファイルを見ている。
拓朗「大門副総理?……て、あの大門副総理すか? なんで?」
恵那「出身が八飛なのよ」
拓朗「はあ」
恵那「そして、この人が当時の警察に圧かけて、真犯人を逮捕させなかった可能性がある」

拓朗、突然の話にキョトンとして、

拓朗「はあ?　え、どゆこと?」

恵那「まあDNA再鑑定がうまくいけば言わずにすむかなって思ってたのに、もう言うしかなくなっちゃった」

拓朗「なんすか」

恵那「……斎藤さんが、急に私に特集の放送をやめさせようとしたことがあったんだよね」

拓朗「え、そうなんすか」

恵那「うん。多分それも大門から、圧がかかったんだと思う」

拓朗「え……でもやっちゃったじゃないすか」

恵那「うん。だから別れたよ」

拓朗「あ、それで?」

恵那「そうだよ。知らなかったの?」

恵那、笑う。

そして時計を見ると、

恵那「あ、やばい、私もう行かなきゃ」

恵那、荷物をまとめ始めながら、

恵那「だからもう、何に遠慮する必要もないから。今度君また八飛行くでしょ?　その時にこの人物たちについて聞き込みしてみてよ。政界周りはまゆみさんが調べてくれるって言ってたから……」

拓朗、だがちょっと不機嫌に、

拓朗「浅川さんがやればいいじゃないすか」

恵那「ごめん。私ほんと時間ないんだよね」

恵那、レシートを取って立ち上がる。

拓朗「でた。〈時間ない〉。浅川さん、前は報道の奴らはそう言って、世界で一番偉いみたいな顔して怠けてるってめっちゃディスってましたよね?」

恵那「待ってよ、だってほんとに時間ないんだもん!　しょうがないじゃん!!」

拓朗「はいはい、わかりましたーやっときますー」

恵那、拓朗の態度にムカついているが、ハッと我にかえり、

恵那「行かなきゃ!　じゃあね!」

行ってしまう。

拓朗もまたむくれているが、携帯が鳴る。取ると「平川刑事」と出ている。

ちょっと驚いている拓朗。

20　大洋テレビ・廊下

誰もが慌ただしげに行き来するオンエア前廊

下。
携帯画面に、斎藤の顔写真。何かの記事。
恵那「……」
メイクをすませた恵那、廊下の片隅でじっとそれを見ている。
滝川「うぃっす！」
恵那、顔を上げると、滝川が台本を手に向こうからやってくる。
恵那「あ、おはようございます」
恵那、何食わぬ顔で携帯をポケットにしまう。
滝川「あ、聞いた？　斎藤さんのこと」
恵那「なにを？」
滝川、ニヤリとし、
滝川「ＮＮＣの政治コーナーにレギュラー出演決まったって」
恵那「ああ」
恵那、さらっと笑ってみせる。
滝川「斎藤さんファン増えそうだなー。政治わかりやすく解説すんのとかめっちゃ得意でしょ、あの人」
スタッフが挨拶しながら通り過ぎてゆく。
恵那「おはようございます」
滝川「ま、でも格が違うけどね。今の浅川恵那とはさ」
恵那「何言ってんの」
滝川「いやいや数字にも出てんじゃん、視聴者からの圧倒的支持。今や浅川あってのニュース８ですよ」
滝川が怒鳴る。

21　ニュース８・スタジオ

滝川「浅川キャスター入りまーす！」
恵那「おはようございます！」
恵那の声が、スタジオに響く。
一同「おはようございます！」
スタジオ中のスタッフが恵那に大きな声で挨拶を返してくる。その声にこもる厚い信頼。

＊　＊　＊

オンエア直前。
メイクが恵那の髪を直している。
ＡＤ「10秒前」
慌てて、スタッフたちはけてゆく。
恵那、姿勢を正し、呼吸を整える。
ＡＤ「5秒前、4、3、2……」
恵那、キャスターとして芽生え始めた自信と意志を感じさせる凛々しい表情。

「こんばんは、ニュース8です」

ニュースを読み始める恵那。

22　カフェ

某日曜午後。
窓際席で、八飛署の平川刑事、タブレットを眺めている。メタルフレームのメガネ、細身のパンツ。東京のカフェに難なく馴染んでいる。
拓朗「……お久しぶりです」
拓朗の声に、顔を上げる。
平川「……岸本さん？」
拓朗「はい」
平川「あれ、なんか印象違いますね。去年うちの署でお会いした時と」
平川、タブレットを閉じる。

＊　＊　＊

拓朗「……とりあえずこれ、先に」
拓朗、バッグから週刊漫画誌を取り出し、平川に差し出す。
平川、受け取ってそっと開く。中に50万の入った封筒が入っているのを確かめると平川、雑誌を閉じ、
平川「確かに」
自分のバッグに押し込む。拓朗に向き直ると、
平川「さ、どうぞ。なんでもきいてください。話せる限りのことを話しますよ」
かつてと別人のようにサラリと言う平川。
だが拓朗、まだノートを開かず、平川をじっと見つめている。
拓朗「じゃあ……まず理由を」
平川「理由？」
拓朗「前回そっちに僕らが行った時は、なんにも話せることないって追い返されたのに、急に電話してきて今度は全部話したくなったから50万用意してくれっていう、その理由ですよ」
平川「ああ」
平川、ちょっと考えて、
平川「バカらしくなったんですよ、一言でいうと」
拓朗「？」
平川「だってもう明らかに詰んじゃってるじゃないすか、うちの署」
平川、自嘲気味に笑う。
平川「西澤証言が覆って、さらにＤＮＡ再鑑定まで

いっちゃって。いや僕なんかむしろもうとっととバレてくれよと思ってたんですよ。そのほうがスッキリするし。そしたらまた検察が粘りやがって。何考えてんすかね、あいつら」

平川、笑ってコーヒーを飲む。

平川「まあ、でももう時間の問題です。終わりですよ、うちは。ていうかとっくに終わってるんですよ」

拓朗「……どういうことすか？」

平川「無実ですよ。松本は」

拓朗、息を呑む。

平川「ご明察通り、うちは無実の人間を犯人にでっち上げたんです」

拓朗「……」

平川「ま、それでもうちの名誉のために言っとくと、普段はむしろ模範的な署なんですよ。汚職もほとんどないしね。でもやっぱり組織が一度でも罪を犯してると、ダメなんすよね。抜けない毒針みたいなもんなんですよ。時間をかけて毒が全体にまわって、気がつけば再起不能。自滅への一本道ですよ」

拓朗「……」

平川「ま、でもそれは僕の属する組織の話であって、僕個人としてはあくまで正義側の人間であると自分を思いたいわけですよ。子供もいるしね」

拓朗「正義？」

平川「なんですか？」

拓朗「いや、じゃあの50万は……」

平川「あ、別に自分のもの買うつもりないんで」

拓朗「……」

平川「んー娘のピアノとかかな。買うとしたら」

拓朗「……」

平川「松本の逮捕がでっちあげなのは現場はみんな感じてましたよ。でも同時に、なんかよほどの裏事情があんだなってのも感じてたわけですよ」

拓朗「裏事情ってなんすか」

平川「これは僕の憶測ですけど」

拓朗「はい」

拓朗、やっとノートを開く。

平川「真犯人をどうしても逮捕させたくないみたいでしたね」

拓朗「誰が？」

平川「んーかなり上の……署長とかそんなレベルじ

ゃなくて、さらにずっと上の人間だと思いますけどね。そっちからの強い圧力があり、いっぽうで地域住民やマスコミからのまだ犯人見つかんないのかっていう突き上げがありで、もう署ぐるみで犯人をでっち上げるしかなかったんじゃないですかね」

拓朗「……」

平川「代わりに逮捕できるなら別に誰でもよかったんでしょうけど、松本はちょうど身寄りのないうらぶれた中年男で、しかも家出少女なんかかくまってた。多分最高におあつらえ向きだったんですよ」

拓朗「それって真犯人が誰かわかってたってことですよね」

平川「上は知ってたかもですね。僕らはいまだに知りませんけど」

拓朗、平川をじっと睨む。

平川「いやマジマジ。これは、本当ですって」

平川、笑う。

平川「署内でその話は超タブー、開けちゃいけないパンドラの箱なんでね。聞かない、考えない、話さないで、僕らはいわば15年間年思考停止させられてきましたから、そこについては」

拓朗「けど知りたいと思いますよね、普通」

平川「いや、思うわけないっしょ！　知ったら余計な悩みが増えるだけじゃないですか」

平川、笑うが、拓朗笑わない。

平川「ま、とはいえ今となっては僕も真相の解明を願ってるわけですよ。だからこそ休みの日にこやってわざわざ東京まで岸本さんに協力しに来たわけです。それが〈理由〉。で、いいすか？」

拓朗、そんな平川のうす笑いをじっと見ているが、

拓朗「……わかりました」

平川「良かった」

拓朗「僕はもう警察のことも、裁判所のことも一切信用してないんで、とにかく自力で真犯人見つけるしか、松本さんの冤罪を晴らす方法はないと思ってます」

平川「なるほど。じゃあ、僕からのアドバイスとしては」

拓朗「？」

平川「だったら13年前の事件じゃなくて去年の事件を追ったほうがいいってことですね」

拓朗「中村優香さん事件のことですか」

平川「そう。あっちは手がかりとか証拠とか、まだ結構手付かずで残ってたりすると思いますよ。だってうちの捜査なんかやってるフリしてるだけですもん」
拓朗「フリ？」
平川「うっかり犯人見つけちゃって、それが例の真犯人と同一犯だったりしたらまたおおごとじゃないですか。だから捜査してるフリしてみんな待ってるわけですよ。転勤とか定年で事件を外れられるか、あるいは世間が忘れてくれてるのを」
平川、食べかけだったプリンを食べる。
そんな平川を、拓朗、呆然と見ているが、
拓朗「……なんつうか」
平川「……」
拓朗「マジくそっすね」
平川「ええ。百も承知ですよ」
平川、底のカラメルをすくいながら、
平川「言ったじゃないすか、僕らはもうとっくに終わってるんですよ。毒の回った頭で走り続けてる死に損ないなんです」
拓朗「……」
平川「だから岸本さん、どうかこれ以上罪を重ねないよう早く息の根を止めてやってくださいよ」
平川、テーブルに中村優香の資料の入ったUSBを置く。

＊　＊　＊

平川が帰り、一人残った拓朗。

PCを広げ、平川が置いていったUSBの中身を見る。

23　屋上

午後。

恵那、ベンチでゼリー飲料を飲みながらぼんやりと物思いにふけっている。

そこへ、
村井「よう、おばさん」

村井が隣に座ってくる。恵那の顔をみるなり、
村井「化粧で誤魔化してっけどお肌の調子悪いんじゃねーのって言おうかと思ったけどマジだったからやめとくわ」

恵那「……」

恵那、無視してゼリー飲料を飲み続ける。

村井「何だよ、また調子崩してんのかよ」

村井、内心は心配している。

村井「まあ無理もねーけどな。あんなクソみてえなニュースのキャスターなんかやってりゃストレスも溜まんだろうよ。中身がスッカスカなもんだから外面ばっかデコデコ盛りやがってよ、エセ光りでテッカテカ。見苦しいったらねえよ」

恵那「なにかご用ですか？」

恵那、慇懃無礼《いんぎんぶれい》に聞く。

村井「ああ。んー」

村井、何やら急に口ごもる。

村井「いや、その、聞きたいことがあってよ。ま、ちょっと……気を悪くされるとアレなんだけどよ」

恵那「もうとっくにしてますけど」

村井「斎藤よう」

恵那「？」

村井「あいつ、やっぱ出んのかね、政界に」

恵那「さあ」

村井「あ、全然ないの？　そういう、別れてもお友達的な」

恵那「ないです」

村井「ご飯とかお茶とか」

恵那「してません」

村井「あ、そう。あ、じゃいいや。悪いな、変なこときいて。ごめんな。がんばれよ、ニュース８、今日もスッカスカのテッカテカだろうけどな！」

村井、去っていく。

恵那、いぶかしげにその後ろ姿を見送る。

拓朗Ｎ「世の中マジでクソなことばっかりだ」

拓朗Ｎ「と毎日うんざりする」

24　某所・会議室

某日昼。

「八飛連続殺人事件　被害者家族の会」の横断幕がかかっている。

拓朗Ｎ「とか思ってると」

＊　　＊　　＊

拓朗Ｎ「２００６年の事件の被害者・井川晴美さんの姉、井川純夏さんが」

一同着席の中、純夏が準備してきた原稿を読んでいる。隣に拓朗が座っている。

拓朗Ｎ「被害者家族の会の結成のために立ち上がってくれた」

純夏「先日のDNA再鑑定でも、弁護側では松本さんが犯人ではないという結果がはっきりと出たそうです。私自身もまた、事件以来ずっと真犯人は他にいると思い続けてきました。もし本当にそうだとしたら、一日も早く真犯人は逮捕されなければいけません。私たちが声を上げることで、そうした世論の動きのきっかけになればと思い、この被害者家族の会の結成を呼びかけさせていただきました」

家族の一人が手をあげる。

純夏「あ、はい。どうぞ」

家族「具体的な活動はどういったことですか」

純夏「はい。まずは結成の記者会見を開きたいと思っています」

家族たち、ちょっとざわめく。

拓朗「あの、やっぱり世論をもりあげることが大事なんです。多くの人が関心をもってくれてはじめてマスコミも警察も動くんで……」

＊　＊　＊

第一回が無事に終わり、満足そうな純夏、拓朗に頭を下げている。

純夏「お忙しいところ来てくださって、ありがとうございました」

拓朗「いやこちらこそ。ありがたいです、ほんとに僕も」

純夏「ところであの……」

純夏、ちょっと顔を曇らせる。

純夏「中村優香さんのご家族と連絡が取れなくて。岸本さん、ご存じないですか？」

拓朗「あ、すみません、ちょっと僕もわかんないすかね……」

と、拓朗、実はとぼけている。

純夏「そうですか……」

純夏、中村優香の写真を見る。

純夏「まだ去年ですもんね。そりゃお気持ちの整理もついておられないですよね」

拓朗「……」

純夏「こんなきれいな子なのに……」

写真の中の優香、美しい顔立ち。

拓朗N「たしかに中村優香は特別に美少女だったが」

25　中村優香のアパート（拓朗回想）

拓朗N「実は他の事情もなにかと特別だった」

拓朗の回想。

昌美「もうほっといてもらえません？」
玄関先に出てきた優香の母、昌美はまだ31歳。ギャルメイクにマスク、バサバサの金髪、ジャージ姿、赤ん坊を抱いている。
拓朗、呆然としつつ、
拓朗「あ、や、でもぜひお話を聞かせてもらいたくてですね」
背後で兄弟達がケンカしている声。
昌美「ないんで。話すこととかなんも」
拓朗「あ、あの」
昌美、無理矢理ドアを閉める。
呆然とドアを見つめる拓朗。
拓朗N「まだ31歳の母親と、3人の兄弟との4人暮らし」

26　カフェ（回想）

拓朗「……えっ」
カフェでUSBの中身を見ながら驚いている拓朗。
拓朗N「さらに平川刑事にもらった資料によると、なんと〈18歳と偽りデリヘルでアルバイト〉」
拓朗、顧客リストをスクロールしながらその多さにまた驚いている。
拓朗N「めちゃめちゃ稼いでいた」
拓朗「マジか……」

27　八頭尾山中

拓朗N「正直に言うと僕は」
拓朗、仏花を手に歩いている。
拓朗N「びびっていた」
鳥の声。

＊　＊　＊

立ち入り禁止のテープの張られた一画。

拓朗、たどり着いて、腰を下ろす。

そっと花を置き、手を合わせる。

拓朗N「中村優香さん。初めまして。大洋テレビの岸本拓朗です」

目を閉じて、手を合わせ続ける拓朗。

拓朗N「あなたのことを調べさせてもらってます。あなたがどうして、ここで、誰に、殺されることになったのかを知りたくて……」

携帯に残っていた動画の中の優香を思い出す。

夜の街、笑いながら、撮っている相手と会話している。

拓朗N「僕みたいにお気楽に生きてきた男になんか」
拓朗、目を閉じている。
拓朗N「彼女は何も打ち明けてくれない気がした」
拓朗「……ああああー」
拓朗、悔しそうに髪をかきむしる。

28 道

拓朗、悶々としながら歩いている。
拓朗N「それにしても、言われてみればこの街は」
拓朗、横目で気づく。
拓朗N「大門副総理のポスターだらけだった」
大門のポスターが貼られている。

29 商店街

シャッター街のそこここに、大門のポスター。
拓朗、初めてそのことに気づきながら歩いている。

30 喫茶店

カウンターの中のマスター、ちょっと他のお客を気にしながら声をひそめ、
マスター「そりゃあまあこの辺の商店街は特にね」
拓朗「はあ」
マスター「まるっと本城さんとこの土地だからさ」
拓朗、携帯の中の恵那からもらった資料をみながら、
拓朗「本城さんて、あ、この建設会社の社長さんすか……」
マスター「そそ。ここいらで最大手の土建屋さんで、まあここだけの話、半分こっちの……ね」
マスター、「ヤクザ」のジェスチャーをする。
マスター「だから大っぴらにはできないんだけど、実は本城さんと大門先生とは幼馴染らしくて、裏で相当応援してるわけよ。だもんでうちも大門先生のポスターを貼らせていただいてて、ね」
拓朗「えっと、本城さんのとこの次男と長女は会社手伝ってんですよね？」
マスター「そそ」
拓朗「長男て何やってるかってわかります？　この人だけなんか、どこで何やってるかわかんないっぽいんですけど」

マスター「ああ、だからそれがこないだのさ」
拓朗「？」
マスター「ほら、常連の爺さんが言ってたでしょ」
恵那N「岸本拓朗からその報告を受けたとき」

31　恵那の部屋

深夜。

間接照明だけの薄暗い部屋で、風呂上がりの恵那、電話をしながら思わず体をすくめている。

恵那N「思わず鳥肌がたった」

＊　＊　＊

恵那の回想。
恵那N「思い出してしまった」
以前、迷い込んだ雑貨店。その奥にいた店主。その冷ややかで強い存在感。
店主「その話をするなら僕はまずあの入り口を閉めなければ」
恵那、本城を見つめている。
店主「そうしてあなたがそこに座って聞くというのであれば」
恵那「……」
店主「話しますよ」
恵那N「正直に言えば私はあのとき、あの男に」
恵那、店主を見つめたまま動けない。
恵那N「なぜか言われるがままそうしたくなったことを」
と、その時、携帯が鳴る。
恵那、我にかえる。
恵那「……すみません」
軽く頭をさげると、慌てて店を出る。
店主、暗く光る目で、去っていく恵那を見ている。

＊　＊　＊

拓朗の声「もしもし、聞いてます？」
恵那、携帯を握りしめながら、
恵那「……なんていうの？」
拓朗の声「は？　何がすか？」
恵那「あの人の名前」
恵那、ペンを持つ。
恵那「本城……彰」
メモに書かれるその名前。
その上で恵那の手が、その名前を摑むように動く。

＃8

少女の秘密と刑事の工作

1　恵那自宅

ある夜。電話口で思わず恵那、叫ぶ。

恵那「調べて！」

自宅で電話している拓朗。

＊　＊　＊

拓朗「は？」

＊　＊　＊

恵那「その人。本城彰って人」

恵那、興奮気味の表情。

恵那「すっごく気になる」

＊　＊　＊

拓朗、恵那の興奮ぶりにちょっと気圧されつつ、

拓朗「え、そんなに怪しいってことすか？」

恵那の声「うん。ごめん、全然確証はないけど。ただの直感だけど。でも調べてほしい」

拓朗N「浅川さんがそこまで言いきったので」

拓朗、気合の入る表情。

拓朗N「相当に怪しげな男を僕は想像した」

拓朗、人相の悪い似顔絵を思い浮かべている。

拓朗N「なんというかこう、人相が悪くて、いかにも犯人ぽい感じの男を」

2　八飛市・喫茶店「珈論琲亜」

拓朗N「ところが」

ある午後。

マスターの奥さん、エプロン姿のままソファ席で拓朗の前に座り、ちょっと恥じらいつつ、

奥さん「そうねえ最近の言い方で言うと〈雰囲気イケメン〉？」

ニコニコ言う。

拓朗、拍子抜けの表情で聞いている。

奥さん「私昔っからタイプなんですよ、ああゆうの」

拓朗「はあ」

奥さん「なんていうの？　こう、ちょっと陰があって。でも挨拶とかはちゃんとしてくれて、感じいいのよねえ」

ママ「わっかる」

急に隣でコーヒーを飲んでいたバーのママがうっとりと言う。

ママ「モテる、そういう男」

拓朗「あ、ご存じなんですか？」

ママ「いや、知らないけど。誰の話？」

奥さん「本城建託の長男さん」

ママ「あーあ、本城の副社長ならうちの店にもよく

来るわよ」
奥さん「あ、それは次男さん。その上に長男がいるのよ」
ママ「え、そうだったの？　で、長男はそんないい男なの？　親父と次男はオコゼみたいだけどね！」
奥さん「オコゼ⁉　やあだあママったら！」
奥さんとママ、ゲラゲラと笑う。
拓朗、呆然とするがなんとか気を取り直し、
拓朗「あのその長男さんなんですけど、陰があるってことは、つまり怪しげってことすか？」
奥さん「怪しいってんじゃなくって、なんていうの？　危ない感じ」
拓朗「危険人物っぽいってことすか？」
ママ、ゲラゲラと笑い、
ママ「ばかねえ、あんたモテないでしょ？」
拓朗「は？」
ママ「魅力的だってこと！　要するに、あんたみたいな坊ちゃんにない色気があるって意味よ！」
奥さんも笑いながら、
奥さん「やあだママ、そんなにいじめないであげて。こちらまだお若いんだから。ねえ？」

拓朗、ちょっとムッとしている。
ママ「だけど変ねえ、そんな長男がいるなんて全然聞いたことなかったわ。てっきりオコゼ息子だけだと思ってた」
奥さん「そうよねえ。今までどこにいたのかしら」
マスター「ありゃ外国行ってたんだよ！」
マスターがカウンターから怒鳴る。
奥さん「外国ぅ？」
拓朗「え、外国ってどこですか？」
マスター「知んないけどさ！　なんかそういう噂だったよ」
その時、ドアが開き、建託関係者らしき男たちが入ってくる。
マスター「⁉　いらっしゃーい」
ママと奥さん、あからさまに肩をすくめて、
拓朗にナイショのジェスチャーをしてみせる。
拓朗「？　どしたんすか？」
奥さん「……あとでね」
奥さん、笑ってみせる。
拓朗N「そうして後で奥さんが教えてくれるには、本城建託は半分ヤクザなので、口には気をつけないといけないということだった」

3 社員食堂

数日後。

まゆみ「本城家の長男なんですけどねえ、やっぱり外国行ってましたよ！」

まゆみ、パソコンを開いている。

拓朗「あ、マジすか！」

拓朗、身を乗り出す。

まゆみ、パソコンのレポートを読む。

まゆみ「ええ。2009年から2017年まで、行き先はシンガポール、タイ、フィリピンなど。理由はわかりませんけど、一応対外的には海外留学してるということになっていたみたいですね。あ、この調査結果、送りますね」

まゆみ、パソコンを操作している。

まゆみ「そして本城建託は大門さんの最大の後ろ盾ではあるんですが、確かにまあ結構グレーな会社ですね。だからあくまでも極秘の関係みたい」

拓朗「やーさすが首都新聞さんの調査力すね、めっちゃありがたいです。今もう誰も手伝ってくんないんで、なかなか進まなくて」

まゆみ「そりゃ浅川さんも今はもう、なかなかこんな作業はねえ」

拓朗「みたいすね。すっかり人気者になっちゃって」

拓朗、仏頂面で、

まゆみ「おほほほ」

拓朗「なんすか？」

まゆみ「妬いてらっしゃる」

拓朗「や、ちがいますよ、だって本城彰について調べてとか言い出したの浅川さんなんすよ？　なのに僕が調べたこと報告しようとしても、もう全然電話取ってくんないんすよ。無責任じゃないすか、僕だって一生懸命……」

言いながらふと見ると、まゆみ、何やら真剣な表情でパソコンの資料を凝視している。

まゆみ「むむむ！」

拓朗「え、どしたんすか？」

まゆみ「この……2009年から2017年の間、この人日本にいなかったわけですよね」

拓朗「ですね」

まゆみ「井川晴美事件から中村優香事件の間が、約12年間。その空白にまるっと入りますねえ」

拓朗、ちょっと考え、

拓朗「え、海外逃亡してた……とか？」

まゆみ「岸本さん」
拓朗「はい」
まゆみ「浅川さんの勘、まんざらではないかもですよ。私もやっぱりこの人追った方がいい気がします」
拓朗、ちょっと考えているが、
拓朗「……そうすかねえ？」
まゆみ「何か引っ掛かってらっしゃいます？」
拓朗「いやなんか……やたら評判いいんすよ、この人。商店街のおばさんとかに」
まゆみ「へ？」
拓朗「なんかモテるタイプっぽいんすよ」
まゆみ、ポカンと聞いているが、大きな口を開けて、
まゆみ「……だあーからこそじゃないですか⁉」
拓朗N「〈なんにもわかってないですね、岸本さん‼〉」

4 拓朗自宅

夜。

拓朗N「と、そこから10分くらい説教された」

拓朗N「まゆみさんいわく犯人は相当に魅力的な男かもしれず、だからこそこれだけの女の子たちが揃いも揃って一緒に八頭尾山に入っていったわけで」

テーブルの上に並ぶ被害者女性たちの写真。

作業中の拓朗、その写真を見て混乱の表情。

＊　＊　＊

拓朗の回想。社員食堂。
まゆみ「浅川さんだって本城彰のそこにピンときてるからこそ、気になってるわけですよ！」
拓朗「え、待ってください、でもなんで」
まゆみ「は？」
拓朗「なんでみんなこいつのこと危ないって思いつつ、そんな簡単に危ない場所についてっちゃうんすか？」
まゆみ「だからそれだけ魅力的なんですよ」
拓朗「ついてっちゃダメじゃないですか」
まゆみ「ところがそういうものに強烈に惹かれる瞬間ってのがあるわけですよ。特にこういう年頃の女の子たちには」

＊　＊　＊

テレビではニュース8が流れている。恵那が今日のニュースを伝えている。

拓朗、思わず床に寝転がる。

拓朗「だあーーー……」

拓朗N「……やばい。わかんねえ。どういうこと？

女まじわかんねえ」

画面の恵那、アップになっている。

拓朗「はあ〜……」

拓朗、苦しい顔。携帯でラインを打ち始める。

5 大洋テレビ・報道フロア

オンエア後。
恵那の携帯の画面に拓朗からのライン。
「女がわかりません」
「助けてください」
恵那「？」
恵那、しかめ面で一瞥の後、黙って無視することにしてスタッフとの議論を再開する。
恵那「それって圧力ですよね？」
スタッフ「いや、圧力じゃないですよ」
恵那「でも忖度《そんたく》が強要されてるってことでしょ？」
スタッフ「いやだから忖度じゃなくてあくまでも配慮ですよ」
恵那「言い換えてるだけじゃないですか。だって本来報じられるべきことを報じないよう求められるってことは……!!」

6 社員食堂

人気のない食堂。

散々な議論の後で恵那、疲れ切り一人ぼんやりしている。そこへ、
斎藤（声）「間違いなく圧力がかけられているということです」

恵那「!?」

斎藤の声が聞こえて思わず振り返る。

背後の若い社員が、タブレットで見ているニュース動画で、斎藤が海外のニュースについて解説している。

若い社員、イヤホンジャックにイヤホンをさし、斎藤の声、聞こえなくなってしまう。

恵那、妙な偶然にちょっとポカンとしているが、笑えてくる。

そして少し嬉しい。うっすらと微笑む。

拓朗N「女心はわからない」

7 八飛駅前商店街

拓朗Ｎ「でも考えるしかない」

ある午後。

拓朗、歩いている。

拓朗Ｎ「仮に本城彰が井川晴美殺害後に海外に逃亡し、２０１７年に帰国してあの店を開いていたとして」

拓朗、閉まっているシャッターの前にくる。

拓朗Ｎ「中学生の中村優香は、どうやって本城彰と出会うだろう」

シャッターをじっと見つめている。

8　喫茶店

拓朗、サンドイッチを食べながら、パソコンで調べている。
拓朗Ｎ「平川刑事からもらった中村優香のデリヘル客のリストに本城彰の名前はなかった」
さらに携帯に入っていた写真を描き出したコピーを見ている。
拓朗Ｎ「携帯の写真にもそれらしい男は見当たらない」
拓朗Ｎ「……考えてもわかるはずがない」
拓朗、考えている。
拓朗、残りのサンドイッチを口に押し込むと、
拓朗Ｎ「よし。人に聞こう」

9　中学近くの道

拓朗、女子中学生たちに聞き込みをしている。
中学生１「喋ったことないです」
中学生２「学校あんま来てなかったんで」
＊　＊　＊
中学生３「全然知りません」
＊　＊　＊
中学生４「うちらクラスも違ったんでー」
＊　＊　＊
唯一の男子生徒、丸刈りの野球部員。
男子１「あーけど僕んちの近所に」
拓朗「え？　う、うん」
男子１「高岡って女子の家があるんだけど、そこには時々来てたよ」
拓朗「高岡？　高岡なにさん？」
拓朗、慌ててメモを取る。
男子１「高岡ひかるです。小学校ん時から仲よかったす」

10　高岡ひかる自宅

田んぼに囲まれた一軒家。

拓朗、しばらく見上げているが、やがて呼び鈴を押す。

ややあって、引き戸が細く開き、高岡ひかるらしき少女が覗くようにこちらを見る。

拓朗「あ、どうも。電話した岸本です」

ひかる「……」

ひかる、ちょっと頭を下げると戸を開ける。

ひかる「どぞ」

拓朗「お邪魔します」

拓朗、入っていく。

居間で祖母らしき老婆がテレビを観ている。

拓朗「あ、こ、こんにちは」

拓朗、慌てて名刺を取り出し、
拓朗「あの、私、大洋テレビの岸本と申します。ちょっとひかるさんにお話を聞きたくて、お邪魔しております」

老婆、若干認知症気味らしく、ポカンとしているが、
老婆「はあ……そりゃあご苦労さんです」

一応頭を下げる。

11　ひかる部屋

本に溢れる部屋。あちこちにぎっしりと漫画や小説が詰め込まれている。
こたつに座っている拓朗。
ひかる、優香の友達らしからぬメガネをかけた地味な田舎少女。勉強机の椅子に座っている。
拓朗「えっと……まず、ひかるさんとは優香さんとはいつから仲良かったのかな」
ひかる「……や。べつに」
拓朗「え？」
ひかる「べつに仲良くは」
拓朗「でもよくここにきてたんでしょ？」
ひかる「まあ、……行くとこないって、来てはいましたけど」
拓朗「あ、じゃ別に親友とかじゃ……」
ひかる「ぜんぜん」
拓朗「……悩み相談とかは……」
ひかる「ぜんぜん」
ひかる、取りつく島のない返答。
拓朗「たとえば……バイトの嫌な客の話とか」
ひかる「バイト？　何のバイトしてたんですか？」

拓朗「……そか」
ひかる「……」
拓朗「ううん、ごめん、なんでもない」

12　ひかる宅玄関

さしたる収穫もないまま、靴紐を結んでいる拓朗。
一応見送りにきたひかる、その背中をみながら、ポツリとつぶやく。

ひかる「べつに……」
拓朗「え？」
ひかる「べつに向こうもこっちを親友とか思ってなかったと思いますよ」
ひかる、なにか言いたげな気配。
それを察して拓朗、やはりもう一度靴を脱ぎ、ひかるに向かって座り直す。

拓朗「……あの」
ひかる「？」
拓朗「僕は今26歳のテレビ局に勤めてる男でさ」
ひかる「……」
拓朗「正直、中学生の女の子がどんなこと考えてるかとか……ぜんっぜんわからないんだよね」
ひかる「……はあ」
拓朗「だから聞いちゃ悪いかもしれないことでも率直に聞いてみるしかないんだけど、ひかるさんはさ」
ひかる「……」
拓朗「嫌いだったのかな。優香さんのこと」
ひかる「嫌いっていうか……」
ひかる、ちょとためらい、
ひかる「向こうが裏切ったんですよ」
はじめてなにやら悔しげな感情が滲む。
拓朗「裏切ったって？」
ひかる「その、私の……好きだった人を向こうが取ったんですよ」
拓朗「……え、それ、優香さんに彼氏がいたってこと？　ちょっ、その人の名前とかは」
拓朗、慌ててメモをポケットから取り出し始める。
ひかる「……知らないです」
拓朗「いや、絶対誰にも言わないから」
ひかる「や、ほんと知らないんです。めっちゃ大人の人なんで」
拓朗「大人？」
拓朗、思わず手を止める。

拓朗「え、どど、どんな人？　何歳くらいの人？
　なにしてる人？」
　ひかる、拓朗の食いつきに、
ひかる「……え、なんですか」
　再び警戒し始める。
拓朗「あ、ごめん、ごめん。じゃ、じゃちょっと待
　って、質問変えるから」
　拓朗、必死で考える。
拓朗「あの、あのさ、ひかるさんはさ、その人のど
　ういうとこを好きになったの？」
ひかる「……なんかその人……小説とかに詳しくて
　……いろんな話してくれたりとか。他にあん
　まそういう話できる人いないんで」
拓朗「……」
ひかる「けど……そのことを優香に話したんですよ。
　そしたら一人でその人の店に見に行ったらし
　くて、そん時はオヤジだとかマジないわとか
　言ってたくせに、しばらくしてから、なんか
　黒い……ストールみたいなのして来て」

＊　＊　＊

　ひかるのフラッシュバック。
　優香、黒いストールをして、部屋に入ってく
る。

＊　＊　＊

ひかる「何それって聞いたら、その人にもらったっ
　てめっちゃ嬉しそうに言ったんですよ」
拓朗「……」
ひかる「はあ？　って思って、めっちゃ喧嘩して、
　もう二度とうち来んなっつったらその10日後
　に……」
　ひかる、うつむく。
　ひかるの足元に、ポタポタと涙が落ちる。
ひかる「向こう……死んじゃったから。それきりに
　なっちゃって」
　拓朗、ひかるを驚きの表情で凝視している。
　ひかる、泣き続ける。
ひかる「謝れなかった。ひどいこと言ったまま」
拓朗「あの……あのさ」
　拓朗、内心強い興奮と緊張。
拓朗「ごめん。いっこだけ、どうしても答えて欲し
　いことがあるんだけど」
ひかる「？」
拓朗「さっきさ、〈その人の店〉って言ったよね？」
ひかる「……はい」
拓朗「ひょっとして、その〈店〉って、駅前の商店
　街の中の店？」

ひかる「……え」
ひかる、不思議そうに、
ひかる「なんで知ってるんですか？」
拓朗「……！！！」
ひかる「あ」
ひかる、拓朗の顔をみながら、自分の鼻を指差し、
ひかる「鼻血」
拓朗の鼻から鼻血が垂れている。
拓朗Ｎ「いや。鼻血なんか垂らしてる場合ではなく」

13　八頭尾山

事件現場。
西日の中、拓朗とひかる、一緒に中村優香の事件現場にやってくる。
拓朗Ｎ「はからずも僕は今、超重要参考人を得てしまっているわけだが」
ひかる、小さな花束を持っている。
拓朗Ｎ「一体何をどう聞けばいいってんだ」
拓朗、思い詰めた表情で並んでいる。
現場に花束を供え、手を合わせるひかる。
その肩が震えている。
拓朗Ｎ「彼女は友達が殺されて」
隣で手を合わせている拓朗。
拓朗Ｎ「彼女の好きな人がその犯人かもしれないなんて」
泣きじゃくるひかるの声をじっと聞いている。

14　ひかるの家の前

夕暮れ。
ひかる、泣き疲れた顔で微笑んで、
ひかる「ありがとうございました」
不器用に頭を下げる。
ひかる「ずっと気になってたから。行けてよかった」
拓朗、話し出そうか迷っている。
ひかる、携帯を取り出し、何やら操作している。
拓朗「……あの」
ぼそっと言い出したとき、ひかるが携帯画面をこちらに見せる。
ひかる「優香」
写真。ひかると優香が一緒にピースして写っ

ている。あどけない笑顔。

拓朗「……」

ひかる「こんとき、一緒にタピオカ飲みに行ったんですよ」

ひかる、また携帯を操作し、

ひかる「一緒に祭り行ったとき」

嬉しそうにまた別の写真を見せる。

拓朗、思わず苦笑。内心、これ以上事件について聞くことを諦める。

拓朗「……あのさ」

ひかる「?」

拓朗「友達が死んじゃうって、辛いことだけどさ」

ひかる「……」

拓朗「や、実はさ……俺も経験あるんだ。君くらいの年の時に。だからめっちゃわかる。こんなこと言ったってなんの役にもたたないのもわかってるけど、でも、元気出して。優香さんの分も……」

ひかる「……」

拓朗「いやごめん、やっぱ余計なことかも、じゃ」

微笑んで、帰ろうとする。

拓朗「またね。話聞かせてくれてありがと……」

ひかる、また携帯を見せる。

ひかる「この人」

拓朗「……⁉」

本城彰と思われる男が、雑貨屋の奥に座っているのが写っている。

拓朗「……さっき言ってた、好きな人?」

ひかる「これ優香が隠し撮りして私に送ってきたんですよ」

拓朗「……そっか」

拓朗、動揺を隠しながら、

拓朗「これだけ?」

ひかる「あとこれも」

ひかる、他にも見せる。

ひかる「優香、隠し撮りめっちゃうまいんですよ」

拓朗「……」

拓朗、じっとその画面を見つめている。

15　八飛市・公園

別の午後。

平川、やってくる。

拓朗、ベンチに座って待っている。

平川「どうも」

拓朗「あ、お疲れ様です」

平川、不機嫌そうに少し離れて座ると、イライラと言う。
平川「で、なんですか。早く用件言ってください」
拓朗「なんか怒ってます？」
平川「てか、悪いけどあんまりあなたと一緒のとこ見られたくないんで」
拓朗「じゃあまあ単刀直入に聞きますけど」
拓朗、バッグから優香の携帯の写真リストを取り出し、
拓朗「これ、写真抜いてますよね？」
平川「は？」
拓朗「中村優香さんの携帯の写真データ、これで全部じゃないでしょ？　抜いてるっしょ？」
平川「抜いてませんよ」
拓朗「嘘つかないでくださいよ。抜いたやつください」
平川「抜いてません」
拓朗「本城彰」
平川「……⁉」
平川、内心激しく動揺している。
拓朗、その反応を見ている。
拓朗「あ、やっぱ本当はもう、わかってるんですね？　警察も。本城彰が真犯人だってこと」
平川「……」
拓朗「だから抜いたんすよね？　さすがに本人の写真渡すのはまずいって思ったんすか？　まあわかりますけど、でも僕もうたどり着いちゃって、欲しいんですよ、写真。ください」
平川「何のことか、ちょと意味わかんないすね」
拓朗、黙ってバッグからレコーダーを出すと、間に置く。
平川「……⁉」
拓朗「これ、聴いてみます？」
平川、激しく動揺している。
拓朗「聴かなくてもわかりますよね？　こないだ平川さんが僕から50万受け取って、八飛署の内部告発持ちかけてきた時の会話、録音したやつです」
平川「……」
拓朗「こういうの上司とかに聴かれたりしたら、平川さんマズいすよね」
平川、しばらく黙って考えている。
拓朗もまた黙っている。
平川「脅迫ですか？」
拓朗「いや別に脅迫じゃないですよ」
平川「立派な脅迫ですよ。人の弱みにつけ込んでゆ

すってるんですから」

拓朗「まあそっちがそう思うんならそうなんじゃないすか」

平川、ため息をつき、
平川「……その元データと交換という条件で。今夜中に送ります」

拓朗「わかりました」

平川「もしそちらが裏切った場合はそれ相応の手をこちらも打つんで」

平川、立ち上がる。

拓朗「待ってますから。お願いします」

平川、去っていく。

その後ろ姿をじっと見ている拓朗。

やがてその後ろ姿が見えなくなってから、
拓朗、大きく安堵のため息をつく。

拓朗「……はあああああ！」

拓朗N「よかった!!　バレなかった!!」

慌てて拓朗、資料やレコーダーをとっととバッグに詰め始める。

拓朗N「録音なんて全部ウソだった。僕にそんな用意周到な真似できるわけがない。でも、とりあえず平川刑事がまんまと信じてくれたので」

拓朗、そそくさとその場を立ち去る。

16　拓朗自宅

深夜2時。

拓朗、パソコンと携帯を並べてじっと待っている。

拓朗N「僕は寝ずに待っていた」

すると、
パソコン「ポン！」

メール受信の音。

見ると、平川からファイルが届いている。

拓朗「きた！」

拓朗、慌ててそれを開く。

拓朗「……っしゃ」

拓朗N「平川刑事から送られてきたファイルには確かに、高岡ひかるが見せてくれた写真と……」

ひかるの写真と同じ写真。遠くに店番をしている本城彰が写っている。

拓朗N「そしてそれだけでなく」

拓朗、見入る。

中村優香が撮った他の写真も数枚入っている。

その中には、本城彰が黒いストールをしている写真と、それを自分に巻いて写っている中村優香の写真がある。

拓朗、息を呑む。

17　中村優香宅

夕方。

スーパーの食材と保育所帰りの子供たちを連れて、優香の母親、昌美がパートから戻っている。疲れ切った様子。

昌美「?」

拓朗「……あ」

ドアの前に座っていた拓朗、立ち上がり、
拓朗「お願いします‼」

そのままま土下座し、
拓朗「どうか、どうか僕の話を聞いてください‼

お願いします‼」

昌美「……はあ?」

昌美、困ったように拓朗の土下座を見下ろしている。

18　高級スパ・マッサージルーム

眠っている恵那の目から涙が流れている。

エステティシャン「浅川様……浅川様……」

エステティシャンがそっと声をかける。

恵那、目を覚ます。

エステティシャン「お疲れ様でございました」

恵那「あ……ありがとうございました」

恵那、涙を拭うと、ベッドに腰掛ける。

エステティシャン、恵那の肩を軽く叩いてゆく。

エステティシャン「首、肩、背中がずいぶん凝っておられましたー。あと腰もかなり」

恵那「はいもうガタガタです」

恵那、苦笑する。

携帯が鳴り、みると拓朗からの着信とラインが入っている。

恵那「……?」

ラインの画面を開くと、何やら似たような写真ばかり連続で投稿されている。拡大すると、ごちゃごちゃと物の詰め込まれた段ボールの中にある黒いストール。

恵那、不思議そうにそれを見ている。

19　中村優香宅

拓朗N「中村優香の遺品を詰めた段ボールの中に、そのストールはあった」
優香の遺品がごちゃごちゃに詰まったその箱の中に、確かに黒いストールがある。
拓朗、恵那に写真を送り終えて、再びそれを呆然と見つめている。
拓朗「……」
昌美、鏡の前で今度はスナックのバイトのための身支度をしながら、その拓朗を横目で見ている。
弟たち、相変わらず部屋を走り回っている。
拓朗「……お母さん、すみませんビニール袋ってありますか？」
昌美、ビニール100枚入りの箱を渡しながら、
昌美「これでいいですか」
拓朗「ありがとうございます！」
拓朗、ビニール袋を裏返すと、自分の手が触れないようにストールをその中に納めてゆく。
昌美、化粧の手を止めてそれを見ている。
昌美「……それで犯人が見つかるんですか」
拓朗「や、わかんないすけど」
拓朗、両手の中のストールの袋をじっと見つめ、
拓朗「やれるだけのことやってみます」
昌美「……」
昌美、泣き出す。
昌美「すみません」
ヘアメイク用に首にかけていたキャラクターのタオルで涙を押さえながら、
昌美「よろしくお願いします」
頭を下げる。

20　DNA鑑定機関・受付

拓朗N「念のため3つの研究機関にDNA鑑定を依頼してみた」
静かな受付。
拓朗N「長く使われていたものなら、唾液や血液などが付着していることがあり、DNAが採取できるかもしれないと言われた。マフラーから検出されたDNAが晴美さんのスカートから採取された型と一致すれば、松本さんが犯人でないことが証明される」

拓朗、待っている。落ち着かず、貧乏ゆすりをしている。
拓朗N「そしてその型が本城彰本人のＤＮＡと一致すれば、少なくとも本城彰は井川晴美さん殺害の真犯人であると断定できるはずだ」
受付「岸本さあん」
拓朗「はい！」
拓朗、慌てて受付へと走る。スリッパが脱げそうになる。

＊　＊　＊

拓朗、愕然と結果の用紙を見ている。
採取された型が晴美のスカートから採取されたのと同じものだという結果。
拓朗、用紙を凝視しながら、
拓朗「……！！！」
また鼻血が出ていないかと鼻の下をおさえるが、出ていない。
拓朗N「僕は激しく興奮し」
拓朗、慌てて携帯でラインを打つ。
拓朗N「その都度、速攻で浅川さんにも報告したが」

21　大洋テレビ・アナウンス部

記者と打ち合わせ中。
恵那の携帯、ヴヴッとバイブ着信が鳴る。
恵那、そっと携帯を開くと、ＤＮＡ鑑定の結果と、拓朗のメッセージ。
拓朗「なんと3軒目でも一致です!!」
恵那「……」
恵那、無言でそっと画面を切り、打ち合わせに戻る。

22　大洋テレビ・経理部

夕方。拓朗、帰り支度をしている。
その頃ようやく、携帯がライン着信する。
恵那ライン「了解」
拓朗「……？」
拓朗、いぶかしげにその画面を見ている。
拓朗N「浅川さんの反応は妙に鈍かった」
拓朗「……んだよ！　やる気あんのかよ」
拓朗、思わず毒づきながら携帯をポケットに入れる。
ふと気づくと、いつも説教してくる女子社員が驚きと怒りの目でこちらを見上げている。
拓朗「や！　や！　ちがうから。ごめん」

焦る拓朗。

23　大洋テレビ・報道フロア

拓朗N「理由は数日後」
　拓朗、歩いている。
拓朗N「僕がこのスクープをニュース8に持ち込んだときにわかった」
　拓朗、会議室のひとつをノックする。
滝川「……どうぞ」
　中から滝川の声がきこえる。
　拓朗、ドアをあけ、
拓朗「お疲れ様です」
滝川「おつかれー」
　すでに来ていた滝川が座っている。
　拓朗、向かいに座る。
恵那「……お疲れ様です」
　恵那、入ってくる。
滝川「おつかれ」
拓朗「お疲れ様っす」
　恵那、拓朗の隣ではなく、滝川の隣にゆき、座る。
　恵那と滝川対拓朗、という構図の座り方になる。
拓朗「……」
　拓朗、かすかにそのことにショックを受けている。
滝川「えっと……じゃあ僕から。えーまあとりあえず、ネタの提供ありがとうございました。一応さきほどうちの番組の会議でも、これを我々の番組内でニュースとして扱えるかどうかを検討してみたんですけど、結論としてはですね」
拓朗「……はい」
滝川「後追いならできるけどスクープとしてはやれない、ということになりました」
拓朗「……なんでですか？」
滝川「まあいちばん問題なのは、正式な警察発表でないことかな。信憑性の問題です」
拓朗「いや、でもDNA鑑定は念のために3軒でやってもらったんです。間違いないです」
滝川「んーまあだから、その結果を疑ってるわけじゃないんです。きっと本当に松本さんは犯人じゃないし、真犯人は本城彰なんでしょう。僕もそう思ってます。ただこれほど重大なことを、まだ警察が認めてもいないのに、うちが公表してしまった場合のハレーションの大きさと、責任の重さを考えるとできない、ということなんですよ」

拓朗、強い苛立ち。

拓朗「いやでも、警察に持ち込んだってこんなの絶対発表しないすよ。だって自分たちの過ちを公表するも同然なんすから。そしたら永遠に松本さんは釈放されないし、真犯人は野放しじゃないすか！」

滝川「や、だから後追いならできるって言ってるじゃない」

拓朗「は？」

滝川「スクープというリスクの高いやり方では報じられないけど、例えばどこか他がこれをやって、それに対する警察や政府の反応を見たうえで問題ないようなら、後追いという形で僕らも協力はできますよ」

拓朗「……」

拓朗、思わず舌打ちする。恵那を見る。

恵那、拓朗から目をそらしている。

拓朗「浅川さんはそれでいいんすか？」

恵那「……現実的だと思ってる」

恵那、だが拓朗をみない。

恵那「岸本くんが自力でこの事実を手に入れたのは本当にすごいし、そしてそれを一番最初に私たちに届けてくれたことには心から感謝してる。でも、ごめんなさい、ニュース８が目指しているのは、派手なスクープで数字を稼ぐようなやり方じゃなくて、いかに堅実で丁寧な報道で、視聴者の信頼を得るかってことなんだよ」

拓朗「当たり障りのないことだけやってたいってことすか」

滝川、カチンときて、

滝川「ああ？　なに？」

拓朗、皮肉な笑みを浮かべ、

拓朗「まあいいんじゃないすか。自分たちの立場を損ねないためだけの努力を勝手に堅実で丁寧だとか呼んでれば。なるほど村井さんがクソみてえな報道ってクサすわけですよ」

拓朗、立ち上がる。

滝川「おい！」

拓朗、部屋を出て行く。

＊　＊　＊

会議室に一人残っている恵那。

悩ましげな表情、思い切ったように携帯を取ると、誰かに電話をかけ始める。
呼び出し音。
村井の声「はあーい。なあに？　珍しいじゃんおばさん。なんか用？」
おちゃらけた声が聞こえてくる。
恵那「……村井さん。あの……」
恵那、何やら言い惑っている。
村井の声「もしもし何？　早く用件言ってー？　こっちは社員寮の経費計算で忙しいんだからー。子会社の雑務なめないで。まじえぐいんだからー」
恵那「実はちょっと……相談に乗ってほしいことがあるんです」

24　大洋テレビ内階段

数日後。
拓朗、イヤホンで音楽を聴きながら階段を降りている。
階下に、恵那が立っている。
降りてくる拓朗に気づくが、また目をそらす。
いっぽう拓朗、恵那を見下ろしながら降りてくる。睥睨《へいげい》。

25　喫茶店

恵那と拓朗、村井が連れてきた週刊誌「週刊潮流」の編集者・佐伯と名刺交換している。
佐伯「どうもはじめましてー、週刊潮流の佐伯です」
恵那「浅川です、よろしくお願いいたします」
拓朗「あ、岸本です。よろしくお願いします」
佐伯、席につきながら、
佐伯「僕はなんせ村井とはもう20年来の腐れ縁ですよ」
恵那「はい、うかがってます」
恵那、微笑む。
村井「おんなしようなことやってんのに、こいつは編集長まで出世しやがって、俺は子会社に生き埋めにされてんだよ」
佐伯「いーじゃない、浅川恵那が部下で文句いうなよ」
村井「たいしたことねえよ、近くで見てみろもうバアだから」

＊　＊　＊

煙草を片手に佐伯、息をのむ。
佐伯「ＤＮＡ鑑定で……!?」

拓朗、ストールの写真、ほか資料を示し、
拓朗「はい、一致の結果がでました。このストールから採取された本城彰のものと思われるDNAと被害者の井川晴美さんの遺品、中村優香さんの体内から検出された犯人のDNAは全部一致しました。少なくともこの2件については本城彰が真犯人なのは間違いないです」
佐伯「マジか。っほー」
佐伯、心底驚き、資料を見つめる。
佐伯「や、すごいねえ。君これ大スクープじゃん」
拓朗「いえ」
言いつつちょっと嬉しい拓朗。
佐伯「で、今どこにいんの本城彰は」
村井「たぶん親父が海外に逃がしてる」
佐伯「はあ」
村井「初めてじゃねんだよ。松本が逮捕されてからも、実は一件、未解決の殺人事件が八頭尾山で起こってる。２００８年、被害者は19歳の女子大生。その直後２００９年から２０１７年まで本城彰は日本を出てて、その間、事件は起こってない。ところが2年前に帰国したら、わずかその1年後にまた事件、でまた出国」
村井、ペンで年表を示す。
佐伯「息子がやらかしちゃあ親父が揉み消して逃がしってわけか」
村井「一方で大門は、裏で本城からの多大な支援を受けてるわけで、その長男が猟奇殺人者ってのは厄介な話だわな。その都度せっせとひねり潰してきたんだろよ」
佐伯、考える。
佐伯「待てよ、逮捕するには？……このストールのDNAと本城彰本人のDNAが一致すればいいのか」
恵那「はい。でもそこがやっぱり警察にしかできないことなんですよね。海外から呼び戻して任意でDNAを採取しないといけないわけですから」
佐伯「まあね。で、マジでいいの？　これうちのスクープにしちゃって」
拓朗「お願いします」
拓朗、表情に再び苛立ちがこもる。
拓朗「うちの報道じゃやれないらしいんで」
佐伯「そうなの？」
恵那、笑顔を作り、
恵那「……うちには本当におかまいなく、ぜひ潮流さんでやっていただければ」

村井「まークソ根性ねえから。日和るしか能がねえから、今うちの報道は」

毒づく村井をなだめるように、

佐伯「まあまあ、今はどこもそうだよ。本物のスクープなんかリスク高すぎるつって全然やりたがんない。その代わりどっかが言い出して、あれ大丈夫みてえだってなったら、どどーっと乗っかっては来るからさ。だから今回も出しちゃえすれば、盛り上がってく可能性はあると思うよ……」

佐伯と村井、愚痴話がはずむ。

いっぽう恵那と拓朗、気まずい沈黙を分け合っている。

26　タクシー

帰途。後部座席に座っている恵那と拓朗。

拓朗、窓の外を見ている。ビルにニュース8の巨大番宣ポスター。恵那の写真。拓朗、コピーを読む。

拓朗「……」

拓朗「あなたの知りたいに」

恵那「……」

拓朗「まっすぐ。ニュース8……」

その言葉の嘘臭さに耐えかね、恵那思わず、

恵那「……ごめん。本当に」

苦しそうにつぶやく。

拓朗「まあ、しょうがないんじゃないすかね。潮流みたいな週刊誌で出したところで、どうせ流れてっちゃうだけでしょうけど」

拓朗、冷ややかな声。

拓朗「浅川さんはもうニュース8って番組を守んなきゃいけない立場で、真実とかより、そっちが大事ってことすもんね」

皮肉な声色。

恵那「……なんとか後追いはやらせてもらうよう全力で上を説得してみる」

拓朗「……」

恵那「真実がどうでもいいなんて。そんなわけないでしょ。ただ現場って本当に一筋縄じゃ行かない。複雑なんだよ。でも、できる限りのことはする」

拓朗「できる限りのことはする」

拓朗、鼻で笑う。

拓朗「みんなそう言いますよね。あ、運転手さんそ

この角で一人降ります」
恵那「……」
拓朗、財布から千円をだし、
拓朗「できないなら言わなきゃいいのに。言いたいだけでしょ。一番卑怯っすよ」
恵那に押し付けると、タクシーを降りようとする。
恵那「そんな……そんな言い方ないじゃん！」
拓朗、振り返る。
恵那「だって私だけの番組じゃないんだもん、潰すわけにいかないじゃん！　みんなそれぞれ生活があって、ギリギリのバランスの中で精一杯やってる、私は今そういうスタッフたちに対する責任があるんだよ！」
拓朗「わかってますよ。でも僕が今そうすか、浅川さんも大変っすもんねっつってなんか変わります？　世界がましになります？　浅川さんの気が楽になるだけっすよね」
恵那「君は……お金持ちのお坊ちゃんだからさ」
拓朗「いや関係なくないすか」
恵那「養わなきゃいけない家族もいない。経済的な心配もない。だからそんな理想を言ってられるんだよ」
拓朗「……」
恵那「でも他の、私たちは……そうじゃない。妥協しないわけにいかない時だってあるんだよ」
拓朗「……」
拓朗、去っていく。
恵那、千円を持ったまま座席にうなだれている。
恵那「……」
ハザードが規則正しい音を刻んでいる。
運転手「……次、大洋テレビでよろしいですか？」
恵那、ため息。

＊　＊　＊

角を曲がった拓朗、その場に立ち止まっている背中。
拓朗「……」
拓朗N「千円を返しに追いかけて来てくれるんじゃないかと思ったけど」
拓朗、やっぱりちょっと戻ってみる。
すると目の前の道を恵那の乗ったタクシーが走り去っていく。
拓朗N「来なかった」
去っていくタクシーを見送っている。
拓朗N「浅川さんからはそれ以来、一切連絡も来なくなった」

27　拓朗の部屋

拓朗N「とは言っても」

拓朗、週刊潮流のゲラを手に電話している。

拓朗N「まだまだ僕は信じていた」

拓朗「……はい、そこだけ訂正してもらって、あとは……」

記事のタイトルは、「衝撃！ＤＮＡまで一致して、それでも真犯人を逮捕できない理由」。

電話の相手は佐伯である。

＊　＊　＊

週刊潮流編集部。

デスクで佐伯、電話している。

佐伯「けどいいの、岸本くん？　本当にこれ君の名前だしちゃって」

＊　＊　＊

拓朗「はい。だってその方が信憑性上がりますよね」

佐伯の声「そりゃそうだけど。でも君、局内の立場的に相当まずくない？」

拓朗「くそくらえっすよ、そんなの」

拓朗、鼻で笑う。

拓朗N「信じていたからこそ」

拓朗「僕らだって取材で散々実名とか顔とか使わせてもらって来たんです。僕だけ逃げるわけにいかないっすよ」

拓朗N「そんなカッコつけだって言えたのだった」

28　夜道

拓朗N「そう」

夜7時30分。

拓朗N「信じていたからこそ」

拓朗、コンビニの袋を提げて夜道を帰っている。

拓朗N「なにを失くしても平気でいられたのだと」

29　拓朗自宅

拓朗N「その夜」

拓朗、たらこスパゲティを食べながら、佐伯とゲラの最終打ち合わせを続けているが、

佐伯の声「ああっ！」

拓朗「え!?」

佐伯の声「やられた‼」
拓朗「な、なんすか⁉」
佐伯の声「ニュース８‼」
拓朗、慌ててテレビをつける。
拓朗Ｎ「僕は気づいた」

＊　＊　＊

ニュース８。
恵那が原稿を読んでいる。
恵那「未成年を18歳と偽り売春行為をさせていたとして警察は神奈川県八飛市の風俗店店主、木村貴教41歳を逮捕しました。またこの店では去年、八頭尾山で遺体となって見つかった当時14歳の中村優香さんが働いていたことも分かっており、警察は事件と何らかの関係があると見て調べを進めています」
拓朗Ｎ「浅川さんが読んだそのニュースは」

＊　＊　＊

拓朗Ｎ「短かかったけど」
拓朗、呆然とテレビを見ているが、思わずリモコンを壁に叩きつける。
拓朗「……ちっくしょーーー！！」
絶叫し、その場に崩れ落ちる。
拓朗Ｎ「タイミングが絶妙で」

30　週刊潮流

拓朗Ｎ「すごい破壊力だった」
佐伯、記事の掲載中止の連絡をしている。
佐伯「止めて、止めて。ごめん！」
拓朗Ｎ「週刊潮流の記事は直前で流れ」

31　ネット記事

ネットに上がっている記事。

「ああ貧困！　殺された八飛市女子中学生、悲しきデリヘルバイト」

拓朗Ｎ「あっという間に世論は違う方へ散っていった」

32　大洋テレビ・経理部

拓朗Ｎ「記事の掲載に合わせて予定していた被害者家族の会の記者会見も」
拓朗、電話の声を聞いている。
純夏「ごめんなさい……けど、晴美が風俗で働いてた子とおなじ事件の被害者だって言ってしまうと」

拓朗「……」
純夏「晴美も風俗で働いてたんじゃないかとか、言う人が出てくると思うんです。せっかく誤解が解けたのに、またあの子を汚すようなことになってしまう……」
拓朗N「中止になった」

33　会議室

拓朗N「そしてその数日後」
椅子に座って拓朗、呆然としている。
拓朗N「僕は解雇通告を受けた」
向かいで人事部長が腕を組んでいる。
拓朗N「解雇理由は」
拓朗「……」
拓朗N「平川刑事を脅迫した疑いだそうだ」

34　大洋テレビ・ロビー

拓朗N「誰かの策略だとしたら」

帰宅途中。

拓朗、リュックを背負い、エスカレーターを歩いている。


拓朗N「見事な手際だった。誰だろうと考えてみたけれど」

その脳裏に平川の顔がフラッシュバックする。

拓朗「……」

続いて斎藤の顔もフラッシュバックする。

拓朗N「いつの間にか僕は」

さらに名越、あるいは滝川、たくさんの上司たち、警察たち、数限りなく顔が浮かぶ。

拓朗N「びっくりするほど敵を増やしていて、もはや誰のであっても納得できた」

拓朗、歩いている。

拓朗N「それにしてもそれほど孤立していたのに、ぜんぜん寂しくも怖くもなかったのは」

拓朗、振り返る。

見つめている目に涙がにじむ。

拓朗N「心底信じていられたからだった」

向き直り拓朗、ジャケットのフードをかぶる。

拓朗N「どんなに世界が不可解でも」

すれ違ってゆく他の社員たち。

拓朗N「他人のことがよくわからなくても、浅川さんという人は簡単に思えた」

拓朗、フードの中で泣いている。

拓朗N「その簡単さに僕はずっと救われてきたのだ

と」

出ていく拓朗。

拓朗N「そうじゃなくなってから」

ホールにニュース8の巨大番宣スクリーンがある。今や看板キャスターの恵那、大きく微笑んでこちらを見つめている。

拓朗N「やっと気づいた」

35 高級マンション・自転車置き場

夜。

男、酔っ払った手つきで、自転車を停めようとしている。

が、足がふらついてうまく停められない。

声「大丈夫ですか」

男「……ああ、すみません」

男、ふらふらしながらどうにか自転車を停める。そして振り返り、

男「……？」

手伝ってくれた男をじっと見つめる。村井である。

村井「どうもお久しぶりです」

にかっと笑う。

男「……村井さん……いやこちらこそ」

男、真面目そうな青白い顔、質素なスーツ姿。驚いて村井の顔を見つめている。

男「……あ……じゃ、僕はこれで」

男、カバンを抱え、ふらふらしながらマンションの玄関に向かう。

村井「や、や、や亭さん」

村井、追いかける。

村井「どうすかまた久しぶりに一杯」

男「や、申し訳ないが、僕はもう……」

村井「いや、ちがうんすちがうんす！　安心してください、今や僕は報道はおろかバラエティからもハブられてですね」

男、マンション玄関の鍵を出そうとカバンのあちこちを探っている。だが酔っている手がうまく探り当てない。カバンから身分証明カードが滑り落ちる。

男「……そうなんですか」

村井、身分カードを渡しながら、

村井「はい！　今の僕はもう子会社に未練がましく張り付いたまま干からびてるただの板ワカメでしてね、前みたいなこむずかしい話は、したくたってもうできゃしませんから。まあ斎

藤の悪口でも肴にご一緒に酒が飲めりゃそんで十分でですね」

男「斎藤……くん？」

村井「ええ、大門先生に可愛がって頂いてる斎藤ですよ。奴もとうとううちを辞めましたしね。まあこれでまた新しい可能性が出てきたかな、と」

村井、愉快そうに自分の名刺を取り出して見せる。

村井「ほら見てくださいよ！　子会社に出向中、村井喬一でございますんで！」

村井、一人でウケながら名刺を男のポケットに押し込むと、
村井「じゃ、ま、今日のところは。おやすみなさい！」

去っていく。

男、呆然とその後ろ姿を見送る。またその手から身分カードが滑り落ちる。写真入りのカードに「大門亨」と書かれている。

男は、大門の娘婿・亨。カードを拾うとカバンに入れ、あらためてマンションの鍵を開ける。

36　某オフィスビル

ある午後。

これまで打ち合わせをしていたらしきビジネスマンの一群、出てくる。その中に斎藤がいる。

ビジネスマン「お疲れ様でしたー。斎藤さん、タクシーですか？」

斎藤「あ、いや僕は」

斎藤、どこか言葉を濁すように、
斎藤「ちょっと寄りたいところがあるんで」

ビジネスマン「じゃ、我々ここで失礼します。ありがとうございました」

ビジネスマンたち、頭を下げる。

斎藤「こちらこそ。失礼します」

斎藤、歩き出す。

どこかへ向かっている。

やがてたどり着き、そこに束の間立ち止まる。

見上げる斎藤。そこにはニュース8のポスター。

恵那が微笑んでいる。

斎藤、束の間それを見つめているが、また歩いてゆく。

37　大洋テレビ・ドラマフロア

某日。

拓朗N「退社の日」
拓朗、引き取りに来た荷物を手に歩いている。
拓朗N「会社の廊下を歩いていたら」
拓朗「？」
ふと立ち止まる。
廊下の向こう、鎧姿の武田信玄がこちらを見ている。周囲のスタッフが何やら説明してる途中のようだが、拓朗を見つけるや、
信玄「おお⁉」
カッと目を開き、采配《さいはい》でこちらを指す。
拓朗「⁉」
武田信玄、鎧をガッチャガッチャ言わせながら走ってくる。
拓朗N「武田信玄が走って来た」
拓朗、その迫力に思わず逃げる。
拓朗、曲がり角まで来て、とりあえずそちらにはける。
が、信玄、追いかけて曲がってくると、
信玄「君いっ⁉」
拓朗「え、ぼ、僕すか？」
信玄「ボンボン⁉」
拓朗「はい？」
信玄「ボンボン！　ボンボンの！　ね？　えっと、岸本くん！　岸本くんだろ？」
拓朗「は、はい」
信玄「握手してくれ給え‼」
拓朗、訳もわからず握手する。
信玄「いや君がこんな立派な男になるとは思わず、いつぞやはとんだ失礼を申し上げたっ！」
兜とつけ髭の奥で微笑むのは、今度のスペシャル歴史ドラマで信玄役を演じる俳優、桂木である。
拓朗「あ、か、桂木さん……⁉」
桂木「いいか？　僕は応援している！　信じている！　君はどこで何をしていようと紛れもなく、一流のジャーナリストだっ！」
桂木、拓朗を鎧ごしに抱きしめ、大声で言うと去っていく。
拓朗N「マジで世界って」
呆然とその後ろ姿を見送る拓朗。
拓朗N「わけわかんねえ」

#9
善玉と悪玉

1　大洋テレビ

朝の外観。

恵那N「昨日、岸本拓朗が大洋テレビを退社した」

高くそびえる社屋。

続々と出社してくる社員。

恵那N「備品のボールペンが一本消えたほどのさわりもなく」

＊　＊　＊

経理部。

拓朗が座っていた席には早くも新しい社員が座って電卓を打っている。

恵那N「会社は今日も回り続ける」

カタカタと電卓を打ち続ける経理部社員たちの手元。

＊　＊　＊

上下し続けるエレベーター。

恵那N「善玉も悪玉も一緒くたに」

廊下を行き来する社員たち。

恵那N「ただ絶え間なく循環させながら」

会議室、大勢で一同に名刺交換をしている社員と客たち。

恵那N「摂取と排泄を繰り返す」

＊　＊　＊

アナウンス部の窓際。恵那、ガラス窓の下を見下ろしている。

恵那N「まるで私たちの体みたいに」

2　会議室

恵那の回想。

恵那N「2週間前のこと」

配られた本日のニュースのラインナップ資料を見ながら、恵那、愕然としている。

「神奈川県八飛市の風俗店店主が未成年買春で逮捕。

昨年6月に殺害された中村優香さん事件との関連を警察が捜査中」

ディレクター1「どうした？　浅川」

スタッフ一同、恵那を見る。

恵那「……あ……の」

恵那、内心動揺しながら、

恵那「実はこないだうちがボツにした真犯人のネタ、岸本くんが週刊潮流に持ち込んでるんです。10日の発売号に掲載されるので、それに合わせて被害者家族会の記者会見も予定していて。

でも今日こんなニュースを先に出してしまったら……」
滝川「しょうがないじゃん。警察の正式発表なんだからさ」
滝川、ちょっと苛立って言う。
恵那「警察は中村優香さんが風俗で働いていたことなんてもう去年から知ってました。あえて今発表するということにはなんらかの意図があるとしか思えません。つまり……」
恵那、より支障のない言葉を選びたいが見つからない。仕方なく言う。
恵那「印象操作なんじゃないかと」
聞いているスタッフたちは二つに分かれる。熱心に聞いている者と、あからさまに聞こうとしない者。
ディレクター２「先に水ぶっかけたって感じかね。岸本が世論に火を点ける前に」
恵那「だと思います。真犯人を岸本くんが摑んでることがどこかから警察に漏れたのかもしれません」
佐々木「おい、邪推はいいからさ」
プロデューサー佐々木、鋭い声で言う。
佐々木「どうせこのネタは他も全局取り上げるよ。うちだけキャスターの一存でやらないのか？それこそ偏向報道だろ」
恵那「いえ私は、より適正な報道姿勢の議論をしたいだけです」
佐々木「は！　出たね、久々に」
佐々木、鼻で笑う。
佐々木「前も言ったろ？　志が高いのは結構なことだけどさ、それ相応の実力がいるんだよ。バブル人気でちょっと成り上がってるだけのおまえには１００年早いって」
佐々木、笑う。それに合わせて笑う者と、気まずげに目をそらす者。
恵那「……」
恵那、悔しい。暗い目を泳がせる。
恵那Ｎ「せめて事前に謝ろうかと思ったけど」

＊　＊　＊

恵那Ｎ「何を言おうが同じことだった。岸本拓朗が言う通り、べつに世界はましにならない」
会議が終わり、無人の会議室。
恵那Ｎ「私は自分が楽になりたいだけだ」
恵那、ひとり残り、携帯を握りしめている。

3　拓朗自宅

ニュース8の恵那、風俗店店主逮捕のニュースを読んでいる。
自宅でたらこスパゲティを食べる手を止めて、それに愕然としている拓朗。
恵那N「岸本拓朗を弾き出し」

4　社員食堂

配膳の列に並んでいる恵那。
恵那N「何事もなかったかのように今日も活動し続ける会社の」
飛び交う掛け声。
笑い合うスタッフたち。
恵那N「その体内に残った私は」
恵那もいつものようににこやかにスタッフに応じつつ、ふと真顔になる。
恵那N「善玉なんだろうか悪玉なんだろうか」
食事をしながらスタッフと打ち合わせをしているあさみが見える。

5　大洋テレビ・エレベーター

某日昼。
名越と村井だけが乗っている。
名越「……なんか人相の悪さに磨きがかかってません？　村井さん」
村井、ニヤッと笑い、
村井「そう？」
名越「越後屋みたいですよ」
村井「せめて悪代官にしてくれよ」
名越「何企んでんですか？」
村井「別にぃ。何もぉ」
名越「悪だくみしているときだけ機嫌いいんすよねぇ」
村井「俺はもうただの子会社の干し椎茸だよ」
名越「まただ」
ドアが開き、村井、ニヤニヤと謎のジェスチャーをして去っていく。
見送る名越。

6　社員食堂

スタッフと打ち合わせをしていたあさみ、立ち上がり、
あさみ「お疲れ様でーす」

食堂を出て行こうとしている。そこへ背後から、
恵那「あさみちゃん」
あさみ、ふりかえると、恵那が追いついてくる。
あさみ「……浅川さん？」
恵那に憧れているあさみ、ちょっと驚きつつ嬉しそうに微笑む。
あさみ「えー、お久しぶりですう。私のこと覚えてくださってたんですかあ？」
恵那「ちょっと今、時間あるかな？」
あさみ、キョトンとして、
あさみ「私ですか？」

7　自販機コーナー

あさみ「私、別れちゃったんですよう、岸本さんとは」
恵那「そうなの？」
あさみと恵那、話している。
あさみ「はあい。まーもともと付き合ってるって言っても岸本さんめっちゃ忙しそうでぜんっぜんデートとかしてくれなかったですし、とか思ってたら会社クビとかなっちゃったんで、もうちょっと無理ーってなって」
恵那「え、自分から辞表出したんじゃなくて？」
あさみ「違いますよ。クビです。辞めさせられたんです」
恵那「なんで？　理由とか、なんか言ってた？」
あさみ「なんかあ、それもほんとかどうかわかんないですけど、はめられたって言ってました」
恵那「はめられた？　誰に？」
あさみ「それはわかんないらしいです」
恵那「……はあ」
あさみ「はあ、って感じですよねえ」

＊　＊　＊

ひとり残り、恵那、電話している。
チェリーの声「多分、八飛署の刑事だろうって言ってました」
恵那「刑事って」
チェリーの声「浅川さんとも会ったことある人だって」

8　テレビ局廊下

メイク道具の入ったウエストポーチをつけた

チェリー、暗い表情で声をひそめて話している。
チェリー「浅川さん、こんなこと……私が今更言うのもアレなんですけど」

9　自販機コーナー

チェリーの声「もう、あまり無理しないでください」
恵那「え？」
チェリーの声「なんかもう怖くなってきて。岸本さんまでこんなことになっちゃって」
恵那、辛そうなチェリーの声を聴いている。
チェリーの声「申し訳なくて……」

10　ニュース8スタジオ

本番前のスタジオ。
スタッフはそれぞれ準備中。
ヘアメイクを終えた恵那、現れる。
恵那「おはようございます」
スタッフたち「おはようございます」
そこへ滝川がやってくる。

滝川「わかったよ。岸本のクビの理由」
恵那「え。なんだった？」
滝川「贈賄と脅迫」
恵那「ええ？」
滝川「情報得るために八飛署の刑事に金渡そうとしたらしい。しかもそのやりとりを録音して、さらに情報よこせって脅迫したんだと」
恵那「……うそ」
滝川「けどやっぱそこは刑事のが一枚上手で、金は受け取ってないし、その岸本の脅迫を録音して、うちの上層部に持ち込んできたんだってさ」
恵那、考えている。
滝川「いやーあいつ想像以上にやべえな」
恵那「……え、どういうこと？」
滝川「え？」
恵那「刑事はお金受け取らなかったんだよね？　じゃあ岸本くんが、その時の会話を録音して脅迫するっておかしくない？」
滝川「ん？　まあでも、なんかそうらしいよ」
だが恵那、納得がいかない。
恵那「ほんとなのかな、それ」
滝川「まあとにかく、浅川ももう岸本とは縁切った方がいいよ」
恵那「……」
滝川「分かってると思うけど、お前はいまや番組背負ってる立場なんだし、トラブルの芽はとりあえず摘んどいてもらわないとさ」
スタッフ「スタンバイお願いしまーす」
恵那「あ、はい」
恵那、セットに入っていく。
恵那「よろしくお願いします」
サブキャスターたちに挨拶をする。
自分の席に着く。が、ふと吐き気を覚え、胸を押さえる。
恵那「……」
サブキャスター「あれ、大丈夫ですか？」
恵那、笑顔を作り、
恵那「すみません、大丈夫です」

＊　＊　＊

ディレクター「はい本番です！　5・4・3・2……」
「ニュース8」のジングルが鳴り、キャスターとしての表情を作った恵那、
恵那「こんばんは。ニュース8の時間です」
カメラを見つめる。

11　ホルモン焼き屋

ある夜。
モウモウと煙のたちこめる店内。満席である。
ガラリと戸を開けて、週刊潮流編集長の佐伯、約束に遅れちょっと焦り気味に入ってくる。
店員「いらっしゃいませーお一人ですか？」
佐伯「あ、先に一人入ってるはずだから。ちょっと見ていい？」
店員「どうぞー」
佐伯、店をキョロキョロと見て回っている。
だが目当ての人物が見当たらず、
佐伯「？」
佐伯、携帯をかけだす。と、背後から、
拓朗の声「佐伯さん、佐伯さん」
呼ぶ声。佐伯、振り返り、しばらくその顔を見て、
佐伯「岸本くん!?」
拓朗「はい」
佐伯「いや、ぜんっぜんわかんなかった。どうしちゃったの、イケメンみたいじゃん！」
拓朗、きれいに髭も剃り髪も整え、ブランドのシャツをきちんと着ている。

拓朗「僕、会社クビになって金がなくなったんで、今、実家戻って引きこもりみたいな生活しているんですよ」
佐伯「いや前のが引きこもりっぽかったけどね」
拓朗「いやもう本物の引きこもりなんで、置いてやるかわりに格好だけはちゃんとしてって母親に言われてて」
佐伯「なるほどねえ」

＊　＊　＊

佐伯、ホルモンを食べながら、
佐伯「どう、岸本くん、うち来ない？」
拓朗「え」
拓朗、箸を置き、
拓朗「はあ」
考える表情。
佐伯「例のスクープに関しては申し訳ないことしたけど、でも俺的には全然ボツにする気はないのよ。ただあのニュースのすぐ後ってのはタイミングとして最悪だから引っ込めただけであって、また時機を見ていくつもり。波を読むのが大事だからさ、こういうのは。今だ！っていうのがまた来るからさ」
拓朗「……はい」
佐伯「ま、経験積んできゃわかってくよ。いろいろやり方があんだよ。そういうのはおいおい勉強してきゃいいことなんだけど、それより重要なのは、そもそも最初から本人の中にあるべきものがあるかどうかでさ」
拓朗「はあ」
佐伯「君にはそれがある。まだそれしかないとも言えるけど。いわば君は今回それに振り回された挙句今ニートにまで成り果てたわけだけど、多分一生それを捨てられもしない」
拓朗「……」
佐伯「死ぬまで奴隷なんだよ、それの」
拓朗、ふと何かを思い出す表情。
佐伯「ただ少なくともうちに来ればそれを飯のタネにできる」
拓朗「……」
佐伯「ま、考えてみてよ」
佐伯、ニッと笑う。

12　拓朗自宅・リビング

深夜。
陸子「おかえり！」

ガウン姿の陸子、嬉しそうに迎え入れる。

拓朗「ただいま……」

拓朗、テーブルに肘をついてぼんやりと見ている。

＊　＊　＊

その目線の先に父の遺影。

背後で陸子、ウキウキと冷蔵庫を覗き、拓朗のために何か出そうとしている。

陸子「今日ねえクライアントにもらったアイスクリームあんねんよ。えっとねバニラー、ラムレーズンー、クッキーアンドクリームー……」

拓朗、父の遺影を見つめている。

13　名刺作成ショップ

数日後。

店員「こちらでよろしいでしょうか？」

店員が箱に入った名刺の束を見せる。

「ジャーナリスト　岸本拓朗」

拓朗「あ、はい」

店員「はい、ありがとうございます」

店員、それを袋に入れようとするが、

拓朗「あ、袋いいです。すぐ使うんで」

店員「はい。ではこのままで」

店員、そのまま拓朗に渡すと、レジを打ち始める。

拓朗、その場で20枚ほどを名刺入れに入れる。

14　地下鉄地上出口

某日午後。

拓朗、待っている。

村井が階段を上がってくる。

村井「おう」

拓朗「あ……お久しぶりです」

村井「なんだずいぶんこざっぱりしやがって。コンビニでバイトでもすんのか？」

拓朗「やっぱやった方がいいすかね、そういうの」

村井「何を？」

拓朗「バイトとか」

村井「知らねえよ。作った？　名刺」

拓朗「はい、作りました。あの、肩書きってジャーナリストでいいんですよね？」

村井「うん」

村井、歩き出す。ついていく拓朗。

村井「後で全部話してやるから」

拓朗「はい」
村井「とりあえず黙って聞いとけ。お前は黙ってる時が一番賢そうに見えんだからな」
拓朗、解せない。
拓朗「誰に会うんですか?」
村井「教えねえ」
拓朗「なんでですか」
村井「なまじ知ってっとお前また暴走すっから」
拓朗「しませんよ」
村井「するだろよ」
村井、突然一軒の老舗喫茶店に入っていく。
拓朗「?」
拓朗、慌ててついていく。

15 喫茶店

店員が、店の奥へと案内している。
その後ろをついていく村井と拓朗。
個室のドアがあり、店員、それをノックすると、
奥から「どうぞ」と声。
店員「失礼いたします」
店員、ドアを開ける。

中のソファに大門亨が座っている。青白い顔に暗い目。公務員のような質素なスーツ。
村井「こりゃこりゃ、すみませんお待たせしちゃって」
亨「……いや僕も、ちょっと前の仕事が早く片付いたもんだから早めにきただけで」
亨、細い声で言う
村井「ご紹介します。フリージャーナリストの岸本です」
拓朗、慌てて作ったばかりの名刺を取り出し、差し出す。
拓朗「……初めまして、岸本です」
亨「大門です」
拓朗、思わず亨の顔を見る。
微笑してはいるが陰の深い目。
亨、拓朗の目をちらりと見て、すぐに目をそらす。
亨「……ずいぶんお若いんですね」
亨「ああ、そうだコーヒー、どうぞご自由に」
亨、部屋の隅に設えられたポットとカップを示す。
村井「あ、じゃ、(拓朗に)お言葉に甘えていただけ」

村井に言われ拓朗、訳もわからないままコーヒーを注ぎにいく。
村井、亨の正面に座り、

村井「若いからこそ書けるんですよ」
亨「……」
村井「気力と体力があってかつバカじゃないとできゃしません、こんな仕事は」

16　牛丼屋

亨と別れて入った牛丼屋。
村井、顔を拭きあげたおしぼりを丸めてテーブルに置き、

村井「いま会ったのはな、大門副総理の娘婿、大門亨」
拓朗「えっ……そうなんすか⁉」
村井「警察庁時代の元部下で、長女と結婚して、今は大門の秘書やってんだよ。で、これが〈アンタなんでそんな向いてないことやってんの？〉ってくらいクソ真面目な男なんだよ。無駄に正義感強くてさ。いや、おもしれえじゃん？　あの大門にこの秘書なら、そのうちこっから大門のボロ出てくんじゃねえかと思うじゃん？　だから俺、せっせと顔売りに行ってたわけよ。タレ込むならぜひうちに！　っつって冗談めかしてさ」
拓朗「はあ」
村井「２０１７年に大門が自分の派閥の議員のレイプ事件を揉み消したってことがあってな」
拓朗「えっ」
村井「半年後に結局その被害者が自殺したんだけど、そんときにとうとう内部告発を俺に持ちかけてきたわけ」
拓朗「はあ」

17　会議室

（村井回想）
ブラインドをおろした会議室で、マイクをつけた亨、村井のインタビューに答えている。

村井N「俺は当時報道にいて、当然二つ返事で引き受けて、証言ＶＴＲまで撮らせてもらった」
村井N「ところが放送の直前でお蔵入りになった」

18　報道フロア

（村井回想）

村井N「何があったかっていうと、それまでいち大臣だった大門が副総理になった。それで上がいきなりビビりやがったんだよ」

不貞腐れた表情で、テレビを見上げている。

画面では大門がインタビューに答えている。

村井「ちっくしょ!!」

資料を机に叩きつける。

＊　＊　＊

電話で村井、亭を必死で説得している。

村井N「俺はなんとか上を説得するから時間くれって亭さんに言ったんだけど、亭さんは亭さんでなんか迷い出して、やっぱり取り下げさせて欲しいって言ってきた。俺はぜったい諦めきれねえと思ってしばらくジタバタしてた」

19　牛丼屋

村井「なんども上にかけあったり、亭さんとこ通ったりよ。そしたらなーんとある日、人事からびっくり仰天の内示がきたじゃねえか。〈お前、報道外す。来月からフライデーボンボンな〉ってよ」

20　廊下

（村井回想）

心底呆然としている村井。人事異動の貼り紙を見ている。

＊　＊　＊

ボンボンガールズが笑顔でポーズを決める。

「フライデーーーボンボーーーン！」

21　牛丼屋

拓朗「はーあ」

拓朗、納得する。

村井「で、翌月から俺の〈フライデー！　ボンボーン！〉の人生が始まったの。いやあ懐かしいなあ。ボンボーン！　可愛かったよねえ、ボンボンガール」

村井、ニコニコする。

村井「悪いけど俺は野心と欲望のバブル世代だからよ、お前らがふりかざすようなペラペラした偽善とかうすら寒いと思ってるわけ。世直しのために汚職政治家を倒したいとか1ミリもないわけ。こんな一生にあるかねえかのでかいスクープ取れたのが嬉しくてしょうがねえし、誰にも渡したくねえしよ。渡すくれえなら俺が墓場まで持ってくっつんだよ。それが人間ってもんだろ？　な？　それのどこが悪りぃんだって話だよ！」
拓朗「……はあ」
村井「……」
村井、何やらＶＴＲを放り投げるように置く。
拓朗「え、くれるんですか？」
村井、仏頂面で言う。
村井「……やるよ」
拓朗、呆然とその横顔をみつめる。
村井「ばーか」

22　拓朗自宅

拓朗、村井からもらった編集済みのVを見ている。

画面にはインタビューを受ける亨が映っている。

23　美容室

美容師1、恵那の髪にアイロンをかけている。

隣の客と美容師2の会話が聞こえてくる。

美容師２「でもね、どっちが悪玉菌でどっちが善玉菌かとか本当はないいんですって」

客「え、そうなの？」

美容師２「大事なのは菌の種類がたくさんあって、バランスが取れてるってことなんですって。種類が少なかったり、どれかだけが増えると、それが悪玉になっちゃうってことらしいんですよ」

客「へえー……」

恵那、その会話を聞きながら、ふと手元の雑誌に目を戻し、ギョッとする。

斎藤のインタビュー記事が大きく載っている。

慌ててページを捲る。

店員「店長ー。お電話なんですが」

美容師１「あ、はーい。ちょっとごめんなさい」

恵那「はい」

美容師1、行ってしまう。

恵那、こっそり斎藤のページに戻る。

どうやら斎藤が政治の解説本を出したらしく、

そのインタビュー記事である。
恵那N「別れてもう一年以上たつというのに」

24　恵那自宅

深夜。
恵那、帰宅してくると、部屋の電気をつける。
恵那N「いまだに斎藤さんの動きを追いかけてしまうのは」
テーブルに通信販売で届いた箱を置く。
そしてその上に心療内科からの薬の袋を置く。

＊　＊　＊

間接照明だけの薄暗い部屋。
恵那N「たぶん私はまだどこかで信じていて」
恵那、薬の束を袋から取り出している。
恵那N「確かめたいのだと思う」
恵那、錠剤を一つずつ押し出している。
恵那「彼はけして彼自身の野心のために報道を捨て、政界に行ってしまったわけではないのだと」
恵那、斎藤の本の帯の写真を見つめている。
恵那N「実は彼にはひそかな理想があって、たとえばそれは本当に公正で自由な社会、だったりして」
帯の斎藤、微笑んでいる。
恵那N「その実現のためにひとり孤独に闘っているのだと」
恵那、どこか虚ろな目。やがて手のひらの大量の薬を水で流し込む。
恵那N「そう想像すると、少しだけ元気が出る」
薬を飲み込んで、恵那、窓の外を見る。
恵那N「我ながらなんてバカなんだろう」
月が見える。
拓朗N「孤独」

25　拓朗自宅

拓朗N「気がつけば僕はすっかり孤独だ」
深夜。
拓朗N「浅川さんとはあれっきり連絡も取ってないし」
帰宅してきた拓朗、カップラーメンの蓋を開けている。
拓朗N「あさみちゃんにも振られたし」
テレビに、あさみが映っている。深夜ドラマで、何やら芝居をしている。
拓朗N「いつのまにかひとりぼっちで、正義のために孤独に闘っている」
ふと父親の遺影を見つめる。
拓朗N「そういうパパみたいな生き方憧れてたけどさ」
遺影の中の父親、微笑んでいる。
拓朗N「あんまり楽しくないね」
拓朗、カップラーメンをすする。
拓朗N「つか、だいぶ寂しいんだけど」
拓朗、麺をもぐもぐ嚙みながら考えている。
拓朗N「でもやめるわけにもいかないよね」

26　亨のマンション・玄関

ドアをあけ、亨が迎え入れている。
拓朗N「今や僕の友達は」
亨「どうぞ」
拓朗「お邪魔します」
拓朗N「真実だけだ」

＊　　＊　　＊

殺風景な男ひとり暮らしの室内。亨自身の精神状態を反映するかのように物が積み上がり、雑然としている。
ダイニングテーブルに拓朗、座り、録音機の準備をしている。
拓朗「じゃあ……始めさせていただきます」
拓朗、レコーダーを真ん中に置き、
拓朗「回します。よろしくお願いします」
向かいに座る亨、ぼんやりと煙草をくゆらせながら、
亨「離婚届をね」
拓朗「あ、はい？」
亨「送ったんですよ、昨日。家内に」
拓朗「……はい」
亨「まあご覧の通り、すでに別居状態ではあったんですが、なかなかふんぎりがつかなくてね……だけど、やっと覚悟ができたといいますか」
拓朗「……」
亨「斎藤正一さん……て岸本さんもご存じですか」
拓朗「あ、はい。先輩だったんで」
亨「うちの大門との関係については」
拓朗「はい、なんとなくですが」
亨「彼は最近大洋テレビをお辞めになって、フリージャーナリストとしてどんどんマスコミに露出されてる。そうして知名度をあげ、おそ

らく近い将来、出馬するおつもりでしょう。大門としてもゆくゆくは自分の地盤を継がせたいと考えているると思います。そのぐらい彼のことを買っているんです」
拓朗「……」
亨「妻は、心の優しい女でしてね」
亨、ふと目をやる。雑然とした本棚に妻と幼い子供の写真が飾られている。
亨「夫の僕が自分の父親を密かに憎んでいる。そのことで彼女にはずいぶん辛い思いをさせてきてしまった。前回僕がひるんだのもそこでした。もし僕が大門を告発すれば、当然僕自身も罪を問われます。そのとき果たして誰が彼女と子供を守るのか」
拓朗、聞きながら深く納得している。
亨「ただ村井さんが……今や斎藤さんという存在があると」
拓朗「え？」
亨「大門と僕がどうなるとしても、斎藤さんが大門の地盤とその娘と孫は守ろうとするはずだと。いずれそれらを引き継ぐために」
拓朗、言葉をなくして亨を見つめる。
拓朗「え、でも、あの」
亨「？」
拓朗「亨さんは、それでいいんですか？」
亨、闇の深い目でしばらく宙を見つめているが、
亨「ええ」
拓朗「……」
亨「残念ながらこれはもう僕の性分で」
亨、薄く笑う。
亨「ひとりの議員が事務所のアルバイトに来ていた若い女性を強姦した。大門の秘書である僕は、被害者である女性ではなく、加害者である男を守るために動いた。女性はそのあと自ら命を絶った」
拓朗「……」
亨「自分の罪深さを忘れて生きていくことは、僕にはできない。どうしても」
拓朗、深い共感とともにその言葉をきいている。
亨「背負い続けていくしかないんです」
亨の横顔を見ながら、拓朗、ふと、
拓朗「……僕も」
亨「？」
拓朗「あ、いや。なんでもないです」

亨「なんですか？」
亨、拓朗の目をみつめる。
拓朗「僕も……」
拓朗、ためらいがちに、
拓朗「昔自殺した同級生のことを思いながら、この仕事をやっています」
亨「そうですか」
拓朗、亨、しばしそれぞれの思いを噛みしめる。
亨、ふと微笑み、
亨「今、僕は少し神様に感謝しました」
拓朗「？」
亨「このことを、そういう岸本さんという人に預けることができるのだと思うとフッと……真っ暗闇の中にひと筋、細い光がさしたような気持ちです」
亨、そっと胸をおさえる。
拓朗、亨の目をみつめる。

27　週刊潮流編集部・会議室
資料を読みながら驚きを隠さない佐伯。
佐伯「……!?」
資料をまとめて持ってきた拓朗、今日もブランド物のシャツを着て座っている。
佐伯「はあーーー、村井のクソ狸こんなん隠してたの？」
拓朗「はい」
佐伯「ムカつくよなあ、あいつが報道外されたときに俺、黒毛和牛まで食わせて頼んだのにさ！　持ってるネタ腐らせるくらいなら、こっちまわしてよって」
拓朗「墓場まで持っていくつもりだったたって言ってました」
佐伯「さっすがバブル世代、強欲に迷いがねえ」
拓朗、強い目で佐伯を見つめ、
拓朗「終わりますよね、これで」
佐伯「ん？」
拓朗「大門。終わりますよね」
佐伯「うん。まあ、終わるな。確実に」
拓朗「てことは報道への圧力が消える。今度こそ間髪入れずに潮流で本城彰のＤＮＡ一致をやってください。マスコミも大喜びで後追いするだろうし、そうなったらさすがに警察も本城の逮捕に向けて動くはずです」
佐伯、じっと考えているが、

佐伯「……よし、慎重にやろう。とりあえずレイプ被害者の遺族を当たってよ」
拓朗「え」
拓朗、ちょっと戸惑い、
拓朗「いりますかね？　それ」
佐伯「当たり前じゃん。裏取んなきゃ。被害者の女性は警察に被害届を出し、証拠も提出した。なのに加害者は逮捕されなかったってことを、被害者側からもちゃんと証言してもらうんだよ」
拓朗、苛立ち気味に、
拓朗「いやでも被害者遺族を説得してインタビューとらしてもらうとかやってると、どのくらい時間かかるかわかんないですよね。その間にまた亨さんの気が変わるかもしんないじゃないすか」
佐伯「わかるけど、この裏はとらなきゃだめ。ぶっちゃけうちは週刊誌だからさ、別に毎回とってるわけじゃないよ裏なんかさ。はなっから憶測で書き飛ばすことだってある。でもこれは正真正銘の真実として書かなきゃ意味ない」
拓朗「……」
佐伯「権力ってのはさ、瞬殺しかない。いかに一撃で倒すかなの。もたもたしてたら反撃ぶっくらう。裏取ってないスクープなんか、ゴシップ誌は飛びつくけど、まともなテレビや新聞は真偽が確認されるまでまずやってくれない。んなことやってる間に敵は、また全力でもって裏が取れないように潰してくるよ」
拓朗「……」
拓朗、不安げな表情。

28　ニュース8・アナウンス部

恵那、自分のデスクでニュース解説のための膨大な資料を読んでいる。
そこへ滝川、やってきて、
滝川「……浅川、ちょっと今いい？」
恵那「え？」

29　会議室

無人の会議室で話す滝川と恵那。
滝川「例の岸本が持ってきた真犯人のネタさ、ま、一つの可能性として聞いて欲しいんだけど」

恵那「うん」
滝川「ネット系のメディアに持ち込んでみたいんだけどどう？」
恵那「え、ネットって？」
滝川「要は、いわゆるYouTuberとか。まあゴシップ系の人たちってのがいてピンキリなんだけど中にはそれなりに一目置かれてる人もいるからさ、そういう感じの人に扱ってもらう」
恵那「いやでもそれじゃ……」
滝川「いや、わかるよ。そりゃ言ったってネットだから、やっぱ事の信憑性が格段に落ちちゃうことはまぬがれない。とはいえ、この真実をこのまま眠らせてていいわけもないじゃん。松本さんの冤罪証明、真犯人逮捕、どっちも急ぐべきであることは間違いない」
恵那「まあ、それはそうだけど」
滝川「噂レベルでもなるべく話題になって、広く知られる方が絶対にいい」
恵那「……」
滝川「なんで、とりあえずちょっと俺やってみていいかな？」
恵那「え、滝川くんが？」
滝川「や、だって岸本いなくなっちゃったからさ」
恵那「え、でもこれは岸本くんのネタだからさ」
滝川「いやいや、事実に岸本くんのもクソもないでしょ。事実なんだから。あいつの作った話だってんなら著作権発生するけどさ」
恵那「や、待ってよ！　ダメだよ。ダメだと思う」
滝川「え、なんで？　なにがダメなわけ⁉」
恵那「や、だってさ……」
恵那、どう説明していいかわからない。
滝川「いや、別に俺も独り占めしようとはさすがに考えてないよ」
恵那「？　何を？」
滝川「だから、情報料？　そりゃ何パーかは岸本に渡すつもりだしさ」
恵那「お金？」
滝川「うん。大事な話でしょ。ぶっちゃけ相当高く売れるだろうしさ、このネタなら。てか別に金じゃないけどさ俺も」
恵那、思ってもみなかった金の話。呆然とし、なにか湧いてくる怒りを抑えながら、
恵那「とりあえず……ちょっと待って」
滝川「いやでも急いだ方が……」
恵那「待って‼」

恵那、思わず叫んでしまい、
恵那「……ごめん」
滝川、ちょっと驚いているが、
滝川「まあ、考えといてよ」
言い残すと会議室を出ていく。
恵那、ひとり残り、憂鬱な表情。

30 拓朗の部屋

翌日。

テーブルに書き損じの便箋が散らかっている。

「手紙の書き方」などの本が積まれている。

拓朗、携帯で困惑気味に電話している。

拓朗「……それでとりあえずご遺族に今、手紙を書いてるんですけど、なかなか進まなくてですね。僕、超字が汚いんで、まずそっから気になったりして……」

電話の相手は亨、そんな拓朗をおかしそうに笑う声のあと、

31 亨の部屋

亨、微笑みながら、
亨「岸本さん」
拓朗の声「はい」
亨の声「でも、僕は、大丈夫ですから」

32 拓朗の部屋

拓朗「え」
亨の声「今日付けで事務所のほうも退職したんで」
拓朗「そうなんですか？」
亨の声「はい。ですから僕にはもう本当になんのしがらみもなくなりました。もう一点の迷いもないんで、前回みたいに撤回はしません。心配しないでください。岸本さん、どうか思うようにやってください」
拓朗「……はい」
亨の声「僕にできることがあれば、いつでも連絡ください。北朝鮮のミサイルでも落ちない限り、いや、落ちても生きてれば必ずかけつけますから」
拓朗「……ありがとうございます」
拓朗、思わずその場で頭をさげる。
拓朗「グダグダ言ってないで、全力でやります……はい、じゃまた。はい……失礼します」

拓朗、電話を切る。

拓朗「……」

拓朗、姿勢を正し、自分に気合を入れ直すように息を吐く。

そしてまた便箋に向かう。

恵那Ｎ「岸本拓朗が大門亭と最後に電話で話したのは8月29日だった」

33　銀座高級ブランド店

恵那Ｎ「そして5日後の9月3日」

陸子、拓朗とともに入ってくる。

陸子「こんにちはあ」

店員、にこやかに迎える。

店員「岸本さま〜いらっしゃいませ〜!!　まあ拓朗さん⁉　やだお久しぶりですー」

陸子「やーっと時間作ってくれてえー、久しぶりのデートですーうふふー」

陸子、大きなツバの帽子を脱ぎながら、この世の春のような笑顔。

陸子「秋冬コレクションの案内いただいてたんでー、ちょっと適当に試着させたげてもらえます？」

店員「まー、ありがとうございますー。（拓朗に）なんかお色のご希望とかありますぅ？」

拓朗「あ、なんでもいいす」

拓朗、居候の義務として今日は仕方なく陸子の趣味に付き合う構え。だが正直早く済ませたい。

店員「ブラウンの気分だなーとか、ちょっとグレーかなーとか」

拓朗「あ、じゃ茶色で。茶色」

拓朗、適当に言う。

店員「ブラウン系で？　承知しましたあー」

店員、いそいそと準備しに行く。

恵那Ｎ「岸本家御用達ブランド２０１９年秋冬コレクションの試着中に」

＊　＊　＊

試着室の中で、新作スーツを試着中の拓朗。

カバンの中で携帯が鳴り始める。

拓朗、携帯を取り出すと、画面に村井の文字。

慌てて取る。

拓朗「はい、岸本です」

試着室前のソファ。

陸子、出されたコーヒーを飲みながら、店員と談笑している。
拓朗の声「あ、お疲れ様です……はい。大丈夫です」
試着室から聞こえて来る拓朗の声に、苦笑してみせる陸子。
陸子「やだ。ごめんなさい。試着中なんだから出なくていいのにね」
店員「いーえ！　大事なお電話だといけませんもの」
店員、笑ってみせる。

＊　＊　＊

恵那N「岸本拓朗は」
拓朗、受話器を持つ手が震えている。顔面蒼白。
恵那N「その連絡を受けた」
拓朗、その場に崩れ落ちる。踏みつぶされて皺になる秋冬コレクションのジャケット。
恵那N「大門亨が死んだ」

34　港

恵那N「9月3日の未明、芝河港の駐車場に停まっていた車から遺体となって発見された」

9月3日。薄曇りの朝が明けようとしている。

駐車場に車が一台だけ止まっている。

後部座席に練炭。助手席に白い封筒。

恵那N「遺書があったことから、警察は自殺と断定」

運転席で死んでいる亨。

35　大洋テレビ・アナウンス部

恵那N「しかし大門亨には精神科への通院歴があり」
恵那、共同通信から流れてきたニュースを見ている。
恵那N「遺族は病死の発表を希望」
恵那が読んでいるニュースには、「大門副総理秘書、大門亨氏が急病死」とある。
恵那「その時は私も特に疑問を持たなかった」

36　葬儀場

数日後。

「大門亨通夜」

大規模な通夜が行われている。

会場周りに黒光りする高級車の列。
次々と弔問にやってくる財政界人。
取材に来ているマスコミ。
喪服姿の斎藤が、なにやら取材陣と難しい顔で話している。
抗議する取材陣と、それを受けてさらに険しく言い返したりしている斎藤。

37 葬儀場・喫煙所

無人の喫煙所。
斎藤、やってくる。
疲れた様子。煙草をポケットから出して咥え、火をつける。
深く吸い込み、煙を吐き出す。

斎藤「……」
村井の声「お疲れちゃーん」
斎藤、ぎょっとして振り返る。
喪服姿の村井がにやにやしながら立っている。
村井「久しぶりだねー斎藤くん」
斎藤「……村井さん。なにしてんすか」
村井もまた喪服の胸ポケットから煙草を出し、火をつける。

村井「ん？　遊びに来たんだよ。なんか面白そうだから。もうヒマでさー、俺３キロも太ったんだぜー？　この辺とか。ほら。見て。やばいよねー」
村井、腹回りの肉を摑んでみせる。
斎藤、相手にしない。
村井「なにもめてたの、さっき。マスコミと」
斎藤「……別にもめてないすよ。遺族を映すなって注意してただけで」
村井「なんで？　ほんとは病死じゃなくて自殺だから？」
しらっと言う村井。
村井「てかもっとほんとは自殺じゃなくて他殺だから？」
斎藤、思わず村井を睨む。
村井「やだこわーい。顔ー」
おちょくるように怖がってみせる。
斎藤、目をそらす。
村井「だけどさ、ほんとに怖いのは斎藤くんじゃないよね」
斎藤「……」
村井「こんな怖いことさらっとやっちゃう人たちだよね」

斎藤「……」
村井「斎藤くん」
斎藤「……」
村井「引き返すなら今じゃないかなあ。でないとこの先はもう」
村井、煙草を消し、斎藤を睨む。
村井「戻ってこれねえぞ」
村井、喫煙所を出ていく。
ひとり残る斎藤。
指先で灰になってゆく煙草。

38　斎場出口

村井、やってくる。
大洋テレビの記者を発見し、
村井「よう」
記者1「あれ、村井さん、どしたんすか？」
記者1、村井がここにいるのを不思議に思い、
記者1「あ、ひょっとして故人と面識あったんすか？」
村井、それには答えず、
村井「大門のコメントは？」
記者1「取れましたよ」
村井「なんて」
記者1「や、これが案外泣けるんすよー」
記者1、メモを開きながら、
記者1「いや大門のちょっと意外な一面で。いいの取れましたわー」
嬉しそうにメモを読む。
記者1「〈亨は優れた秘書であり、また良き娘婿でもあった。彼の誠実さに、どれほど助けられてきたかわからない。我慢強い男でもあった分、病気の進行に気づかなかったことが悔やまれてならず……〉」
村井、突然記者のメモ帳を取り上げると足元に叩きつけ、それをガンッ！っと足で踏みつける。
記者1「な、なにすんすか!?」
だが村井、ガン！　ガン！っと何度も踏みつけ、
記者1「やめてくださいよ、ちょっと!!」
記者1に押し飛ばされる。
村井「……」
村井、駄目押しのように唾を吐くと、無言で去っていく。その背中に満ちる怒り。
記者1「え、ちょ……ええ!?」

記者1、呆然とノートと村井の背中を交互に見ている。
恵那N「体がまた壊れつつある」

39　メイクルーム

恵那N「でもそのことを、私はどこかで喜んでいる気がする」
テーブルの上に心療内科からもらった大量の薬の袋。
恵那N「善玉も悪玉も本当はないように、私の病気は私の希望なのかもしれない」
恵那、薬をテーブルの上に包装から押し出している。
恵那N「いっそ木っ端微塵に壊れてしまえばいいと」
恵那、たくさんの薬を口に含むと水で流し込む。
恵那N「本当は」
うつろな表情で鏡の中の自分を見つめる。
恵那N「私自身が願っているのかもしれない」

40　ニュース8スタジオ

ニュース8オンエア中。

番組エンディングは菊の節句の情景。

恵那「……では、今夜はこちらの映像でお別れです」

田んぼの畦道《あぜみち》に彼岸花が咲いている。

三井「わあ、きれいですね」

恵那「秋の風物詩、彼岸花です。花はとってもきれいなんですが、球根には毒があるのでご注意ください。それではまた明日」

にこやかに番組を閉じる恵那と三井。

AD「……5、4、3、2……オンエア以上でーす。お疲れ様でしたー」

一同「お疲れ様でしたー」

恵那、マイクを外している。

スタッフたち、後片付けを始める。

ディレクターが恵那に駆け寄って来て、
ディレクター「浅川さん、明日の特集の件で相談したいことあるんで、このあとちょっといいですか?」

恵那「あ、うん。了解」

恵那、手早く自分の台本等をまとめると、モニター前に座っているゲストにお礼に行こうとスタジオを横切る。

恵那「大橋先生、本当に今日はお忙しいところありがとう……」

その時、背後から突然、うわっという叫び声と物が倒れる音。

スタジオ中が一瞬、何事かと物音の方に振り返る。

だがその原因を見つける前にまた、ガチャーンと大きな破壊音。と、怒声。

村井「くそったれが!!」

恵那、ぎょっとする。

ひどく酔った様子の村井が、酔いと怒りに顔を真っ赤にさせて、
村井「ざっけんな！　ざっけんなてめえら！　どいつもこいつも正義面しやがって!!　何が報道だ！　何がニュース8だ！　腐れインチキどもが!!」

手当たり次第に機材を倒して回る。物という物を投げつけて回る。

女性スタッフたち、悲鳴をあげる。

男性スタッフたちが、慌てて村井を止めにかかる。

村井「大嘘つきどもが！　ボケ！　くそ報道！　ボケが！　ボケ！　この!!　クソが!!」

恵那N「いっそ木っ端微塵に壊れてしまえばいいと」
数人の男たちに村井、捕らえられ、羽交い締めにされながらなお怒声を浴びせ続ける。
恵那N「本当は私も」
村井の真っ赤な顔、涙を流している。
恵那N「願っていたのかもしれない」
恵那「……」
恵那、呆然とそれを見つめている。

#10

希望あるいは災い

1　ニュース8・スタジオ

（恵那の回想）

恵那N「スタジオのライトが好きだった」
天井から強く発光しているライト。
恵那N「それに照らされるセットも」
そのライトに照らされるセット。
恵那N「たくさんの大きなカメラも」
カメラたち。
恵那N「緊張感とプライドで光輝いているスタジオが」
たくさんのカメラ。
恵那N「好きだった」
驚愕し動揺しているスタッフたち。
恵那N「でも」
スタッフたちに取り押さえられながら、暴れている村井。
恵那N「ぜんぶ木っ端微塵に壊れてしまえばいいと」
村井、涙を流しながら、何か叫んでいる。
恵那N「本当は私自身も」
恵那、それを呆然とみている。
恵那N「願っていたのかもしれない」
電話の呼び出し音が鳴っている。プルルルル。

2　首都新聞社

翌日。

まゆみのデスクにうず高く積み上がった書類の砦。

その前で、むずかしい顔をしたまゆみが電話をかけている。遊んでいる方の手、指が小刻みにデスクを弾いている。

鳴り続ける呼び出し音。

そして留守番電話に切り替わる。

まゆみ「岸本さん、笹岡です。何度もかけちゃってすみません。すごく気になってることがあるので、折り返していただけますか？　すみません」

まゆみ、携帯を切るとパソコン画面を見る。

昨日の亭の葬儀時、取材に応じている喪服姿の大門の動画。

まゆみ、スタートを押すと、記者たちに囲まれた大門が喋り始める。

大門「大門亨は、大変優れた私の秘書であり、また娘にとってはいい夫でした。素晴らしい婿でしたよ」
同僚「またそれ見てんの？」
　隣の同僚が覗いて、
まゆみ「うん」
　まゆみ、大門を睨むように見つめながら、
同僚「何がそんな気になんの」
まゆみ「嘘くさい」
　同僚、笑い、
同僚「はは、そりゃまあじいさん、内心は喜んでっかもな。あの娘婿がカタブツで結構手ェ焼いてたんでしょ？」
まゆみ「いや」
　まゆみ、また携帯を取り上げ、電話をかけ始める。画面に「浅川恵那」。
まゆみ「そんなレベルの話じゃない」
　つぶやくと、呼び出し音を聞き続けている。
まゆみ「どういうわけか」
　まゆみ、携帯を切る。
まゆみ「昨日から誰も電話に出ない……」
　まゆみ、また画面の大門を睨む。

3　岸本家・拓朗の部屋

　鳴り続けているデスクの上の携帯のバイブ音。カーテンを閉め切った薄暗い部屋。テーブルに食べかけの冷やし中華。

　パソコンにはゲーム実況が映っているが、拓朗、見るわけでもなくベッドに丸まっている。寝癖に無精髭。何日も外に出ていない様子。

　携帯のバイブ、鳴りやむ。

　拓朗、トイレに行く。

　デスクの上でまた震動し始める携帯。

　画面には「浅川さん」と表示が出ている。

4　岸本家・リビング

　拓朗、トイレから出てくる。

　するとインターホンが鳴る。

　拓朗、無視して部屋に戻ろうとしている。

　だが再びインターホン。さらに何度も鳴る。

拓朗「？」

　拓朗、さすがに不審に思い、インターホンのモニターを見に行く。

　見ると、恵那が立っている。そして再びインターホンを鳴らす。

　拓朗、ぎょっとする。動揺し、出るべきか否か迷い出す。

5　岸本家・玄関

恵那、思いつめた表情で、またインターホンを鳴らそうとした時、

声「はい」

何やらちょっと高く作ったような男の声が出てくる。

恵那「?」

いぶかしげな恵那、

恵那「あの……すみません、拓朗さんご在宅ですか?」

とりあえず聞いてみると、

声「……あ、あの……お兄ちゃんは今……」

恵那、冷静に、

恵那「君、ひとりっ子だったよね」

6　岸本家・リビング

拓朗「……」

拓朗、観念する。

7　岸本家・リビングダイニング

恵那「……お邪魔します」

拓朗に続いて、恵那、入ってくる。

拓朗「……どぞ」

拓朗、ダイニングテーブルの椅子を示す。

恵那、腰掛ける。

恵那「ごめんなさい、押しかけて」

拓朗、自分も座る。寝癖のついた髪、無精髭。

恵那の目を見ず、じっと黙っている。

恵那「……冷やし中華」

拓朗「?」

恵那「食べたの?」

テーブルの上に、陸子の置手紙がある。

「冷蔵庫に冷やし中華を作ってあります。全部食べてね。残しちゃダメよ。ママ」

拓朗「……はい」

恵那「全部?」

拓朗「……半分」

恵那「昨日ね」

拓朗「……」

恵那「村井さんがニュース8のスタジオに殴り込んできたの」

拓朗、ポカンとして、

拓朗「……え？」

恵那「怒鳴り込んで来たんじゃないの。殴り込んで来たの、泥酔状態で。番組のオンエア直後にスタジオで大暴れして、カメラ一台壊して、6人怪我させた」

拓朗「……」

恵那「どうも大門の秘書が亡くなったことと関係があるみたいなんだけど、誰も詳しいことは分からない。ききたくても村井さんはもう今日は会社にも来てないし、電話しても出ない」

拓朗「……」

恵那「何があったか知ってる？」

拓朗「……はい」

恵那「教えてくれないかな」

拓朗「……」

拓朗、黙って恵那を見つめる。かすかな怒りのこもる目。

拓朗「……なんでですか？」

恵那「知りたいから」

拓朗「知ってどうするんすか？」

恵那「……」

拓朗「ニュース8のトップニュースにでもしてくれるんすか？　してくれないすよね。どうせまた聞くだけ聞いて、努力っぽいことしたり、正義っぽい気分になりたいだけですよね」

恵那「村井さんは」

恵那の声に、感情が滲み出す。

恵那「私が入社した時にニュース8のディレクターで、以来10年間、私の上司で」

拓朗「……」

恵那「ぶっちゃけ嫌いなとこもいっぱいあった。くせ者だし、口は悪いし、セクハラとかパワハラとか最低だったし、子会社に飛ばされた時も当然だと思った。だけど」

恵那の目がうるむ。

恵那「報道人としては、尊敬できる先輩だった。誰を敵に回そうが、どんなに損しようが、報道という仕事をまっとうに果たそうと、いつも必死で格闘してた。その人がスタジオで……誰よりも大事にしてたはずの現場で、ああなってるところを見たから」

恵那の体がかすかに震える。涙が落ちる。

拓朗「……」

恵那「君が私を信用できないのも、自分に絶望的に力が足りてないことも、全部わかってるよ。

でも、それでも、私は逃げるわけにいかない。現実が、どんなに厳しいとしても、やっぱりまず向き合うしかない。そしてそこから始めるしかないって、思ったんだよ。今日の朝」

恵那、涙を拭い、拓朗の目を見つめる。

恵那「教えてください」
拓朗「……」
恵那「お願いします」

見つめ合う恵那と拓朗。
拓朗、ふっと立ち上がると、自分の部屋に戻っていく。

8　岸本家・拓朗の部屋

窓から見える空が夕焼けの色になっている。
テーブルの上に、これまでの調査資料が積まれている。
恵那、イヤホンで録音された会話を聞いている。
拓朗、自分の膝を見つめながら座っている。
会話。

亨の声「ひとりの議員が事務所のアルバイトに来ていた若い女性を強姦した。大門の秘書である僕は、被害者である女性ではなく、加害者である男を守るために動いた。女性はそのあと自ら命を絶った……自分の罪深さを忘れて生きていくことは、僕にはできない。どうしても……背負い続けていくしかないんです」
拓朗の声「……僕も」

恵那、聴いている。

拓朗の声「あ、いや。なんでもないです」
亨の声「なんですか？」
拓朗の声「僕も……昔自殺した同級生のことを思いながら、この仕事をやっています」

恵那、初耳である。思わず、拓朗を見る。

拓朗「？」

恵那、なんでもないというように首を振る。

＊　　＊　　＊

日が落ち、薄暗くなった部屋に、間接照明だけが灯っている。
テーブルの上に散らばる資料、レコーダーなどなど。

恵那「……どうするの？　これ」
拓朗「どうもしないす」
恵那「ボツにするってこと？」
拓朗「はい。もう、やめます。今度こそ。こういう……報道ごっこ」

拓朗、深い失意が覆う表情。

拓朗「最初に村井さんが言ったとおりでした。僕は、どんな敵がいるかもしらずにジャングルで棒切れ振り回してたバカな子供でした。しかも自分じゃなくて、自分が引っ張り出した人を」

恵那「……」

拓朗「……死なせ……ました」

拓朗、肩を震わせて泣く。

恵那、痛ましげに拓朗をみながら、

恵那「……でも、自殺の原因が君だったかどうかは……」

拓朗「自殺じゃないす」

恵那「え？」

拓朗「大門が消したんだと思います。自殺に見せかけて」

恵那、息をのむ。

恵那「……まさか」

想像以上のことの恐ろしさが、うまく飲み込めない。

拓朗「どっちにせよ、きっかけを作ったのは僕です」

恵那「……」

拓朗「負けです、もう、コテンパンに……負けました。降ります」

恵那、うなだれる拓朗のつむじをみながら、重すぎる現実に耐え切れず、やはり深くうなだれる。

恵那「……負けるの？」

拓朗「はい」

恵那「それで……いいの？」

拓朗「……勝てないんで」

恵那「……」

拓朗「やっぱ……強いんで。めちゃくちゃ」

恵那、理不尽さへの恐怖と怒り。震えてくる唇を思わず噛む。

恵那「やだ」

恵那、鋭い声で言う。

恵那「やだ。私は。そんなの。絶対いや！」

拓朗「……」

恵那「そんな、そんなひどいことに、負けながら生きてなんていけないよ‼」

恵那、突然立ち上がり、

恵那「もらうから、私これ」

テーブルの上の資料をかき集め始める。

拓朗「は？」
恵那「このスクープ。君もういらないんだよね？　やるから私！」
拓朗、慌てて止める。
拓朗「いや無理す！　浅川さん、これは無理す！」
恵那「うるさい！　何が無理なのよ！」
拓朗「キャスター降ろされますよ‼」
恵那「いい！　もうどうでもいいよキャスターなんか！　やるったらやる！」
拓朗「てか殺されますってマジで‼」
恵那「なんで殺されなきゃいけないのよっ⁉⁉」
恵那、手を止め泣き出す。
恵那「……なんで？……なんでなのよ」
拓朗もまた手を止めて、恵那を見つめる。
恵那「……自分の仕事を、ちゃんとやりたいだけじゃん。なんの罪もない人が、これ以上犠牲になるのを見ていたくないだけじゃん。ひとりの人間として、まともに生きたいだけじゃん。なんにも無茶なこと望んでない。あたりまえの人間の、ふつうの願いが、どうしてこんなに奪われ続けなきゃいけないのよ」
恵那、泣きじゃくる。
恵那「こんなに心の中のいちばん大事なものを押しつぶされながら、どうやって生きていけばいいんだよ、どうやって希望を持てばいいんだよ……希望が……」
恵那、泣きながら、また資料を集め始める。
恵那「希望が、どこにも、見えないよ……」
拓朗、そっと恵那からその資料を奪おうとする。
恵那「やめてよ！　離してよ、いらないって言ったじゃん君！」
拓朗「や、無理ですって！　これはマジで！」
資料を取り合っているうちに、レコーダーが床の上に弾き飛ばされる。
ガチャン！
恵那「⁉」
恵那、ハッと我にかえる。慌てて飛んでいき、しゃがんでそれを拾う。
恵那「……ごめんなさい‼」
恵那「どうしよう、大丈夫かな⁉」
恵那、焦って壊れていないかを確かめる。
拓朗「いいすよ、もうそんなんどうでも」
恵那、慌ててイヤホンを耳に差し、再生を押す。
亨の声が聞こえてくる。

亨の声「今、僕は少し神様に感謝しました」
　恵那、聴いている。
亨の声「このことを、そういう岸本さんという人に預けることができるのだと思うとフッと」
　拓朗、心配そうに恵那を見下ろしている。
亨の声「真っ暗闇の中にひと筋、細い光がさしたような気持ちです」
恵那N「そのとき私は」
　恵那、イヤホンを耳に差したまま呆然としている。
恵那N「大門亨に大事なことを教えてもらった気がした」
　日が暮れすっかり暗くなった部屋。
恵那N「長年仕えてきた男に殺されることになった彼の胸に、最後にさしたひとすじの光」

＊　＊　＊

　(回想)
　いつかの大門亨の自宅。
　その暗い目に喜びをたたえて、亨、拓朗を見つめている。
恵那N「それは」

＊　＊　＊

　恵那、呆然としている。
恵那N「目の前の人間を信じられるという喜びだった」
恵那「……」
拓朗「あの、大丈夫すか？」
　拓朗が、かがみこんで恵那の顔をのぞく。
恵那「……そうか」
　恵那、その顔を改めてまじまじと見つめながら、
恵那「……あのさ」
拓朗「？」
恵那「希望って」
拓朗「？」
恵那「誰かを信じられるってことなんだね」
拓朗「はあ？」
　拓朗を見つめる恵那の目がうるむ。
恵那「……岸本くん」
拓朗「……」
恵那「ありがとう」
拓朗「……」
恵那「今日までいつも、私の前にいてくれて」
拓朗「……」
恵那「君のおかげで私、ここまでやってこれたんだね」

恵那の泣き笑いを見ていて、拓朗、自分まで泣きそうになり、
拓朗「……」
黙ってリビングに降りる。
恵那N「なんてバカなんだろう」
恵那、泣いている。嬉しい涙。
キッチンの拓朗もまた、肩を震わせて泣く。

9 街

恵那N「何をやってたんだろう」
朝の街。
恵那、また走り始めている。
恵那N「これまで出会った誰もが、ずっと私に教え続けてくれていたじゃないか」
恵那の脳裏に思い出される、人々。
恵那N「信じ合えないことの苦しみと」

＊　＊　＊

(回想)
警察に連行されてゆく松本。それを見ている幼いチェリー。
喫茶店で妹の話をしながら泣いている純夏。
自殺未遂後のベッドで泣いている大人のチェリー。
夫の罪を語る由美子。
拓朗をおい返す中村優香の母。

＊　＊　＊

恵那N「信じ合えることの喜びを」

＊　＊　＊

(回想)
誕生日の夜、ケーキを食べる幼いチェリー。
それを嬉しそうに見ている松本。
番組放映の日、お礼の電話口で涙する純夏。
子供達の手をにぎりながら獅子座流星群をみあげる由美子の笑顔。
拓朗に泣きながら頭を下げる中村優香の母。

＊　＊　＊

恵那、走ってきて、空をあおぐ。
恵那N「希望がないなんて」
白く曇った空からさしてくる朝日、弾む息の中で見つめている。目を閉じる。
恵那N「もう二度と言わない」
恵那、ポケットから携帯を取り出すと、どこかへ電話をかけている。
肩で息をしながら恵那、呼び出し音を聞いているが、

恵那「……岸本くん？　おはよう。ごめんね朝早くに」
吹っ切れたような清々しい声で笑う。

10　八頭尾山

今日も清々しい木々の緑。
朝日の中、風に揺れている。

＊　＊　＊

事件現場。
供えられたまま枯れている花束のセロファンもまた朝日を受けている。
鳥の声。

11　大洋テレビ・ロビー

今日も多くの局員が次々に出社してきている。
恵那「おはようございます」
守衛に挨拶などしながら恵那、出社している。

12　報道フロア・会議室

スタッフ一同集合し、今日のオンエアの内容について打ち合わせをしている。
滝川「えー、で、次に蒲田議員の不倫謝罪会見その後……」
スタッフ1「え、まだやるんですか、あのネタ？」
スタッフ1、ちょっとうんざりしたように、
滝川「やりますよー。不倫いま強いからねー」
スタッフ1「そんな時間あるんだったら香港の引渡条例とかもっとやりたいすけどね」
だが滝川、無視して説明を続ける。
恵那、特に意見するわけでもなくメモを取っている。いつもの恵那。

＊　＊　＊

会議が終わり、フタッフたち、部屋を出て行く。
出て行こうとする滝川を恵那、
恵那「ごめん、滝川君、ちょっと」
滝川「え？」
恵那「相談したいことあるんだけど、いい？」
恵那、ニコニコと聞く。
滝川「えー、なにまためんどいやつ？」
滝川、顔をしかめてみせる。
恵那「あ、ううん、全然、全然めんどくないから」
恵那、余裕の笑顔。

＊　＊　＊

無人の会議室で恵那、書いてきた原稿を読んでいる。

恵那「大門雄二副総理が、２０１５年に起きた強姦事件を圧力によって揉み消し、その後被害者の女性が自殺していたことが、元秘書であった大門亨氏の証言によって明らかになりました。なお、大門亨氏は先日の9月3日に自家用車の中で遺体となって発見され、警察の発表では自殺とされています。この事件は２０１５年8月、大門副総理の派閥の民自党の貝原雅人議員が、事務所のアルバイトに来ていた当時21歳の女性に酒を飲ませて酔わせ……」

滝川「いい!!　もういい!!」

恵那、読むのをやめる。

滝川「……正気か？　正気か？」

滝川、激しく混乱しながら、恵那をみつめる。

滝川「つか正気か？」

恵那「3回もきかなくても」

だが恵那、きわめて冷静な表情。

恵那「正気だよ」

滝川「無理に決まってんじゃん!!　こんなん。できるわけないじゃん、うちがさ!!」

恵那「ごめん、できるかどうかを相談してるわけじゃなくて、やるの。私。今日これ」

滝川「はあ？」

恵那「トップニュースでやる。だから最初のVとしてこれを」

恵那、作ってきたＶＴＲを差し出し、

恵那「差し込んでほしい」

恵那、ＰＣでデータの動画を見せる。

恵那「内容はこれ、２０１５年に村井さんが撮った大門亨の証言映像。あとで上に聞かれたら、滝川君はなにも知らなくて私に騙されたことにしていいから」

滝川「や、無理。無理だから、そんなん」

恵那「大丈夫。簡単だよ案外。私やったことあるもん、フライデーボンボンで」

滝川「大丈夫じゃねーよ!!　たいっへんなことになるぞ？」

恵那「責任とって辞めるから。私が」

滝川「いや、浅川が辞めてすむ問題じゃねーじゃん!!　もうニュース8終わるよ！　番組吹っ飛ぶよ!!」

滝川、怒鳴りつけるが、恵那、動じない。

恵那「んー。番組が飛ぶってさ」
激昂する滝川をじっと見つめ、
恵那「まあ大変といえば大変かもしれないけど」
滝川「……？」
恵那「よく考えるとそんなにたいしたことじゃないよね」
滝川、冷静な恵那に一瞬ポカンとして、
滝川「……はあ⁉　んな、どんだけの人間に被害が及ぶと思ってんだよ⁉」
恵那「被害？」
恵那、滝川を睨む。
恵那「だって私たちは報道でしょ？　真実を伝えるのが仕事でしょ？」
滝川「勘弁してくれよ、中学生かよ⁉」
恵那「そもそも最初に大門亭が告発したときに、うちがちゃんと報道してれば、副総理は失脚してた。そしたら大門亭は死なずにすんだ。私たちが本来の役割を怠ったがために、どれだけの人が犠牲になってきたか想像してみたことある？　その人たちの前で言えると思う？すみません、番組の方が大事だったんでって。そして同じことをこの先も続けていけると思う？」
滝川「…………」
恵那「私はやっぱり言えないと思った。私はもう誰の信用も裏切りたくない。信用を裏切るってさ、その人から希望を奪うってことなんだよ。二度とやりたくない。ていうか、もう、できない。なので」
恵那、あらためてVを滝川に押し付けると、
恵那「ご協力お願いします」
滝川「や、ちょっと何言ってるかわかんない。マジでさ、ここで自滅してどーすんだよ⁉」
恵那、笑う。
恵那「自滅って。決めつけないでよ。成功するかもしれないじゃない」
滝川「狂ってる！　狂ってるよ、お前⁉」
恵那、出て行く。
呆然としている滝川。

13　廊下

会議室を出て、恵那、歩いていく。
つとめて冷静な表情。
だがその内側で否応なく高まってゆく緊張。

14　ニュース8・サブ

オンエアの準備が始まっている。
スタッフたちがカメラ等の準備をする中、佐々木プロデューサー、ADと話している。
滝川、ひとり台本を手に、悩む表情。

滝川「……」
　滝川、思い切ったように、佐々木に向かって歩き出す。
滝川「すんません、佐々木さん」
　佐々木、まだADとの話の途中なので、
佐々木「あ、ちょっと待って。うん……うん」
　滝川、しばらくその場で会話が終わるのを待っている。
滝川「……」
　が滝川、何を思ったか、やはり佐々木に相談をするのをやめたらしく、踵を返し、どこかへ電話をかけ始める。

15　メイク室

メイク1、いつものように恵那に口紅を塗りながら、
メイク1「……浅川さん、今日なんか緊張してます？」
恵那「え？」
メイク1「や、なんか、呼吸がすごい浅いなと思って……」
恵那「そう……ですかね」
メイク1「うん。めずらしく」
　メイク1、ニッと笑う。

16　ニュース8・スタジオ

オンエア前準備中のスタジオ。
その会話も聞こえないくらい、恵那、自分の鼓動の音が大きく響いている。
スタンバイ用の椅子に座り、いつもと変わらぬ態度を装いながら、高まり続ける緊張。
浅く速まる呼吸。
恵那、目を閉じ、どうにか気持ちを落ち着けようとする。
その時、スタジオの外から大きな足音が走ってくるのが響いてくる。
スタッフ1「斎藤さん？」
恵那「？」

恵那、振り返ると、入り口から斎藤が入ってきている。走ってきたらしく、息があがっている。
斎藤、何かを探すように見回しているが、恵那を見つけ、
斎藤「……」
恵那「……」
見つめあう。
佐々木、サブルームからやってきて、
佐々木「斎藤？……え？　なにどうしたの？」
斎藤「……失礼します」
斎藤、一応答えつつ、一直線に恵那に向かってやってくる。
恵那「……」
斎藤、恵那の前にやってくると、肩で息をしながら、
斎藤「……とりあえず、話をさせてくれないか」
恵那「ごめんなさい」
恵那、斎藤の顔を見ることもなく、
そんな恵那を、斎藤しばし見つめているが、
斎藤「あの、すんません！」
スタッフに向かって怒鳴る。
斎藤「ちょっと外してもらっていいすか⁉」
スタッフ一同、ポカンとしている。
佐々木「え、なに？」
斎藤「すんません、10分でいいんで！」
滝川「よし、じゃあ、10分休憩‼」
佐々木「ああ？　オンエア前になに言ってんだよ⁉」
滝川「説明します！（スタッフに）はい休憩‼」
スタッフたち、それぞれいぶかしく思いながらもスタジオを出て行く。
最後、滝川がドアを閉めようとして、
滝川「……」
今一度、二人の姿を見る。祈るような表情。
二人きりになり、静まり返ったスタジオ。
斎藤、まだ弾んでいる息と緊張。息苦しげにネクタイを緩める。
恵那、そんな斎藤をじっと見ているが、
恵那「……10分って」
斎藤「？」
恵那、高まる緊張の中でどうにか笑って見せようとする。
恵那「無駄ですよ。たった10分で覆る程度の覚悟でこんなこと言い出すと思いますか？」
斎藤「わかってるよ」

恵那「……」
斎藤「滝川は君の頭がおかしくなったって言ってた。でも、君こそ今日ここにいる誰よりも正気だ。さっきスタジオ入ってきた瞬間、それがわかってゾッとした。今のところ俺の読みは2：8で俺が負ける」
恵那「……」
斎藤「ただ、それでも俺はやってみるしかない」
恵那「……」
斎藤「単刀直入に言う。君の今夜のラインナップから大門副総理のスキャンダルに関するニュースを外してほしい」
恵那「できません」
斎藤「大変なことになる」
恵那「わかってます」
斎藤「いや、君はわかってない」
恵那「……」
斎藤「俺はべつに君のキャスター生命や番組や局の将来を心配してるわけじゃない。そんなことは正直どうでもいい。俺が案じてるのはこの国の行く末だ。つまり君が案じているのと同じ〈この国の人々〉のことだよ」
恵那「……」

斎藤「国の副総理大臣が強姦事件をもみ消し、被害者が自殺した。君が今夜そのニュースを報じれば、望み通り大門は失脚する。しかし事はそれで終わらない。政界全体にもまた最大規模の激震が走る。内閣総辞職、どころか政権交代もありうる。今これほど世界情勢が緊迫した状況で、そんな事態に陥るのがどれほど危ういことか、君にも想像がつくはずだ。国政も司法も混乱をまぬがれない。国際的信用は失われ、株も暴落するだろう、国家的危機の中で一体なにが起こるか、誰がどんな悲劇に見舞われるか、誰にも読めない。君にだって読めない。君が取れる責任なんて、せいぜい君自身の進退くらいなんだ。そんな人間が、切っていいカードじゃないんだ、これは」

恵那、斎藤を見据えながら、じっと考えている。

恵那「……おっしゃることはわかります」

斎藤、恵那の言葉を待っている。

恵那「……たしかに影響ははかりしれない。でもどれも紛れもない真実なんです。この国の司法は正しく機能していない。すでに危機なんです。病人は自分の病名を知らなければ、正しい治療なんてできない。どころか明らかに病気であるにもかかわらず、明日の仕事に差し支えるからという理由でその事実を教えてもらえないなら、そんな体は近い将来どうなりますか？　知らせる、というカードを切ったときの責任は私個人に負いきれるものではないかもしれません、でもじゃあ今、知らせないと言うカードを切っている人は？　その人はその責任を負えるつもりで切ってるんでしょうか？　私にはそうは思えません。そしてそれが本当に最善のカードだとも思いません」

斎藤「……最善ではない」

恵那「……」

斎藤「確かに。最善とは言えない」

恵那「……」

斎藤「ただ信じてほしい。現時点においてはかろうじて、君のカードよりはマシなんだ。それからこれは信じてもらえなくても仕方がない、だけど、約束する。時間をくれ。俺にしかるべき力がついた時には、今日君が言ったことに必ずこたえてみせる」

恵那「……」

斎藤「今日の君のとも俺のとも違う、より建設的で有効な方法を必ず見出してみせる」

恵那「……」

斎藤「君もそうだし、俺もまたこの国という体の小さな細胞の一つだ。膨大な全体に対して、一人が一日にできることは限られてる。ひとつひとつやっていくしかないんだ。末期ガン患者の免疫細胞だって、きっとそう思いながら毎日仕事をしてると思う」

恵那「……」

恵那、斎藤の言葉を受け入れるかのように一瞬目を伏せる。

斎藤「……」

そして恵那、再び斎藤を見つめ、

恵那「本城彰を、逮捕させてください」

斎藤「えっと、それはつまり…」

恵那「今日以降、本城彰に関する報道に一切邪魔をしないこと。警察が逮捕に動くのを止めないことを約束してください。事件と無関係の事情で捜査が歪められるのをこれ以上繰り返させるわけにはいきません」

斎藤「……」

斎藤、携帯をかけ始める。

斎藤「……斎藤です。お疲れさまです。交換条件として本城彰の逮捕を、とのことです。はい……」

恵那「……」

斎藤、じっと返事を待っている。

恵那もまた待っている。

斎藤、ちょっと問いかけるように恵那をみる。

恵那「？」

だが斎藤、恵那に何も聞かず、

斎藤「今夜です。ええ。要は今のネタと差し替える形で……はい」

恵那「？」

斎藤「……わかりました」

斎藤、電話を切ると、

斎藤「今夜のトップニュースで出して構わない。ただし大門と本城の父親の関係についてはオフレコで」

恵那「え……今夜？」

恵那、何も準備できていない。焦る。

斎藤「明日まで待つと、君は事故か病気で出れなくなるよ」

恵那「……！」

斎藤、時計を見ると、立ち上がる。

恵那もまた慌てて立ち上がる。

斎藤、恵那を見つめる。

恵那「？」

斎藤、何かを言おうとしてやめ、代わりに手を差し出す。

恵那「……」

恵那、その手を握る。

斎藤、もう一度恵那を見つめると、何も言わず踵を返し、スタジオを出て行く。

恵那、その後ろ姿を見送りながら、体がまた小刻みに震えだす。激しい興奮と緊張。

斎藤の出て行ったドアから、待っていたスタッフたちがなだれ込むように入ってくると慌てて持ち場へと走って行く。

恵那、一人立ち尽くし、震える手でどこかへ電話をかけはじめる。

17　大洋テレビ・玄関ロビー

人気のない静かなロビー。

拓朗、一人腰掛けながらパンを食べている。

ポケットの携帯が鳴る。

拓朗、口をもごもごさせながら携帯に出る。

拓朗「……はい……今すか？」
拓朗、目前のフロアを見上げる。
拓朗「大洋テレビのロビーです」

18　ニュース8・スタジオ

恵那、電話口で驚いている。
恵那「なんで？」

19　大洋テレビ・玄関ロビー

拓朗「今朝、浅川さんが今夜あのネタやるって電話くれたじゃないすか。さすがに家でボケっとオンエアだけ見るのもなとか思って、なんとなく来ちゃいました」

拓朗、パンを食べ続ける。

拓朗「……本城彰のVですか？　はあ、作ってますよ」

拓朗、当たり前のように言い、大きなリュックをさぐりはじめる。

電話の向こうで恵那がずいぶん興奮している様子。

拓朗、ちょっとうるさそうに顔をしかめ、

拓朗「そりゃ作ってますよ……いつからこのチャンス狙ってきたと思ってんですか……ああ、はい、わかりま……」

電話、一方的に切れる。

拓朗、Vを取り出すと、リュックを背負い、ゆっくりとゲートの前に歩いてゆく。

ゲートの奥からチン！　とエレベータの音が鳴ったと思うと、ハイヒールの駆け足がけたたましく近づいてくる。

恵那、一目散に駆け寄ってくると、拓朗からVをふんだくり、もう片方の手で拓朗の首をぎゅっと抱き締める。

拓朗「⁉」

拓朗、動転している。

恵那「ああもう最高、君、最高‼」

恵那、感謝に泣きそうな顔で拓朗の頬をひっぱたき、
恵那「流すよ！　これ！　トップニュースで！」

拓朗「……はい！」

恵那「あとでね‼」

また一目散にエレベーターに駆け戻っていく。

恵那「あ、乗りまあーーーす‼」

叫び声がきこえる。

再び静かになったロビー。
拓朗、ゆっくりと外に向かう。
どこかへ電話をかけ始める。

20 大洋テレビ・裏玄関

拓朗、外に出てきて歩きながらどこかへ電話をかけ始める。
地下駐車場から一台の車が上がってくる。
運転しているのは斎藤である。誰かと車内通話で話している様子。
目があう。
微笑みも礼もなく、お互いにただ視線を交わす一瞬。
車、過ぎてゆく。

21 某ロケ場所

暗い道をチェリーがロケバスに向かって走ってくる。
乗り込んで、運転手に断りながら運転席のテレビのチャンネルを変えている。

22 純夏の家

純夏、自宅で子供を抱きながら、携帯に出ている。

23 由美子の家

連絡を受けた由美子、編み物の手を止めて、リモコンでチャンネルを変えようとしている。

24 岸本家

オンエアを見るために急いで帰宅してきたらしい陸子、ケリーバッグを放り投げたまま、リモコンを握りしめてニュース8に見入っている。

25 弁護士事務所

木村弁護士、ニュース8を観ている。
恵那が本城彰DNA一致のニュースを読んでいる。
木村弁護士、驚きに目をしばたたかせている。

木村「……やりよった」

26　ウィークエンドポンポン・スタッフルーム

名越をはじめ、かつてフライデーボンボンのスタッフだった者たち、モニターを見上げている。

本城彰の黒いマフラーが映っている。

27　平川刑事宅

風呂上がり、パジャマ姿の平川、幼い息子にパジャマを着せる手を止めて、テレビに釘付けになっている。

28　スナック

勤務中で、全く気づかず接客中の中村優香の母。ドレスのポケットに入れた携帯が光り、誰かからの着信を知らせている。

29　斎藤の車

路肩に停めた車内で、斎藤、ひとりテレビを観ている。

30　首都新聞社

テレビの前で、まゆみが目をまん丸にして見つめている。

弾けんばかりの興奮と笑顔で、拍手。

ガッツポーズまでし始めるのを残業中の同僚たち、何事かと驚いて見ている。

31　ロケバス

チェリー、肩を震わせて泣いている。その背中。

ドライバーがびっくりしたような顔で、それをみている。

32　大洋テレビ・ロビー

そこでもニュースは流れているが、守衛たちは気づかずのんびりおしゃべりをしている。

だが窓口からそれを見ている者がいる。拓朗である。

拓朗「………」

深い深い、安堵と満足の表情。

33　ニュース8・スタジオ

ニュースを読んでいる恵那。

34　大洋テレビ・1階エレベーターホール

オンエア直後。

ピン！　と音がしてドアが開く。

恵那、出てくる。バッグと資料を両手に抱え、慌てて走っている。

何かから逃げるように時々背後をふりかえる。

守衛、ふりかえると、恵那が、走って出口を出て行く。

恵那「お疲れ様でーす！」

35　大洋テレビ・裏口外

恵那、走っている。

誰かが追いかけてこないかと振り返ったとき、前方から、

拓朗「浅川さん！」

恵那「つきゃあああ」

恵那、絶叫。バッグと書類が足元に散らばる。

拓朗「えぇえ」

恵那、肩で息をしながら、

恵那「……もう、オンエア終わる前から、この辺に、偉いさんがずらっと怖い顔して並んでたからさ、終わった瞬間にもう〈お疲れ様でしたああ〉っつって逃げてきた……」

いうと恵那、その場に崩れる。

拓朗「……ぇぇえ」

目を丸くする拓朗。

36　牛丼屋

恵那、まるで気絶したようにどこかにへたばっている。

拓朗の声「……浅川さん。浅川さん」

恵那、答えない。

拓朗の声「どうします？」

恵那、ようやくうっすらと目を開け、

恵那「……大盛りで」

拓朗「大盛り二つ」
　店員、威勢良く、
店員「へい、1番様大盛り二つ‼」
　カウンターにへばっていた恵那、のっそりと
　起き上がる。
　湯気のたつ厨房を見つめながら、
恵那「おなかすいた……」
　拓朗、携帯をいじっている。
拓朗「村井さんに、今から浅川さんと牛丼食いにい
　きますってライン入れたんすけど返事こない
　っす」
恵那「この店知ってんの？」
拓朗「村井さんに教えてもらったんで」
恵那「そか」
　恵那、今は厨房の中で出来上がっていく牛丼
　にしか興味がない。
拓朗「村井さん、会社やめるんすかね」
恵那「知らない。いま君も私も、人の心配してる場
　合じゃないじゃん」
拓朗「ま、そっすよね」
　二人の前に牛丼が置かれる。
店員「はい、お待たせー」
　恵那、やっと笑顔になり、
恵那「はあーやったー」
　嬉しそうに箸を割る。
恵那「いただきまーす」
拓朗「いただきます」
　恵那と拓朗、牛丼を食べ始める。
　二人して旺盛な食欲。湯気のたつ牛丼を美味
　しそうにかきこんでゆく。
　恵那、箸を止め、
恵那「あ、なんとかなる気がしてきた……」
　幸せそうにつぶやく。
拓朗「なりますよ」
　拓朗、カウンターの紅生姜を足しながら言う。
恵那「なるよね？」
拓朗「なりますよ。いります？」
恵那「うん！」
　拓朗、恵那の丼にも紅生姜を足してやる。
　その時、カウンター向かいのドアがガラリと
　開く。
店員「いらっしゃいませー！」
　恵那と拓朗、入ってきた客を見て、
恵那「！」
拓朗「！」
　笑う。

37　キッチン

エピローグ。
それから1年後。
玉ねぎが宙に舞う。
続いて人参とじゃがいもが舞う。
チェリー、エプロンを巻いて、腕まくり。張り切っている。

38　ニュース8・スタジオ

ニュース8のスタジオ、マスクをした恵那が入ってくる。
恵那「おはようございます！」
マスクをしたスタッフたちが答える。
スタッフたち「おはようございます」

39　ニュースメディア・事務所

二人で立ち上げたらしき事務所。
顎マスクで村井、拓朗に説教している。
村井「ばあーっか！　お前なんでそれ聞かねんだよ⁉」
拓朗「あーやっぱ聞いたほうがよかったっすかねえ。さすがにちょっと悪いかなーとか思っちゃって……」
村井「忖度してんじゃねーよ‼　ったくこれだからテレビ出はダメなんだよ！　そんなんネットじゃ通じねーぞこのポンコツ‼」
拓朗、痛いとこをつかれた顔。
拓朗「……もう1回行ってきます‼」

40　道路

拓朗N「これから君はどうするの？」
顎マスクの拓朗、大きなリュックを背負い、紙パックのコーヒー牛乳を飲みながら、どこかへ向かっている。
拓朗N「と浅川さんに聞かれて」
拓朗、紙パックのストローを吸う。
拓朗N「正しいことがしたいです、って答えた」

41　キッチン

拓朗N「そしたら浅川さんは言った。あのね、岸本くん」

チェリー、リズミカルに野菜を切っている。

拓朗N「どっちが善玉でどっちが悪玉とか、本当はないらしいよ」

42　イベントスペース

拓朗N「この世に本当に正しいことなんて」

吹き抜けのイベントスペースで、斎藤が若き起業家たちとトークセッション中。

上昇志向の若者たちが熱心に聞いている。

斎藤「確かに日本の未来はヤバいと。これはまあ様々なデータから言われていることで、それは認めます。だけどそれに対してただ絶望しているのは、勿体無いと僕は思うんですね……」

拓朗N「多分ないんだよ」

43　民自党本部

拓朗N「マジすか」

マスクを耳に引っ掛けたままロケバスでサンドイッチを頬張っているまゆみ。

拓朗N「じゃあ僕はどうすればいいんすかね？　って聞いたら」

まゆみ「きた！」

何かが到着したのを察し、ロケバスを降りてゆく。

到着したのは大門。

記者「大門副総理！　おはようございます!!」

記者たちの当たり障りのない質問と回答が交わされる中で、

まゆみ「副総理が警察庁長官時代に本城彰の逮捕をさせないよう県警に指示なさったという疑惑についてはどうお考えですか？」

大門、マスクの上の目でぎょろりとまゆみを睨み、

大門「また君か」

まゆみ「はい、首都新聞の笹岡でございます。副総理、いかがですか？　その疑惑について」

まゆみ、にっこり笑ってマイクを差し出し続ける。

拓朗N「だから正しいことをするのはあきらめて」

44　キッチン

拓朗N「代わりに夢をみることにしようよ」

チェリー、カレールーを割り、鍋に入れてゆく。

拓朗N「と浅川さんは言った」

45　キッチン

拓朗N「そっか、と思ったけど」

チェリー、盛り付けたカレーを二人分、トレイに載せ、嬉しそうに運んでいる。

テーブルで松本が待っている。

拓朗N「一体どんな夢をみればいいのかが」

46　道路

拓朗、歩いている。

拓朗N「僕にはまだ分からない」

47　テーブル

松本とチェリー、嬉しそうにカレーを食べている。

松本、こんな美味しいカレーは初めてだと褒めている。

チェリー、ニコニコと幸せそうな顔。

そしてその傍に二つのショートケーキ。夢のように並んでいる。

48　ニュース8・スタジオ

ADがカウントする。

AD「本番5秒前、4、3、2、……」

恵那、カメラを見つめる。

恵那「こんばんは。真実を、まっすぐに。ニュース8の時間です」

（完）

特別対談

渡辺あや × 佐野亜裕美

『エルピス』ができるまで、あるいは二人の奮闘記

構成：平岩壮吾

人生のリセットボタンが押された

――『エルピス』の企画が立ち上がった経緯を教えてください。

佐野　あやさんに初めてお会いしたのが2016年の春。スタイリストの宮本まさ江さんから紹介していただき、東京で挨拶をしました。そこから島根にあるあやさんの家にお邪魔したり、京都で打ち合わせをしたりするようになり、二人で企画を立ち上げていきました。

当時私がいたTBSでラブストーリーの企画を募集していたので、最初はラブコメをできないかと提案したんです。これまでの作品でもあやさんは、魅力的に恋愛を描かれていました。たとえば、『カーネーション』の糸子（尾野真千子）と龍一（綾野剛）の関係とか。それで存分にラブストーリーを書いてもらいたいと思ったんです。

あやさんからは京都を舞台にした舞妓とその子の着付けをする男《おとこ》衆《し》の恋物語を提案してもらいました。男衆には舞妓と恋愛しちゃいけないという決まりがあるんです。「ロミオとジュリエット」のような禁断の恋愛ものですよね。そこからキャストについてなど、いろいろ話していたんですけど、あまり盛り上がらず。それよりも脚本とは関係のない、当時の社会状況や組織の環境に対する私の愚痴とか、日本の政治家に対する憤りのほうが話が弾んで、どうもこっちなんじゃないかとなったんです。それがひとつ。

もうひとつは、打ち合わせのたびに、あやさんから「あなたは何

者なのか？」ということをずっと問われ続けたんです。はじまりは「プロデューサーとしての強みはなにか？」という質問でした。私が「フットワークが軽いことですね」と軽く答えたら、お茶を淹れていたあやさんに「いや、そういうことじゃなくて」と言われ……。その言葉がすごく胸に刺さって、号泣してしまったんです。その後も「どうしてプロデューサーになったのか」「そもそもなぜテレビ局を志望したのか」「大学ではどうして法学部に……」と人生をさかのぼって問われました。その質問に答えているうちに、また涙が出てきて。最後はひきつけを起こすほどでした。

渡辺　私は会う前に、宮本さんや大根（仁）さんから、佐野さんは気骨のある優秀な若手のプロデューサーだと聞かされていたので、さぞ自信に満ち溢れた人が来られるのだろうと想像していたんです。でもいざ会ってみると、ものすごくしょぼくれていて（笑）。話をしていても、ずっと反省していて、これはおもしろいなと思いました。

私自身もそうなんですが、真剣にものをつくろうと思えば思うほど日々「反省」するのは当然で、常に自信満々ではいられないんです。だから、佐野さんの内省的な感じは、信頼できそうだなとも思いました。

――「反省」する態度は、作品づくりに対する誠実さでもある、と。

渡辺　そこから何度かお会いしているうちに、長い社員生活のなかでいろんな経験をされて、本来自分自身がやりたいと思っていることを押し込めないと生きていけなかったんだろうなという、佐野さんの社会人としての生い立ちが想像されたんです。でも、私は会社云々ではなく、佐野さんが本気で取り組みたいと思ってることを共有してほしかった。それで、そういう突つき方をしたんです。フットワークが軽い？　そんなわけないじゃん、もっとあるでしょうと思って。そこからは一歩も引きませんでした。それが佐野さんには相当怖かったらしく、声を上げて泣き出して。でも次の日に会ったら、「昨日はぐっすり寝れました」とスッキリした様子で（笑）。きっとなにかが吹っ切れたんでしょうね。その日からは顔つきや言葉遣いも、みるみる変わっていきました。

佐野　あやさんの仕事場には真ん中に大きなテーブルがあって、話すときはテーブルを挟んで向かい合って座るんですね。あやさんの後ろには大きな窓越しに山がドーンとそびえていて。そこで話をしていると、まるで山の神にしゃべっているような感覚になるんです。

気づいたら、これまで家族や親友にも話したことのない辛い過去とか、自分のなかでなかったことにしていたような出来事も全部しゃべっていました。

渡辺　フフフッ。想像するに、後ろが一面緑なので、向かい側から見ると私は影になっていて、山に向かってしゃべるような感覚になるんだと思います。そうすると、普段他人に言えないようなことも出てくるんでしょうね。佐野さんが打ち明けてくれた出来事というのは、私一人では受け止められないほど辛いことだったんです。それも半分くらい山が吸収してくれたという感じがある。それが渋谷の喫茶店とかだったら、私も相当なダメージを受けていたと思います。

佐野　今振り返ると、人生にとって大きな分岐点でした。あの日、私のリセットボタンが押されたんです。あやさんは向かい合った人からなにかを吸い取りながら書くとおっしゃるんですけど、こちらはあやさんと話していると心が開かれていくんです。作家に限らず、これまで出会った人のなかでも、そんな人は他にいません。説明するのが難しいんですが、本当に稀有な方だと思います。

6年越しのドラマが実現

佐野　それに、あやさんは「あなたはできるはず」と信頼して問いかけてくれるんです。直接的には絶対に言いませんが。厳しい言葉だったとしても、その裏には信頼がある。当時は怖くて、あやさんからの厳しい言葉に溢れるメールに対して「どうやって返したらいいんだろう」の連続でした。でも、今思うと信頼があったからこその言葉だったんだなと。最近あやさんとのメールのやりとりを全部見返しているんですけど、改めてそう感じますね。

渡辺　アハハ。

佐野　最近は周りで人生に悩んでいる人がいると、「あやさんのところに行くといいよ」と言っています（笑）。でもこんなに深い対話ができたのは、私たちのあいだに「作品づくり」という共通の課題が横たわっていたからこそ、かもしれないですね。

――渡辺さんは他の企画でも、初期段階でプロデューサーや監督と対話を重ねて、共有できる題材を探っていくそうですね。

渡辺　企画を進める人自身と企画と私の関係がいちばん大事なんです。だから最初の段階で、その方と同じ熱量で取り組めるものを見つけたいんです。それが作品の核を見つめる作業にもなる。どんなにいい企画だったとしても、その企画を持ってきてくださった方自身にとって情熱を注ぐことのできる題材でなければ、必ず途中で行き詰まるんですよ。

佐野　そうやってあやさんと話しながら、自分を掘り下げていくなかで出てきたのが「冤罪」という題材でした。私はもともと、仕事とは無関係に半ばライフワークとして冤罪のルポルタージュを読んだり、裁判の傍聴に行ったりしていたんです。その話をしたら、「それ、おもしろいじゃないですか」と言ってくださって。

渡辺　会社から求められていることを全部跳ね除けたときに、佐野さんから「これだ！」と言って出てきた弾が「冤罪」だった。本当に放送できるかどうかという懸念はありました。でも、ご自身に深く根ざしたパッションが見て取れたので、絶対おもしろい作品にできるだろうなと確信していました。

——その後、どのように企画を進めていかれたのでしょうか？

佐野　16年の年末に最初の企画書を書きました。ちょうど私が『カルテット』をやっていた時期ですね。その段階では、舞台は週刊誌の編集部という設定でした。ワンチャンあるかなと思ってTBSに企画書を出したら、案の定通らず。だけど、どうしても諦められませんでした。それであやさんに「企画は通らなかったんですけど、脚本を書いてほしい」というプロデューサーとしてはあるまじきお願いを伝えまして……。そこからは闘いの連続でした。

渡辺　フフフッ。地上波のテレビ局ではもう無理だろうと思っていたので、その時点で舞台も週刊誌の編集部からテレビ局に変えました。

佐野　私のほうでは、冤罪事件の資料を送ったり、舞台がテレビ局になってからはいろんな情報番組の取材を組んだりと、あやさんに第一話を書いていただくための土台づくりをしていきました。

渡辺　実際の撮影現場も見学させてもらって、勉強になりました。でもいちばん参考になったのは、佐野さんの愚痴です。あとは、私がこれまで一緒に仕事をしてきたテレビ局のパワーバランスや社内政治。そういう自分が見たり他人から聞いたりして、きっとこういう感じなんだろうなと想像できることを全部書きました。

佐野　脚本はもともと、全八話想定で書いてもらってたんですよね。地上波がダメならと、動画配信の事業者等に掛け合うつもりでいたので。脚本は一話書くごとに読ませていただいたのですが、各話文句なしの出来栄えでした。変えてほしいということも特になく。恵那（長澤まさみ）と斎藤（鈴木亮平）の関係が良いので後半でもう少し見たい、と伝えたくらいですかね。

あとは、あやさんから投げられたストーリー展開に対して、そういう場合はテレビ局ではこんな反応が出てきます、というシミュレーションをして、大きな流れを決めていきました。たとえば四話で、再審請求が棄却されると番組の特集制作が打ち切られる、というように。

――当初は八話構成だったんですね。

渡辺　そうです。18年の頭には最後まで書き終えていたと思います。

佐野　最初の二、三話をいただいた時点で、長澤まさみさんのところにも依頼にいって、他の役のイメージキャストもほぼ決めて、その企画パッケージをもっていろんな配信社に企画を売り込んでいきました。実は『あゝ、荒野』みたいな前後編の映画はどうかなど、作品を出していくに際していろんな可能性があったんです。あやさんとはその都度相談しながら、調整できるところと妥協できない部分を確認して、落とし所を探っていきました。

渡辺　詳しくはなにも言えないんですけど、18年にこの企画にとって大変ショックな出来事があったんです。そのタイミングと時期を同じくして、佐野さんがドラマの制作現場から異動になる内示が出た、と。あの時期が『エルピス』において、いちばん大きな挫折でしたね。私はもう諦めていたんです。佐野さんが異動されてから体調を崩されたということもあり、プレッシャーになるから、これ以上は無理に進められないなと。全八話の脚本は「佐野さんにあげました」というつもりでした。

佐野　異動の内示が出たときは、いちばん最初あやさんに連絡した気がします。私が休職していたので2019年の約1年間、企画はストップしていました。ただ、あやさんとは折をみては何度も会って、脚本とは関係なく人生相談に乗ってもらってましたね。あやさんはそのあいだ、『ワンダーウォール』と『今ここにある危機とぼくの好感度について』をやられていました。

――『ここぼく』で鈴木杏さん演じる木嶋みのりには「病気を治そうと思うなら、現状を正しく認識することから始めるしかない」という台詞がありますが、これは恵那を想起させます。

渡辺　『エルピス』はお蔵入りしたものと思っていたので、「せめてここだけは入れたい」という要素は『ここぼく』に反映させたんです。

――佐野さんは休職後、20年に関

西テレビに移られ、『エルピス』の企画にもゴーサインが出るわけですが、その時点から放送するまでに、どんな改稿をされたのでしょうか？

佐野　会社と相談して、連ドラだったら全十話が最適だという判断になり、あやさんに加筆をお願いしました。完成台本を読んでもらえればわかると思うのですが、各回の頭とお尻に入るナレーションはすべて呼応しあうように書かれているんです。その精密に嚙み合った脚本を、二話分増やすのはものすごく大変な作業で……。あやさんの人生でも、一度あるかないか級の改稿だったと思います。そこはプロデューサーとして、いちばんの反省点ですね。

渡辺　最初は私も改稿に抵抗しました。でも、必要な改稿だったんです。改めて全八話の脚本を読み返すと、七、八話で焦っているというか、まとめるために強引に詰め込んでいるきらいがあって。たとえば、恵那の見え方が薄いんです。そこは大根さんからも「恵那をもっと見えるようにしてほしい」と指摘されていた点でした。私が恵那というキャラクターについて、もっと想像する必要があったんです。それで実際に恵那のパートを増やしたら、作品全体がずっと良くなった。結果的には十話にしてよかったと思いますね。

佐野　地上波の連ドラとして放送するにあたっての調整もありました。地上波は、構造的にどうしても（だれもが）ふと見る可能性のある「暴力的なメディア」だと思うんです。映画館や配信は、見ようと思わなければ見ないで済みますが、地上波のテレビはうっかり見てしまう可能性がある。そういう媒体で冤罪を扱うドラマを放送するのであれば、実在の事件との距離感を考慮しなければいけません。それで、あやさんには細かい調整も含め、たくさん改稿していただきました。「このドラマは実在の複数の事件から着想を得たフィクションです」と明記したのも、資料として参照した実在の冤罪事件に関する書籍を参考文献として挙げたのも、そうした理由からです。

なぜ「冤罪」なのか

——佐野さんが冤罪に興味をもたれたのには、なにかきっかけがあったのでしょうか？

佐野　あやさんには何度も話しているんですけど、小学校に入る前から「殺人」に興味があって、よくシリアルキラーの本を読んでいたんです。その動機はどこからくるのかというと、どうも私は「死ぬことに対する恐怖心」が人一倍強いみたいで。三歳ぐらいのときに、死ぬのが怖いと気づいた瞬間があったんです。それがいちばん古い記憶なんですけど。それからは、何回も殺される自分の姿を想像しています。それで死ぬ瞬間のことを知りたいと思ったら、殺人者の日記を読むしかないじゃないですか。殺された人は日記を書けないわけなので。

それで、昔からそういう本を読むと安心できるんですよ。最近は、寝る前に殺人鬼や独裁者のウィキペディアを日替わりで読んでます。そうすると不眠症になりがちの私でも、割と安眠できるんです。

渡辺　これなんなんですか（笑）。何回聞いても、理屈がわからない。

佐野　そういう感覚ないですか？ヒグマの事件とか。

渡辺　読みたくない。私は嫌です。

佐野　で、死の恐怖を克服することにつながっているのだと思いたいんですけど、小さい頃から弁護士になりたかったんです。それで大学も法学部に入りました。ただ、法律があまりにも肌に合わず、弁護士を生業にするのは無理だと悟り、早々に転部しました。それでも、その後も人が罪を犯すこと、特に「殺人」という重罪に対する興味は消えず、ルポルタージュを読んだり、裁判の傍聴に行ったりということをライフワークのように続けていたんです。冤罪もそのなかで知りました。

渡辺　私は本当に不勉強で、フィクションのなかで描かれる冤罪は知っていたけれど、それはもう昔の話で、今はもうそんなひどいことはないものだと思い込んでいました。きっと怖いものを見ないように、無意識的に避けていたんでしょうね。それが、佐野さんから送ってもらった冤罪事件の資料やルポルタージュを読んでいくと、現在進行形の問題であり、いつでもどこでも起こりうることなんだと思い知らされました。

というのも冤罪は、特定の個人の強烈な悪意というより、関係者たちがそれぞれの立場で下した「こうしとこうか」という小さな選択の集積によって生まれるのだろうと想像できたんです。何人ものちょっとした思惑が重なった結果として、生まれるものなんだろうなと。その「こうしとこうか」は、私にもある気持ちなんです。そして、きっとだれもがもっているものでもある。だからこそ、今でもじゅうぶん起こりうると思ったんです。その部分は、脚本を書いていても辛かったですね。

佐野　冤罪ってひとりの悪人とか権力者によって生み出されるものではないんですよね。それは古今東西の冤罪事件のルポルタージュや記事を読んでいても、思うところで。むしろ、だれも「悪」ではない、という点が重要なんです。今回参考にした実在の事件のなかにも、手記や裁判録をすべて読んでも、なぜ冤罪が起こったのか判然としないケースはあって。それが冤罪のリアルだと思うんです。

——複雑な背景があり、ひとりの「巨悪」に起因するものではない、と。

佐野　ただ、『エルピス』では冤罪を生み出す構造とは別に、権力が犯す罪も描いています。たしかに人の口を塞ぐ権力者の存在も実在の事件から着想を得ているのですが、『エルピス』には大門副総理という象徴的な人物がいるがゆえに、陰謀論の話としてだけで捉えられてしまう可能性があると思うんです。「大門だけが悪で、警察に圧力をかけたから冤罪が起こったんだ」というだけの話として受け取られかねない。そう見えないように工夫はもちろんしましたが、企画を立ち上げた者としては、まだできることがあったんじゃないかという反省があります。もし私がまた冤罪を扱うドラマに関わることがあれば、そのことをもう一度考えながらつくりたいです。

渡辺　こうすればよかったと思うところは毎話、毎シーンにありますね。本当に些細なこととか、足りてないなと思うところが。うん、ありすぎて本当に、もう。これは『エルピス』に限らず、いつもあります。

複雑さを「情報の塊」として届ける

——参考資料に挙げられているものも含め、冤罪に関する書籍はたくさんありますが、「ドラマ」というメディアで冤罪を伝えることの意義は、どこにあると思われますか？

渡辺　ある事象を見たことのない角度や深度で見せられるところが、ドラマの良さだと思います。たとえば、事件や問題が起きたときに、それを報道や文字のニュースが扱おうとすると、どうしても出来事が単純化されて伝えられてしまいます。それはしょうがないことですが、実際の出来事は個人が想像できる以上に複雑なはずで。ある不幸が生まれる背景には、人びとの誤解や思惑、権力の横暴といった要因が複雑に絡み合い、さらにそれをマスコミが扱おうとする際にも、組織内の政治や軋轢など、一筋縄ではいかない障害がある。そういうことを、ほぐして見せられるのがドラマの強みだという気がします。

　そうした問題に対して、どうしたらいいのか。それは、私にもわかりません。専門家や頭がいい方が考えてくだされればと思ってます。私はその手前の段階として、報道や言葉だけでは伝わらない物事の複雑さを「情報の塊」として届けることをしたい。ここ何年かはそう思って脚本を書いています。

――断片的な情報だけで早合点してしまうことは、SNS上でも起こりがちな現象ですね。

渡辺　今は「断罪した者勝ち」の風潮がありますよね。平たい言い方をすると、心が狭いことをだれも反省しなくなっている。なぜみんなそんな簡単に他人を断罪しようとするのか、と個人的にも気になっています。私のなかにもそうしてしまいたい気持ちがあるから、なおさら気になるんでしょうね。

　ある出来事があったときに、その出来事やそれに関わる個人を許すべきなのか、あるいは断罪すべきなのか。その判断を常に問われるのが人生だと思います。私は今52歳なんですけど、52年間生きてきて、今のところの結論としては、なるべく許すべきだなと考えています。許したほうが人生は豊かになるし、幸せになるという気がする。これは私の「仮定」にすぎないので、万人にお勧めできるものではありません。ただ、私はこの仮定のもと、これからまた数十年生きていくつもりです。80歳くらいになったときに、「私の仮定は正しかった」と言いたいですね。

――この取材の時点で五話まで放送されていますが、反響はどうですか？

渡辺　私は島根でボーッとしてるだけなので、正直よくわからないんです。普段私のドラマを見ない親戚が見ているらしく、「さすが地上波」と思うくらいで。でも、NHKのあるプロデューサーが「こんなドラマが放送されるなんて、日本が急に正気を取り戻したみたいに感じた」というメールを送ってくださって、それはすごく嬉しかったですね。

佐野　私は99人に褒められても、一人が言った厳しい言葉だけを覚えているタイプの人間なので、「話題になってるね」と言われても、実感がないんです。ただ今回は、ある事件の関係者の方から「(テレビで取り上げられることが少ない)冤罪をドラマで取り上げてくださってありがとうございます」という連絡をいただいたんです。それを読んだときは、このドラマを実現させてよかったと心の底から思えました。

佐野さんのエネルギーを具現化させたのが、恵那と拓朗

――テレビ局を舞台にしたことで、結果として『エルピス』は、テレ

ビ局のあり方を自己批判する作品にもなっています。放送に至るまでの道のりは大変だったかと想像するのですが、恵那と拓朗（眞栄田郷敦）が直面したような困難は実際にもあったのでしょうか？

渡辺　脚本で書いたことが、現実に起きてしまったりすることはままあるんです。でも『エルピス』はそのシンクロ率がすごかった。作品のなかで恵那と拓朗が直面した障害やダメージは、この企画が6年間で遭遇した出来事そのものだったなと、今振り返ると思いますね。

佐野　この企画は長いあいだ通らなかったわけですけど、なぜ却下されたのか、正確なところはいまだにわからないんですが、想像しうる理由はふたつ。ひとつは、実在の冤罪事件に着想を得ているから、リスクが高いというもの。もうひとつは、テレビ局を批判するような内容だからというもの。でも、「こういう理由で、うちではできません」とはっきり言ってくれた人ってほとんどいないんですよ。みんな、「おもしろいんですけどねえ……」みたいな感じで。

渡辺　アハハハ。

佐野　『エルピス』のなかで起こってることそのものですよね。でも、一旦カンテレでOKが出て企画を進めてみると、自己批判的な内容について会社からなにか言われたことは一度もありませんでした。

　私も内心、テレビ局の恥部を描くことについては、なにをそんなに懸念することがあるんだろうと思っていて。『白い巨塔』でも、大学病院の悪いところを散々描いているじゃないですか。警察にしても、よくドラマのなかで問題のある組織として批判的に描かれています。なのに、どうして自分たちの悪しき部分を書いちゃいけないのか。私にはその理由が全然わからないんです。でも、そう言うと、「仲間の背中を撃つようなものだ」と言われて……。生放送で流すVTRを直前に差し替えるシーンがあっても、それが象徴するものとして捉えればいいだけで。私も実際には差し替えたりしないですよ。「なんでそんなにみんなピリピリしてるのかな」っていつも思ってます。なんか、みんなが気にしすぎなんじゃないかなあ。

渡辺　今の佐野さん、めっちゃ拓朗っぽい（笑）。

佐野　なにを気にしているのか、本当にわからないんですよ。大学病院を悪く書くのとなにが違うのかって訊いてみても、みんな明確に答えられないですし。「まあねえ」とはぐらかされるばかりで。でも、たしかに今のは拓朗っぽかった。反省だな。

渡辺　佐野さんはこういう無邪気なエネルギーをもっていますよね。その佐野さんのエネルギーを具現化させたのが、恵那と拓朗です。これは私が確信していることなんですけど、佐野さんみたいな人が一見難しそうな現実を切り開いていくんだと思いますよ。

二〇二二年十一月二十八日
Ｚｏｏｍにて収録

スタッフ

脚本：渡辺あや
演出：大根仁
下田彦太
二宮孝平
北野隆
音楽：大友良英
プロデュース：佐野亜裕美
稲垣護
大塚健二
制作協力：ギークピクチュアズ
ギークサイト
制作著作：カンテレ

JASRAC 出 2210808-201

エルピス　—希望、あるいは災い—

2023年2月18日初版印刷
2023年2月28日初版発行

著　者　渡辺あや

装幀　川名潤

発行者　小野寺優

発行所　株式会社河出書房新社
〒151-0051 東京都渋谷区千駄ヶ谷2-32-2
電話　03-3404-1201（営業）　03-3404-8611（編集）
https://www.kawade.co.jp/

組版　株式会社キャップス

印刷・製本　三松堂株式会社

Printed in Japan　ISBN978-4-309-03093-7